JENS LOSSAU
JENS SCHUMACHER

DER SCHÄDEL-TYPOGRAPH

DER GUTENBERG-KRIMI

SOCIETÄTSVERLAG

Sämtliche Personen und Ereignisse dieses Buches, mit Ausnahme der Figur Johannes Gutenbergs, sind frei erfunden. Etwaige Ähnlichkeiten mit real existierenden Personen, ob lebend oder tot, wären rein zufällig.

Satz: Fotosatz Janß, Pfungstadt
Herstellung: Ebner & Spiegel, Ulm
Schutzumschlag: Katja Holst, Frankfurt
Printed in Germany
ISBN 3-7973-0801-9

»Alles ist erfüllt von Göttern und Dämonen.«
(Epiktet, ca. 140 v. Chr.)

Prolog

Mainzer Allgemeine Zeitung,
6. November 2000:

Einbruch in Gutenberg-Museum

Unersetzliche Drucktypen entwendet/ Nachtwächter brutal getötet

glk – In der Nacht vom 4. auf den 5. November ereignete sich eines der dreistesten und brutalsten Verbrechen der Mainzer Geschichte. Rekonstruktionen der Kriminalpolizei zufolge verschaffte sich zwischen zwei und vier Uhr in der Nacht ein Unbekannter Zugang zum Hauptgebäude des Gutenberg-Museums, Liebfrauenplatz 5. Gezielt begab sich der Einbrecher in einen Ausstellungsraum im Obergeschoß, wo zur Zeit im Rahmen einer Sonderausstellung rare, erst kürzlich entdeckte Original-Druckwerkzeuge aus der Zeit Johannes Gutenbergs gezeigt werden (wir berichteten). Unter Umgehung der Sicherungsmechanismen entwendete der Täter das zentrale Exponat der Ausstellung, einen über 500 Jahre alten Satz bleierner Drucktypen. Beim Verlassen des Gebäudes wurde er jedoch von einem der eigens beschäftigten Nachtwächter, dem 42-jährigen Heinz-Bernd K. aus Hechtsheim, überrascht. Den Spuren zufolge kam es zu einem Handgemenge, in dessen Verlauf der Wachmann überwältigt wurde. Am darauffolgenden Morgen entdeckte man seine Leiche, deren Schädel in der Rekonstruktion einer historischen Druckpresse im Untergeschoß des Museums zermalmt worden war.

Bei den entwendeten zirka drei Dutzend Bleilettern handelt es sich, der Museumsleitung zufolge, um Originaldrucktypen, die aus einer Druckerei in Eltville stammen sollen und erstmalig Zeugnis davon ablegen, daß Gutenberg selbst an der Einrichtung dieser frühen Druckerei in den Jahren unmittelbar vor seinem Tod beteiligt war und vermutlich auch selbst dort gedruckt hatte. Laut Aussage der die Ausstellung betreuenden Fachleute, darunter Prof. Josef Genschel vom Mainzer Institut für Buchwissenschaft, handelte es sich um ein einmaliges Zeitzeugnis von unschätzbarem Wert, dessen Diebstahl einen schwerwiegenden Verlust für die historische Forschung darstellt.

Die Polizei geht aufgrund der Spurenlage derzeit davon aus, daß der Täter im Besitz eines Schlüssels zu einem der Seiteneingänge des Museumsgebäudes gewesen sein muß. Weiterhin habe er anscheinend über Kenntnisse der Räumlichkeiten und der speziell für die Ausstellung installierten Schutz- und Meldevorrichtungen verfügt. Derzeit wird der Mitarbeiterstab des Museums sowie das zusammen mit der Ausstellung aus Leipzig angereiste wissenschaftliche Personal vernommen. Mit einer Bekanntgabe erster Ermittlungsergebnisse rechnet der Sprecher des LKA Mainz, Bernd Hassesser, nicht vor nächster Woche.

Kapitel 1

Todesengel

Im Herbst sind die Friedhöfe gar keine Friedhöfe, dachte Ursula Luftschmied, als sie sich mit ihren beiden Bernhardinern auf das imposante Eingangsportal des Mainzer Zentralfriedhofes zubewegte. Zu ihrer Rechten quoll der verschlafene Morgenverkehr träge die Straße entlang. Das bunte Chaos aus Rücklichtern, gelben Straßenlaternen und dem letzten weißen Leuchten des Mondes, der sich dem Einfluß der aufgehenden Novembersonne zu entziehen versuchte, schmerzte in ihren Augen. Sie waren nicht mehr die besten und reagierten empfindlich auf zu grelles Licht. Ursula zog die Dämmerung vor, wenn die Welt blau und angenehm kühl war.

Der Tag hatte nicht gut angefangen – aber welcher Tag hatte in den letzten Jahren schon gut angefangen? Während der Nacht war wieder einmal die Heizung ihrer kleinen Einzimmerwohnung in der Mainzer Neustadt ausgefallen, und es war wirklich kalt geworden. Die Kälte schien lebendig zu werden, sie kroch wie ein körperloses Tier durch die dünnen Fenster und schlecht isolierten Wände. Zwei und Drei, ihren Bernhardinern (sie hatten Eins vor fast acht Jahren abgelöst), war es ebenfalls zu frisch geworden; vielleicht ahnten sie auch bloß, daß ihr Frauchen dringend Wärme brauchte. Ursula schlug mitten in der Nacht fröstelnd die Augen auf, wie immer gefangen von Erinnerungen an ihren Mann Hans. Zwei und Drei versuchten, ihn zu ersetzen – zumindest, was die Wärme anbelangte. Sie standen eine Weile mit hängenden Zungen vor Ursulas Bett, ehe sie sich gemächlich zu ihr gesellten. Gott, wenn sie so jemand hätte sehen können? Eine alte Witwe, die von Sozialhilfe lebte, gefangen in einem immerwährenden Zustand der Stagnation, eine alte Witwe in einer kleinen, kalten, nicht gerade sauberen Wohnung, angefüllt mit Relikten, die die Realität des Augenblicks vertreiben sollten. Nichts war ihr sonst geblieben. Relikte. Und Kälte in der Nacht, wenn die einzige Wärme die der zwei stinkenden Riesenhunde war.

Ursula ließ den Blick über die gebogene Fußgängerbrücke schweifen, die den Zentralfriedhof mit dem Urnenhain auf der anderen Seite der breiten Straße verband. Sie hielt sich gern dort drüben auf, es gab einen steinernen Pavillon, in den sie sich manchmal setzte, um dem Treiben des Verkehrs zu lauschen, der ihre Sinne betäubte. Hinter dem Urnenfriedhof ragten zwei Hochhäuser, trostlose Betonriesen, in den Himmel auf. Der Anblick störte Ursula, deswegen schloß sie die Augen und radierte das Gebäude im Geist weg, ein Trick, der manchmal funktionierte.

Als sie die Augen wieder aufschlug, stellte sie fest, daß Zwei und Drei sie mit ihren Leinen am Eingang zum Friedhofsgelände vorbeigezerrt hatten. Hechelnd standen sie nun an der Bushaltestelle vor der Friedhofsmauer und begrüßten einen jungen Burschen, der dort auf einer Bank saß. Die Augen des Mannes lagen in dunklen Höhlen, als hätte er in der vergangenen Nacht wenig geschlafen. Er trug eine schwarze Ledermontur, wie ein Ritter, fand Ursula. Sein Haar war schwarz, das Gesicht kontrastreich weiß, nur seine Oberlippe wurde von einem dunklen Schnurrbart verunstaltet. Sie lächelte dem Ritter zu und blickte Richtung Universität, die jenseits der nächsten Kreuzung lag. Zwei und Drei glotzten den Ritter an, und einen Moment lang glaubte Ursula, sie wollten eine Konversation mit ihm beginnen. Der Mann starrte unverdrossen zurück, aber ein freundliches Lächeln entfaltete sich auf seinen erschöpften Zügen.

»Nette Hunde«, sagte er und setzte sich eine verspiegelte Sonnenbrille mit runden Gläsern auf die Nase, um seine müden Augen zu verbergen. Im Gegensatz zu seiner dunklen Erscheinung hatte er eine angenehm warme Stimme, die sofort Vertrauen weckte. »Gleich zwei von der Sorte. Ziehen die nicht unheimlich an der Leine?«

Ursula Luftschmied betrachtete sich in der spiegelnden Sonnenbrille. Sie sah eine leicht untersetzte Frau mit strähnigem, weißem Haar, die einen dicken, dunkelbraunen Fellmantel trug. Ihr Gesicht war faltenfrei, wirkte aber aufgedunsen, als befände sich Wasser unter der pergamentartigen Haut. Man konnte es auf den ersten Blick erkennen, da machte sie sich nichts vor – sie sah aus wie eine einsame Frau, die wartete. Aber auf was wartete sie?

Keine Frage, sie wartete auf einen schwarzen Ritter, der sie vom Joch der Kälte befreien würde.

Vielleicht lag es daran, daß Ursula seit Tagen mit keiner Menschenseele mehr geredet hatte (und wenn sie genauer nachdachte, wurde ihr bewußt, daß es bereits Wochen waren, wenn man die emotionslose Konversation mit ihrem Sachbearbeiter beim Sozialamt, einem schleimigen Typen namens Deckermann, außer acht ließ). Vielleicht lag es an dem Lächeln des Mannes, vielleicht an seiner sanften Stimme. Ursula wandte den Blick ab von der Friedhofsmauer und den riesigen, ägyptisch anmutenden Sphinxstatuen, die den Eingang bewachten, öffnete ihren Mund, und obwohl sie wußte, daß sie sich wie eine alte, einsame Frau verhielt, die niemanden zum Reden hatte, sprudelte es aus ihr hervor.

»Entschuldigen Sie, mein Name ist Ursula Luftschmied, ich wohne in einer kleinen Einzimmerwohnung in der Neustadt, ein wirklich heruntergekommenes Viertel, vielleicht kennen Sie es ja, nicht schön, kommen Sie auch aus Mainz oder sind sie zugezogen, egal, es ist kalt dort, nachts vor allem, die Heizung fällt manchmal aus, und dann kommen Zwei und Drei zu mir ins Bett, um mich zu wärmen, es ist ja sonst keiner da, können Sie sich das vorstellen, früher war Hans da, natürlich ist er jetzt nicht mehr, deswegen bin ich auch gerade hier, auf dem Weg zum ...«

»Je nun«, sagte der Ritter, nahm die Sonnenbrille wieder von der Nase und blickte auf sein nacktes Handgelenk. Verlegen schabte er mit seinen schwarzen Schuhen auf dem Asphalt herum.

»... und es ist ein trauriger Anlaß, aber natürlich, was soll ich machen, die Wohnung ist kalt, da kann ich auch nach draußen gehen, ich brauche nicht mehr so viel Schlaf wie die Ritter, verstehen Sie, deswegen schlafe ich auch immer nur vier bis fünf Stunden, und dann kommt der Alltag, der ist noch grauer und kälter als mein altes, leeres Bett, können Sie sich das vorstellen, aber die Hunde wollen raus, nein, sie *müssen* sogar raus, die Wohnung ist viel zu klein für sie, es ist schon öfters passiert, daß ich in der grauen Phase steckte, da krieg ich um mich herum nichts mehr mit, und Zwei kackt irgendwohin, in die Küche, ins Bad, es ist *immer* Zwei, er ist so ungezogen, und Zwei ist ein großes Tier, das hier ist Zwei, sehen Sie, das ist Zwei, schön, ist ja gut, Zwei, mach Platz, und der da, das ist Drei, Eins hat nie irgendwohin gemacht, aber zu seiner Zeit war Hans auch noch da, wir hatten ein schönes Haus in Gonsenheim, mit einem riesigen Garten, Eins konnte immer in den Garten, wenn er wollte und ...«

»Mein Bus kommt gleich«, behauptete der Ritter, der aufgestanden war und einen Schritt zurückwich. Immer mehr Autos fuhren an ihnen vorbei Richtung Innenstadt, von einem Bus war jedoch nichts zu sehen. Ursula lauschte ihren Worten, die wie die Salven eines Maschinengewehrs ihren Mund verließen, aber sie konnte nicht aufhören, nicht jetzt.

»... und dann starb er, können Sie sich das vorstellen, er starb einfach, keine Krankheit, nichts, nicht spektakulär, er starb ganz friedlich im Schlaf, ich spreche von Hans, nicht von Eins, obwohl beide tot sind, ich wachte morgens auf, es war Sonntag, und Hans und ich hatten uns in der Nacht geliebt, glauben Sie nicht, daß das Alter Sie vor solch wunderbaren Torheiten schützt, Gott, hatten wir uns geliebt, und ...«

»Ich muß gehen«, sagte der Ritter und drehte sich um, doch Ursula packte ihn an seiner schwarzen Rüstung und hielt ihn fest.

»... und er war kerngesund, er arbeitete an der Uni, wo Sie studieren, was studieren Sie eigentlich, studieren Sie überhaupt, Sie hätten ihn kennenlernen müssen, meinen Hans, er unterrichtete Geschichte, und nach seinen Vorlesungen kam er in unser schönes Haus und ...«

»Bitte lassen Sie mich los. Ich muß wirklich ...«

»... das habe ich dann verloren, das Haus, er war gerade mal 55 Jahre alt, also, das ist doch kein Alter, ich bin jetzt 61, er wäre heute 63, wie alt sind Sie eigentlich, jedenfalls wachte ich nach unserer törichten, leidenschaftlichen Liebesnacht auf, und da lag er neben mir, und er war ganz grau im Gesicht und ...«

»Lassen Sie mich.«

»... und wir hatten eigentlich schön frühstücken wollen, es war ja Sonntag, da hatten wir Zeit, frühstücken Sie gerne, ich finde, das Frühstück ist die schönste Mahlzeit am Tag, weil ...«

»Seien Sie ruhig!«

»... weil der Tag noch vor einem liegt, aber vor Hans lagen keine Tage mehr, vor ihm lag nur noch das Schweigen und ...«

»Bitte!«

»... und ich streichelte ihn ganz lange und sanft, damit er sich nicht erschrak, und Eins kam zu uns ins Zimmer und jaulte, und da verstand ich endlich ...«

»Halten Sie den Mund!«

»... ich verstand, daß ich an diesem Morgen allein frühstücken mußte. Und auch an den anderen Tagen. Und auch sonst.«

Ursula ließ den Ritter, der sie entsetzt anstarrte, so plötzlich los, daß er rückwärts über seine Füße stolperte und seine Sonnenbrille fallen ließ. Er hielt sich laut keuchend an der Wand der überdachten Bushaltestelle fest, als hätte er einen Langstreckenlauf hinter sich, öffnete seinen Mund, schloß ihn wieder. Der Schnurrbart auf seiner Oberlippe zuckte.

»Und jetzt ist er tot«, schloß Ursula leise. Auch sie schnaufte wie ein Walroß, ihre Brust hob und senkte sich in schnellem Tempo. »Er ist tot, ohne eine Krankheit gehabt zu haben, ohne überhaupt jemals krank gewesen zu sein. Ist das fair? Oder ist das die Quittung? Er ist einfach gestorben. Hat ein schönes Grab, hier auf dem Friedhof. Möchten Sie es sehen?«

Der Ritter starrte sie noch einen Moment lang an, ohne etwas zu sagen, dann schüttelte er den Kopf, drehte sich um und eilte davon. Nur seine Sonnenbrille blieb zurück.

Mit zitternden Fingern fuhr sich Ursula über die Stirn, auf der Schweiß stand. Ihr Herzschlag raste. Sie sah dem Ritter nach, der an der Friedhofsmauer entlang davonrannte, als wäre jemand hinter ihm her.

Von Witwen und Wahnsinnigen, dachte sie, während ein glucksendes Lachen in ihre Kehle sprudelte und sie darauf wartete, einen hysterischen Anfall zu bekommen oder in Tränen auszubrechen. Aber nichts dergleichen geschah.

Von Witwen und Wahnsinnigen.

Ursula Luftschmied stand hinter dem Eingangstor des Zentralfiedhofs und blickte von den beiden merkwürdigen Sphinxfiguren, die den Friedhof vor der Straße und den häßlichen Hochhäusern und überhaupt der ganzen Welt beschützen sollten, hinauf zum grün oxidierten Kupferdach des Krematoriums. Kalter Wind war aus dem Nichts gekommen und über ihren Leib hergefallen. Zwei und Drei versuchten, die Sphinxskulpturen nachzuahmen; wie Statuen saßen sie an Ursulas Seite, ihre Zungen hingen triefend aus ihren Mäulern.

»Wollt ihr schon mal vorgehen?« fragte Ursula leise. Ihr Herzschlag hatte sich noch immer nicht beruhigt. Ihr Brustkorb fühlte sich zu eng an, die Vergangenheit, die in ihr hockte, drückte mit Gewalt gegen ihre Knochen und Organe. Zwei und Drei bejahten die Frage mit einem mitleiderregenden Blick, aber sie regten sich nicht von der Stelle, sondern glotzten stupide Richtung Straße. Zwei und Drei waren nicht mit sonderlich viel Intelligenz ausgestattet, was nicht weiter verwunderte, letztendlich waren sie nichts weiter als zwei massige, schwerfällige Bernhardiner, und ihre Gehirne wurden von simplen Bernhardinerinstinkten beherrscht. In den Alpen hätten sie möglicherweise mit einem Fäßchen Rum um den Hals Heldenstatus erlangen können, indem sie verschüttete Skifahrer vor dem Erfrieren retteten. Aber sie befanden sich nicht in den Alpen, sie wohnten in einer kleinen Einzimmerwohnung in Mainz, zusammen mit einer verrückten Witwe.

Ursula fuhr sich mit zitternder Hand, deren Knochen von der Kälte malträtiert wurden, durch das graue, schulterlange Haar. »Sagt doch mal«, flüsterte sie, und einen Moment lang befürchtete sie wieder, in Tränen auszubrechen. »Wollt ihr schon mal vorgehen?«

Zwei und Drei erhoben sich im Zeitlupentempo und schmiegten ihre fetten, flauschigen Leiber an Ursulas Beine, so daß sie das Gleichgewicht verlor und zwischen den Hunden einen taumelnden Tanz vollführte.

»Bin ich verrückt geworden?« Sie wandte sich mit der Frage ganz bewußt an Zwei, der sie aus triefenden Augen anblickte. »Es wird von Tag zu Tag schlimmer, oder nicht? Sagt doch! Redet bitte mit mir!« Der kalte Wind packte ihre Worte, zerrupfte sie und blies die einzelnen Silben auf die Straße hinaus, wo sie von den Autos der Pendler überfahren wurden. »Es ist wie ein Damm, der ganz allmählich zerbröselt. Man macht weiter, jeden Tag aufs neue. Aber es ist, als wäre man operiert worden, als wäre ein lebenswichtiges Organ aus einem herausgeschnitten worden. Ein Organ, das die schönen Dinge des Lebens registriert. Wißt ihr eigentlich, warum ich den Friedhof, der im Herbst kein Friedhof ist, tagein, tagaus besuche?«

Drei stellte sich auf seine kräftigen Beine, vielleicht, um eine Erklärung abzugeben, dann fiel ihm jedoch ein, daß er ein Hund war, und er schwieg.

»Natürlich auch wegen Hans. Und wegen des täglichen Briefs.« Sie klopfte auf die Tasche ihres Mantels, in dem sie diesen Brief verwahrte. »Aber es gibt noch einen anderen Grund, versteht ihr?« Zwei und Drei begannen, mit den Schwänzen zu wedeln. Sie verstanden. »Es gibt kein Zuhausegefühl mehr. Wegen der inneren Amputation. Der Friedhof ist mein Zuhause. Bald für immer. Niemand wird mich vermissen.«

Eine Welle von Selbstmitleid schwappte über sie hinweg, ohne daß sie etwas dagegen unternehmen konnte. Aber was machte das schon, es war ja niemand da, dem sie damit auf die Nerven fallen konnte. Und Zwei und Drei hatten viel Geduld.

»Schlafen ist schön«, fuhr sie fort und begann, den Weg entlangzulaufen, der sie zum Meer der Grabsteine bringen würde. »Schlafen ist das Schönste, weil die Träume manchmal wohlgesonnen sind.«

Zwei und Drei wurde es allmählich doch etwas langweilig. Sie sprangen auf und trotteten zwischen den Steinen und Kreuzen davon. Ursula nahm es ihnen nicht übel – die beiden hatten diese Litanei bereits hundertmal vernommen. Zwei und Drei kannten sich auf dem Friedhof gut aus, sie hatten ihren Lieblingsplatz, ein riesiges Grab, das von weißen Marmorstatuen gesäumt wurde. Es war wirklich ein schöner Ort, die Hunde bewiesen Geschmack. Mittlerweile waren sie auf dem Friedhof recht bekannt, die Leute hatten sich an sie gewöhnt. Manche, die regelmäßig herkamen, brachten sogar Futter für sie mit. Nur einmal hatten sie sich unbeliebt gemacht, als sie mit Inbrunst auf ihre Lieblingsgrabstelle geschissen hatten.

»Schlafen ist schön«, flüsterte Ursula und sah Zwei und Drei nach, die mit wehendem Fell in das Steinmeer tauchten. »Der einzige Weg für wahnsinnige Witwen, das amputierte Organ noch einmal zu spüren.«

Sie schritt vorbei an monolithischen Grabbauten und riesigen Gedenktafeln, vorbei an imposanten Sandsteinkonstruktionen, über die sich ein moosig grüner Schimmer zog. Mit jedem Schritt wurden die Geräusche der Straße leiser, bis sie schließlich völlig verebbten. Sie passierte riesige Bäume, aus deren Kronen Raben und Elstern ihre Wanderung beobachteten, sie blickte den sanften Hügel des Friedhofes hinab, genoß den Anblick aberhunderter Grabsteine, und einen Moment lang war ihr zumute, als sei sie schon tot. Rote Totenlichter brannten flackernd im Wind. Sie kam an einem frischen Grab vorbei, das mit Blumen überhäuft war. Sie überlegte kurz, ob sie einen der Beileidskränze für Hans mitnehmen sollte, aber ihr gefielen die Farben nicht. Sie erinnerten zu sehr an Verwesung.

Ursula machte ein Geräusch, um zu testen, wie es sich anhörte, jetzt da sie fast das Herz des Friedhofes erreicht hatte. Sie artikulierte das erste Wort, das ihr in den Sinn kam: Schimmelkäse.

Der Schimmelkäse wurde zusammengedrückt und in seine Bestandteile zerlegt. Alles war gedämpft, die Laute sprangen von ihren rissigen Lippen, fielen zu Boden und versickerten im Moos zwischen den Steinen.

Sie erreichte den Weg mit den Grüften und ihren kleinen, steinernen Schreinen, die mit Metallgittern versperrt waren. Aus Gewohnheit blieb sie vor einer Gruft stehen und spähte zwischen den Stangen hindurch und die verrotteten Stufen hinab. In der Tiefe brannten Kerzen, die das Kellergrab in einen matten Schein tauchten. »Hallo«, rief sie. »Hallo da unten! Seid ihr wach?«

Stille.

In Ursulas Nase begann es zu jucken. Die Toten stiegen ihr hinein. Sie rochen nach Moos, Fäulnis und Vergessen, ein wenig wie Waldboden nach einem langen Regen. Ursula wich, plötzlich angeekelt, von der Gruft zurück und lief weiter.

Irgendwo behauptete die Sonne von sich, sie würde aufgehen,

aber das interessierte die Stadt der Toten wenig, die Schatten der Steine wurden nur unwesentlich kürzer. Grabfiguren lächelten ihr zu. Zwei und Drei kehrten von ihrem Erkundungsgang zurück und trotteten neben ihr her. Zu dritt erreichten sie ein weiteres frisches Grab, auf dem ein hübsches Blumengesteck aus Rosen und Efeu lag.

Ursula blickte sich nach allen Seiten um. Niemand zu sehen. Vor rund drei Monaten hatte sie einen Tannenkranz von einem Grab entwendet, und dabei hatte sie der alte Blutschnabelweber erwischt. Der alte Blutschnabelweber war eine Mensch gewordene Abscheulichkeit, ein gedrungener Giftzwerg, der in seiner Freizeit Witwen nachstellte, um sie mit dem Gesicht noch tiefer in ihren Kummer zu drücken und sie von dem einzigen Ort der Welt, der einsamen Witwen als Zuhause geblieben war, fernzuhalten. Einzig aus diesem Grund war er Friedhofswärter geworden. Aber es war noch zu früh, Blutschnabelweber lag bestimmt noch in seinem Bett und schlief seinen Rausch vom Vorabend aus.

Ursula überlegte kurz, ob sie Zwei und Drei losschicken sollte, um die Lage zu sondieren, aber wahrscheinlich würden sie nur wieder zu ihrem Lieblingsgrab trotten, um ihre natürlichen Bedürfnisse zu befriedigen.

»Okay«, flüsterte sie. »Was meint ihr, Jungs? Würde sich Hans über Rosen und Efeu freuen?«

Natürlich, meinte Zwei. *Gerade diese romantisch angehauchte Form der Flora würde den guten, alten Hans entzücken. Aber du mußt vorsichtig sein, der alte Blutschnabelweber hat es seit der Geschichte mit diesem Tannenkranz auf dich abgesehen. Dennoch empfehlen wir dir aus tiefstem Herzen, dich dieses Gestecks zu bemächtigen, so wahr unsere Namen Zwei und Drei lauten!*

Zwei hatte immer so gute Argumente parat, was sollte sie da erwidern?

Ein letztes Mal sah sich Ursula um, dann packte sie das Gesteck und zog es vom Grab. Ferdinand Blaschke, geb. 1. 1. 1900, gest. 26. 10. 2000. *Schön*, dachte sie. *Sehr runde Lebenszeit, wenn er sie nicht allein verbracht hat.*

Gewissensbisse hatte sie nicht, schließlich hatte Ferdinand noch mehrere Dutzend Kränze übrig, die von teuer bis geschmacklos reichten. Einen konnte er sicherlich entbehren.

Ursula riß das weiße Band, das aus dem Efeu ragte (»Mach's gut, Ferdi!«) ab und hängte es vorsichtig über Ferdis Marmorstein. Sie bedankte sich bei ihm, drehte sich um und rannte mit dem Kranz unter dem Arm los. Zwei und Drei überholten sie und eilten voraus. Ihre Füßen flogen über den Boden, die Grabstätten huschten an ihr vorbei. Sie spürte wieder, wie ihr Herz zu hämmern begann, aber sie eilte weiter, immer tiefer in das Meer der Steine.

Schließlich erreichte sie den Weg, in dem sich der Stein von Hans befand. Ein hübscher, rot marmorierter Stein, auf dem Grablichter, Blumen und gerahmte Schwarzweißfotos standen. Unter der Inschrift vergilbten Briefe, die sie ihm nach seinem Tod in ihrer kalten Einzimmerwohnung auf Karopapier geschrieben hatte. Jeden Tag brachte sie einen neuen Brief hierher, obwohl die meisten von ihnen nach wenigen Tagen spurlos verschwanden. Gerne hätte sie geglaubt, daß Hans sie sich nachts holte, um sie zu lesen, aber sie wurde den unangenehmen Verdacht nicht los, daß der scheußliche Blutschnabelweber hinter ihrem Verschwinden steckte. Keuchend hielt sie inne und stützte sich mit beiden Händen auf dem Kranz ab, der sich unter ihrem Gewicht durchbog. Zwei und Drei waren einen Grabhügel hinaufgeeilt und tollten entzückt bellend um einen haushohen, schwarzen Monolithen herum.

»Entschuldige ...« Ursula rang nach Atem. In ihrer Brust pochte es wild. Ihre Schläfen schienen wie aufgebläht, und sie fragte sich kurz, ob sie jetzt einen Infarkt oder einen Schlaganfall erleiden würde. Wäre nicht der schlechteste Ort, fand sie. »Entschuldige, daß ich so spät komme, aber ... huh, bin ganz aus der Puste ...«

Sie blickte den Grabhügel hinauf zu ihren Bernhardinern.

Neben dem Monolithen, der in den langsam heller werdenden Himmel ragte, kniete jemand, eine glatzköpfige Gestalt in einem schwarzen, zerfledderten Anzug, die in ihre Richtung blickte!

In Ursula krampfte sich alles zusammen, sie machte einen Schritt nach vorne und stolperte über das Efeugeflecht.

»Oh!« Der Ton strömte luftlos über ihre Lippen. Zwei hockte

andächtig vor der Gestalt und blickte sie fragend an. »Oh, Sie ... Sie ... wo kommen Sie ... was machen Sie ...«

Etwas stimmte nicht. Die Gestalt kauerte in einer merkwürdigen Position da, ihre Beine waren nach hinten abgeknickt, und der wächserne Kopf klebte in einem unmöglichen Winkel am Stein.

In Ursulas Gedärmen explodierte etwas – und dann erkannte sie plötzlich, daß sie träumte. Der Ritter an der Bushaltestelle, das Grab von Ferdinand Blaschke, der Geruch aus der Tiefe der Gruft, all das waren Bestandteile eines Traumes gewesen. Sie lag noch immer in ihrer Einzimmerwohnung, Zwei und Drei wärmend an ihren Leib gedrückt ...

Der Anzug der Gestalt war zerfetzt, in einem fortgeschrittenen Stadium der Zersetzung begriffen. Kalter Wind wehte von dort in ihre Richtung, trug den Duft an ihre Nase, in der es wieder fürchterlich zu jucken begann.

Das Gesicht der glatzköpfigen Gestalt war ein flaches, wächsernes Tablett. Sie hielt die Augen geschlossen. Zwei stupste sie mit der Nase an, so daß sie mit dem Kopf vom glatten, schwarzen Stein abrutschte und wie eine knochenlose Puppe nach hinten umfiel.

Ursula ließ den Kranz los, der mit einem unglaublich lauten Geräusch zu Boden fiel. Über ihrem Haupt krächzten Raben. Eine Elster flatterte herbei und ließ sich auf dem Grabstein von Hans nieder, um von dort aus die Geschehnisse besser verfolgen zu können.

»Hans ...« flüsterte Ursula. »Hans, was ... was ...?«

Ursula wirbelte herum, die Grabsteine vor ihren Augen drehten sich, vermengten sich wie in einem Kaleidoskop. Gräber, wohin sie blickte, ein Meer aus Tod und noch mehr Tod, in dem sie ertrank. Die Welle schwappte über ihr zusammen, riß ihr die Beine fort.

Eine weitere Gestalt lag in der Reihe hinter dem Grab ihres Mannes vor einem schlichten, moosgrünen Holzkreuz. Eine Frau mit blondem Haar, eingefallenen Wangen und zugenähten Augen. Deutlich konnte Ursula den Zwirn erkennen, der unter ihren Lidern hervorlugte. Die Frau hatte die Arme weit ausgebreitet, wie ein gefallener Engel, wächsern im Gesicht, die Lippen dunkel, fast schwarz. Sie trug ein ehemals weißes Nachthemd, das von Erde braun verschmiert war. Raben hockten auf ihren Brüsten und pickten etwas aus ihr heraus. Wahrscheinlich das Organ der guten Erinnerung.

Ursula stolperte rückwärts den Weg entlang, den sie gekommen war, während ein langgezogener Wimmerton ihrem Mund entwich, den der Friedhof fraß.

»Nicht … Hans, was … was …?«

Mit den Füßen stieß sie gegen etwas Großes, Weiches.

Ein Toter, dessen Geschlecht nicht auszumachen war, lag in einem altmodischen, blauen Anzug mit dem Gesicht auf dem Kies. Sein Haar war kurzgeschoren, so daß Ursula deutlich die obszöne, blaue Naht sehen konnte, die seinen Hinterkopf zusammenhielt.

Die Leichen waren aus ihren Gräbern gestiegen! Sie hatten ihre Särge verlassen, weil es ihnen im Boden zu einsam geworden war.

Sie waren überall, wo sie auch hinblickte. Tote in Anzügen, Tote in Leichenhemden, nackt, haarlos, mit Erde verdreckt. Ihre Gesichter waren wächsern und ausdruckslos, sie waren ohne große Erwartungshaltung aus ihren Grüften gestiegen.

»Z-Z-Zwei? Drei? Wo … wo seid ihr? Wo …«

Sie bewegten sich! Hatte die Gestalt auf dem Weg nicht eben mit der Hand gezuckt? Oder war es der Wind gewesen, der durch ihre Kleidung strich? Hatte sich die Frau hinter dem Grab von Hans aufgesetzt?

Und dann erkannte Ursula die Gestalten: Es waren Todesengel, die auf sie gewartet hatten! Sie hatten sie den ganzen Morgen über begleitet. Sie waren bei ihr gewesen, als sie aus ihrem warmen Bett in die kalte Wohnung gestiegen war. Sie waren an ihrer Seite gewesen, als sie den Ritter an der Bushaltestelle überfallen hatte. Sie hatten ihr bei den Sphinxstatuen am Eingang des Friedhofes eine Hand auf die Schulter gelegt und sie gelenkt, hin zu den Grüften, hin zum Grab von Ferdinand Blaschke und weiter den Weg entlang.

Schweigend begrüßten sie sie nun in ihrer Mitte.

Ursula begann zu rennen. Sie hatte keine Gewalt mehr über ihre Füße, sie taten ihren Dienst von selbst. Sie konnte hören, wie sich die Todesengel hinter ihr aufrichteten, um die Verfolgung aufzunehmen.

Aber sie wollte nicht! Plötzlich wollte sie nicht mehr. So intensiv sie in der letzten Zeit auch an den Tag gedacht hatte, da die Todesengel kommen würden, so sehr sie ihren Besuch zeitweise herbeigesehnt hatte – jetzt da sie leibhaftig vor ihr lagen und saßen, wollte sie nicht mit ihnen gehen. Wer sollte sich um Zwei und Drei kümmern?

Zwei und Drei! Wo waren sie? Hatten sie sich mit den Todesengeln angefreundet? Würden die Todesengel auch sie mitnehmen?

Ursula eilte querfeldein, stolperte über Gedenksteine, schwamm durch das Gräbermeer …

… und stieß mit einem weiteren Engel zusammen, der sie in die Arme schloß!

Sie roch Lehm und etwas Beißendes, ein Gemisch aus faulem Laub und Säure. Ihre Nase drückte gegen ein weißes Rüschenhemd, an dem rote Nacktschnecken klebten.

»Nicht.« Der Hauch einer Stimme. »Bitte, nehmt mich noch nicht … nicht so … nicht heute …«

Sie sah auf, um ihrem Engel ins Gesicht zu blicken.

Ursula öffnete den Mund, während ihr Denken und Fühlen von einem schwarzen Loch aufgesogen wurde und ein helles Kichern sich an ihren künstlichen Zähnen vorbeiarbeitete. Der geräuschverzehrende Friedhof (der im Herbst, wenn die Todesengel kamen, kein Friedhof mehr war) hatte sich wieder an seine Bestimmung erinnert.

Der Engel im Rüschenhemd hatte kein Gesicht, keine Stirn, keinen Kopf! Ein dicker Klumpen braun-roter Nacktschnecken klebte auf seinem Hals, wie um den entstellten Torso zu vervollständigen.

Ursulas Schrei wurde vom Friedhof verschluckt, so daß nicht einmal der alte Blutschnabelweber ihn hörte, der gerade die ägyptischen Sphinxstatuen am Eingang passierte, um seinen Dienst anzutreten.

Kapitel 2

Köpfe

In einem kleinen, ordentlichen, aber lieblos eingerichteten Büro im vierten Stock des Landeskriminalamtes saß Kriminalrat Christian Evers und war sauer.

Seine Finger trommelten in einem unablässigen, erregten Stakkato auf ein in braune Pappe geheftetes Dossier ein, das exakt in der Mitte des riesigen, penibel aufgeräumten Schreibtisches lag. Der Blick des neununddreißigjährigen Polizisten war wutverzerrt aus dem Fenster gerichtet. Die Dächer der Mainzer Neustadt, die sich zwischen Rhein und dem LKA erstreckte, wurden von der herbstlichen Nachmittagssonne in einen warmen Goldton getaucht. Fröhliche Kinderstimmen waren in der Ferne zu vernehmen und ließen erahnen, daß nicht wenige Mütter mit ihrem Nachwuchs die Umgebung unsicher machten. Doch das herrliche Wetter war nicht dazu angetan, Evers' Laune zu heben. Im Gegenteil.

Köpfe.

Wenn es etwas gab, was Christian Evers haßte, dann waren es Kriminalfälle, die sich jeglicher schematischer Kategorisierung entzogen; Verbrechen, die auf eine Weise aus dem Rahmen fielen, daß die gute, kriminalistische Logik nicht mehr griff. Die Unzulänglichkeit des menschlichen Geistes vorgeführt zu bekommen, erboste ihn – besonders, wenn es sich um den eigenen handelte!

Zähneknirschend verschob er das Dossier um wenige Millimeter, so daß die Außenkanten des Hefters noch exakter an den Kanten der schwarzledernen Schreibunterlage ausgerichtet waren. Ordnung war die oberste Prämisse in der Verbrechensbekämpfung, das hatte er schon vor Jahren während der Ausbildung dauerhaft verinnerlicht. Um so schlimmer, wenn man an einem Punkt feststeckte, wo man sich auf diese Ordnung auch nicht mehr verlassen konnte.

Noch unangenehmer wurde die Sache, wenn man es nicht nur mit *einem* derartigen Fall zu tun hatte, sondern es deren gleich mehrere waren – wie heute! Drei Fälle, die auf den ersten Blick nicht direkt etwas miteinander zu tun zu haben schienen, aber dennoch auf unappetitliche Weise etwas gemeinsam hatten – ein verbindendes Element, wie es im Fachjargon hieß.

Köpfe!

Zum x-ten Mal an diesem Nachmittag sah Evers die Fakten der drei rätselhaften Vorkommnisse vor seinem geistigen Auge aufziehen, deren Zusammenhang sich seinem Verstand bisher standhaft verschlossen hatte …

Alles hatte vor zwei Tagen begonnen, mit dem vermaledeiten Einbruch ins Museum. Prompt waren nach Bekanntwerden der Tat Dutzende von jammernden Historikern im LKA aufgelaufen und hatten die sofortige Verfolgung des »schamlosen Diebstahls« mit »sämtlichen zur Verfügung stehenden Mitteln« gefordert. Evers hatte bei allem Wohlwollen nicht recht eingeleuchtet, wieso das Entwenden irgendwelcher alter Metallbuchstaben wichtiger und mit größerer Anstrengung zu verfolgen sein sollte als der bestialische Mord an einem Wachmann. Man hatte ihm die historische Bedeutung der gestohlenen Exponate zu erklären versucht, und er gab sich Mühe, die Aufruhr der Bücherwürmer zu verstehen. Das änderte jedoch nichts daran, daß er den Einbrecher in erster Linie wegen vorsätzlichen Mordes hinter Gitter zu bringen beabsichtigte – ein Mord störte die Ordnung der Dinge weit mehr als ein Diebstahl, daran gab es nichts zu rütteln. Wieviele Jahre der Täter für das Einbruchsdelikt noch zusätzlich aufgebrummt bekäme, war Evers relativ gleichgültig.

Problematisch war lediglich, daß der Täter ungewöhnlich bedacht vorgegangen war, im wahrsten Sinne keinerlei Spuren hinterlassen zu haben schien. Er war, ohne einen einzigen Schließmechanismus zu beschädigen oder eine Alarmvorrichtung auszulösen, in das Museum spaziert, hatte sich gezielt den fünfhundert Jahre alten Drucktypensatz geschnappt, den Schädel des Nachtwächters in der Druckerpresse zu Brei gequetscht und war wieder gegangen.

Kopf Nummer eins!

Nur eine Nacht darauf war die Sache mit dem Friedhof passiert. Eine geistig mehr oder weniger labile alte Frau hatte morgens, noch unter Schock stehend, einen grausigen Fund gemeldet. Wie sich herausstellte, hatten ein oder mehrere Irre irgendwann zwischen Mitternacht und vier Uhr morgens die kaum verwesten Leichen von sechs Toten ausgebuddelt – scheinbar nur, um sie anschließend kreuz und quer auf dem Totenacker herumliegen zu lassen. Einer der sechs Leichen war darüber hinaus mit einer großschneidigen Hiebwaffe der Kopf abgetrennt worden. Von diesem Schädel war nirgends auf dem Friedhof die geringste Spur zu finden.

Kopf Nummer zwei!

Evers' Augen verengten sich zu ärgerlichen Schlitzen, als sein Blick auf das vor ihm liegende Dossier fiel. Es enthielt den erst vor einer knappen halben Stunde fertiggestellten Bericht des dritten mysteriösen Verbrechens, eines Mordfalles, wegen dem man ihn heute in aller Frühe aus dem Bett geklingelt hatte.

Noch vor Sonnenaufgang war die Leiche eines 23-jährigen Studenten gefunden worden. Der leblose Körper hing, dem Bericht der Spurensicherungsbeamten zufolge, wie eine verrenkte Gliederpuppe in mehreren Metern Höhe in den Aufbauten des bekannten und beliebten Fastnachtsbrunnens auf dem Schillerplatz. Er war von unzähligen der metallenen Spieße und Figurinen durchbohrt worden.

Natürlich wurde der Leichnam umgehend entfernt, da es sich beim Tatort um einen zentral gelegenen Platz handelte, der von öffentlichen Verkehrsmitteln befahren wurde. Evers konnte sich daher kein persönliches Bild mehr von der Situation vor Ort machen. Jedoch erhielt er im Verlauf des Vormittags einen Anruf aus der Pathologie, in dem man ihm von einem grotesken Umstand in bezug auf den Tod des Studenten berichtete. Zwei Minuten später saß er in seinem Dienstwagen und rollte in Richtung Universitätsklinik.

Im Keller der pathologischen Abteilung begrüßte ihn der Polizeiarzt, Doktor Frederic Trauerwein, bereits auf dem Gang. Er war ein kleiner, verhuschter Gnom mit grauem, wirrem Haar und einer winzigen, randlosen Brille, deren Gläser fast so dick waren wie rund. Gebückt kam er in einem weißen Kittel herangewieselt und streckte Evers eine winzige Hand entgegen, die dieser schüttelte. Sie fühlte sich an wie ein nasses Brötchen.

»Gut, daß Sie da sind, Herr Kriminalrat«, begrüßte ihn Trauerwein. »Folgen Sie mir bitte. Ich habe da etwas für Sie, das sieht man nicht alle Tage, glauben Sie mir. Ja, ja.«

Schweigend schritt Evers hinter dem kleinen Mediziner durch die stählerne Schwingtür und betrat einen von drei Obduktionsräumen, die den Polizeiärzten für kriminalistische Untersuchungen zur Verfügung standen. Er hatte sich bereits auf dem Flur gegen den unangenehmen Geruch der Lokalität gewappnet, der ihn immer an seinen alten Schulkamerad Bercholz denken ließ; Bercholz' Vater hatte die einzige Metzgerei in seinem Heimatdorf geführt, und immer, wenn er als Knabe den Freund nachmittags zum Spielen abgeholt hatte, hatten sie das Haus durch die zu diesem Zeitpunkt bereits ausgespritzte und desinfizierte Schlachthalle verlassen. Der Geruch hatte sich dauerhaft in Evers' Nasenschleimhäute eingebrannt, und er war ihm Jahre später in fast unveränderter Form wieder begegnet, als er im Zuge der Polizeiausbildung zum ersten Mal einer Obduktion beigewohnt hatte. Spontan hatte er damals den Wunsch verspürt, augenblicklich Fußball spielen zu gehen, aber glücklicherweise hatte sich diese anerzogene Assoziation im Laufe der Dienstjahre wieder weitgehend gelegt.

Heute war der Geruch in der sauber gefliesten kleinen Kammer nicht besonders durchdringend – vielleicht, weil es sich um einen relativ frischen Leichnam handelte?

Der Student Andreas Schnaas lag nackt auf dem mit geometrischen Ablaufrinnen versehenen Tisch aus Nirosta. Seine untere Körperhälfte war gnädigerweise mit einem grünen Tuch bedeckt, auf dem eine Schale mit blutigen Instrumenten lag; was man von Kopf und Torso erkennen konnte, reichte aber auch so.

»Über zwei Dutzend zum Teil tief reichende Inzisionen in Epidermis und äußeren Fett- und Gewebsschichten«, dozierte Trauerwein ungefragt. »Mehrere Vitalorgane in Mitleidenschaft gezogen, rechter Arm und Schlüsselbein gebrochen, etcetera pepe … ja, ja.«

»Er wurde also auf die Metallfiguren des Brunnens gespießt oder geschleudert und ist dort verendet?« vermutete Evers, ohne sich die sorgfältig ausgewaschenen, blutlosen Wunden allzu genau anzusehen, die in der teigigen Haut klafften.

Trauerwein sah ihn mit großen Augen an, die die gesamten Gläser seiner kleinen Brille ausfüllten.

»*Nein*«, sagte er mit einem Anflug von Fassungslosigkeit.

»Wie – nein? Er ist *nicht* an den diversen Schnittwunden und inneren Verletzungen gestorben? Aber woran denn sonst?«

Trauerwein näherte sich wieselflink dem Kopfende des Tisches. Er bedeutete Evers, es ihm gleichzutun.

»Wenn Sie sich den Kopf des Toten anschauen wollen? Was fällt Ihnen auf?« Der Arzt deutete auf den Schädel, der kahlgeschoren wie ein riesiges Ei vor ihm lag.

Evers verengte die Augen und betrachtete eingehend die blasse Kopfhaut, die von fingerkuppengroßen roten Einkerbungen übersät war.

»Was ... was ist das?«

»Schauen Sie genauer hin«, schlug Trauerwein vor.

Evers trat einen weiteren Schritt nach vorne, bis ihm die Ausdünstungen des Leichnams in die Nase stiegen. Er ignorierte den Geruch und näherte sich mit der Nase bis auf wenige Zentimeter dem kalten Schädel.

»Was *ist* das?« Evers' Stimme war tonlos, bar jeder Emotion. Trauerwein, der den Kriminalrat von früheren Fällen kannte, wußte, daß es an der Zeit war, seine Erkenntnisse preiszugeben. Andernfalls würde Evers bald ausgesprochen unleidlich werden, und das wollte der Arzt nach Möglichkeit vermeiden.

Er holte einen stählernen Kugelschreiber aus seiner Kitteltasche hervor und deutete auf einen der fleischigen Krater, die die Oberfläche des Kopfes verunzierten.

»Wir erkennen transkutane Verletzungen von Epidermis und Kopfschwarte«, erklärte er. »Ich gebe zu, die exakten Umrisse der Öffnungen sind durch die Lazeration des umliegenden Gewebes und das Aufquellen der Haut nicht mehr deutlich zu erkennen ...«

»Könnten Sie bitte deutsch reden, wenn ich in der Nähe bin?« fuhr Evers ungehalten dazwischen.

Trauerwein schaute irritiert auf und suchte vergeblich nach dem

Faden, den er soeben verloren hatte. »Ich ... ähh, werde mich bemühen. Was ich ... sagen wollte, aufgrund des äußerlich unklaren Verletzungsbildes habe ich mir erlaubt ...« – er hob den Kopf des Studenten leicht an und fuhr mit der Hand darunter – »... die Kopfhaut zu lösen ...«

Mit einem schmatzenden Geräusch zog Trauerwein den Skalp des Toten nach vorne und legte die Schädeldecke bis zur Stirn frei. Achtlos klappte er die weiche Masse über das ausdruckslose Gesicht, wo sie wie ein alter Waschlappen liegen blieb. Evers stieß verhalten auf und schmeckte die Säure des zum Frühstück genossenen Orangensaftes in der Kehle.

»Nun können wir erkennen, wie tief die Verletzungen tatsächlich gehen, und vor allem – welche Form sie haben. Ja, ja.«

Wieder beugte sich Evers nach vorne. Feucht glänzend lag der Schädelknochen des Toten vor ihm. Er war an unzähligen Stellen durchbrochen, perforiert geradezu, von Dutzenden kleiner Abdrücke und Löcher.

Als er erkannte, welche Form die Einkerbungen hatten, sog er zischend den Atem ein. Er glaubte, seinen Augen nicht zu trauen.

»Aber das ... sind ja *Buchstaben*!«

»Ja, ja«, sagte Trauerwein betrübt.

Zähneknirschend stand Evers auf und verschloß das geklappte Bürofenster gegen den sonnigen Tag, sperrte die Rufe spielender Kinder und das Bellen umherspringender Hunde rigoros aus. Die Erinnerung an die verwirrenden Erkenntnisse des Vormittags hatten seine Laune weiter gedrückt.

Soweit man erkennen konnte, handelte es sich tatsächlich um die Abdrücke von Buchstaben, die man dem Studenten Schnaas mit enormer Gewalt in den Schädel getrieben hatte. Dort, wo der Schädelknochen nicht unter dem punktuellen Druck zersplittert war und die mörderischen Fremdkörper tief in die darunterliegende Hirnmasse eingedrungen waren, ließen sich altmodische, in die Knochensubstanz gedrückte Lettern erkennen, umrahmt teilweise von den quadratischen Spuren kleiner Sockel, auf denen sie befestigt gewesen sein mußten. Von den verwendeten Tatwerkzeugen fehlte allerdings jede Spur. Und erst im Anschluß an diese Prozedur, so führte Trauerwein aus, habe man den zu diesem Zeitpunkt bereits leblosen Körper, vermutlich aus einem fahrenden Pritschenwagen heraus, auf die Spitzen des Fastnachtsbrunnens geschleudert.

Kopf Nummer drei!

Evers kehrte zu seinem quietschenden Drehstuhl zurück und setzte sich. Er legte die Stirn in Falten und suchte nach Verbindungen. Fraglos, eine lag klar auf der Hand: Bleierne Drucktypen waren gestohlen worden, und nun tauchte jemand auf, dessen Kopf buchstabenförmige Verletzungen aufwies. Selbstverständlich hatte er bereits in der Pathologie zu kombinieren begonnen und Trauerwein aufgetragen, im Schädel des Toten nach Rückständen von Blei oder Druckfarbe zu suchen. Aber wie paßte der Fall des exhumierten und entwendeten Kopfes vom Friedhof ins Bild? Und was, wenn sich herausstellen sollte, daß die Verletzungen des Studenten Schnaas *nicht* von den gestohlenen Exponaten stammten?

Ärgerlich hieb Evers mit der flachen Hand auf die Tischplatte. Er haßte es, wenn sich die Indizienlage nicht stringent zurückverfolgen ließ! Prompt fiel ein gerahmtes Foto seiner Söhne Fabian und Florian von der Schreibtischkante, wo es, exakt am hinteren Rand der Arbeitsfläche ausgerichtet, bisher ein eher ruhiges Dasein gefristet hatte.

Evers erhob sich erneut, um das Bild vom Boden aufzuheben. Er bückte sich ächzend, und kurz verweilte sein Blick auf den rosigen, pausbäckigen Gesichtern der beiden zweieiigen Zwillinge. Es waren prachtvolle Burschen, sechs Jahre alt mittlerweile, und bestimmt würden sie eines Tages aufrichtige und zuverlässige Polizeibeamte abgeben. Der Kriminalrat betrachtete versunken das störrische, rötlichblonde Haar, das sich auf den Köpfen der beiden lachenden Knaben kräuselte, die schmalen Lippen, die hohe Denkerstirn – ganz der Vater! Im Gegensatz zu ihm waren sie allerdings in jüngeren Jahren echte Wildfänge gewesen, laut und ungehorsam. Evers hatte sich genötigt gesehen, klare Regeln abzustecken, und seither war es besser geworden. Bedeutend besser.

Er hielt eigentlich nicht viel von Schlägen, aber Regeln waren wichtig, für Kinder fast noch mehr als für die restliche Bevölkerung.

Mit sicherer Hand stellte er das Bild auf den Schreibtisch zurück. Kurzfristig abgelenkt von all den Köpfen, die ihn unablässig umgaben, ihn regelrecht zu verfolgen schienen, mühte sich so etwas wie ein Lächeln – das erste des Tages – in sein Gesicht, während er den Rahmen sorgfältig an der Tischkante ausrichtete. Ja, es waren wirklich prachtvolle Burschen …

Da klopfte es plötzlich an die Tür.

Evers fuhr herum. Er hatte strikte Order gegeben, daß er nicht zu stören war. Unter keinen Umständen.

»Was, zum Teufel? Ich kontempliere!«

Ohne eine Antwort wurde die Bürotür geöffnet, und ein Bär von einem Mann erschien im Türrahmen. Es handelte sich um einen vollbärtigen Hünen in einem langen Lodenmantel, und seine Schultern und vor allem die Bauchpartie waren so breit, daß sie bei seinem Eintreten auf beiden Seiten den abgegriffenen Rahmen streiften. Seine Augen lagen unter buschigen, zusammengewachsenen Brauen verborgen, und in den Händen hielt er eine Pappschale, auf der sich eine Riesenportion Currywurst mit Pommes türmte. Unansehnlich zerliefen rote Soße und Mayonnaise ineinander. Mit konzentriertem Blick versenkte der Vollbart eine grobschlächtige Hand in das Gebilde, zwischen deren Fingerspitzen ein verschwindend kleiner Holzpiekser steckte.

Sprachlos beobachtete Kriminalrat Evers, wie ein Klumpen tropfender Kartoffelstengel in dem schwarzen, bartgesäumten Loch seines Mundes verschwand. Dann machte der Fettsack, ohne von seiner glitschigen Beschäftigung aufzusehen, einen Schritt in den Raum hinein. Hinter ihm erschien ein weiterer, wesentlich kleinerer Mann in der Türöffnung.

Der zweite Besucher hatte etwas unbestreitbar Soldatenhaftes an sich; er war von gedrungenem, drahtigem Körperbau und trug sein blondes Haar im Nacken ausrasiert, während der Rest in einer erfolgreichen Imitation der Frisur von Gustav Gans wellig gegen den Kopf gekämmt lag. Er war mit einem grauen Sportsakko bekleidet, dazu trug er Jeans und Cowboystiefel. Sein sonnengebräuntes Gesicht hatte etwas unzweifelhaft Unverschämtes, und Evers roch förmlich, daß es sich bei dem Neuankömmling um einen aufdringlichen und impertinenten Menschen handelte. Automatisch zupfte er den Polohemdkragen gerade, der aus seinem wollenen Pullunder ragte, und fuhr glättend mit der Hand über sein widerspenstiges rotes Haar.

Er räusperte sich hörbar und zwang eine geschäftsmäßige Miene auf sein Gesicht. Sein Blick fiel erneut auf den kauenden Koloß, der es gewagt hatte, Nahrungsmittel mit in die heiligen Hallen seines Büros zu schleppen, und allmählich begann es in seinem Innern gefährlich zu brodeln.

Es gab *Regeln*, und sie waren dazu da, beachtet zu werden! Wenn nicht bei der Polizei, wo sonst? Wer auch immer diese beiden Gestalten zu ihm vorgelassen hatte – er würde dafür bluten!

»Sie wünschen?« fragte er unfreundlich, ohne sich von seinem Stuhl zu erheben.

Der Soldat betrat hinter seinem Begleiter das Zimmer, schloß gewissenhaft die Tür und kam auf Evers zu. Seine Mundwinkel verzogen sich zu einem begrüßenden Lächeln, und er hob eine Hand, deren Zeigefinger auf Kriminalrat Christian Evers' Gesicht deutete.

»Sie haben ein Problem!« stellte er in freundlichem Ton fest. Sein Begleiter ließ ein zustimmendes Grunzen vernehmen.

Fettiger Pommesgeruch stieg Evers in die Nase. Er spürte, wie sich das Brodeln in seinem Innern verstärkte.

»Und *Sie* sind genau zehn Sekunden davon entfernt, ein weitaus größeres zu bekommen!« versetzte er, beugte sich über die Schreibtischplatte und drückte einen Knopf der Gegensprechanlage. »Sieglind, wer hat diese beiden Idioten hier reingelassen?«

Die beiden Idioten ließen die Schmähung ungerührt über sich ergehen. Der korpulentere nahm plumpsend auf einem der Besuchersessel Platz, ohne seine Nahrungsaufnahme zu unterbrechen. Der andere fuhr siegessicher mit der Hand in die Innentasche seines Sakkos. Evers, der die Bewegung aus dem Augenwinkel wahrnahm, wirbelte herum, seine Hand zuckte instinktiv in Richtung der Schreibtischschublade mit der Dienstwaffe.

Mit einem breiten Grinsen, das zwei Reihen unnatürlich weißer

Zähne sehen ließ, brachte der Blonde eine abgegriffene Brieftasche zum Vorschein. Er klappte sie auf und hielt sie dem Kriminalrat hin.

»Kann es sein, daß Sie ein bißchen nervös sind, Herr Kollege?« scherzte er.

Evers warf ihm einen bösen Blick zu und versuchte mit zusammengekniffenen Augen, den Ausweis zu entziffern. Da ertönte mit einem Knacksen das näselnde Organ von Sieglind Maulbrecher, seiner Sekretärin, aus dem Sprechgerät. »Entschuldigen Sie, Herr Kriminalrat, aber die beiden konnten sich ausweisen und sagten, sie seien wegen des Toten da, den man heute morgen gefunden hat.«

»Was?« Evers verstand für einen kurzen Moment gar nichts. Verunsichert griff er nach dem Ausweis des blonden Besuchers.

»Ich sehe schon: Sie verstehen gar nichts«, bemerkte der und reichte dem Kriminalrat willig das Dokument. Dann nahm er neben seinem Begleiter Platz. »Wenn Sie gestatten: Frank Passfeller und Tillmann Grosch von der SK 66.«

»Ich kann lesen«, zischte Evers ungehalten, während er den Dienstausweis mit spitzen Fingern hin und her wendete, als handele es sich um etwas höchst Widerwärtiges. »Was soll das sein, *SK 66*? Ich habe nie davon gehört! Und vor allem: Was wollen Sie von mir?«

Der Blonde, dem Ausweispapier zufolge Passfeller, nahm mit gespielter Überraschung das Dokument wieder an sich. »Wir wollen Ihnen *helfen*, lieber Herr Kriminalrat!«

Evers sperrte in einer Geste sprachloser Entrüstung den Mund auf. Dann faßte er sich und sagte sehr laut: »Wollen Sie mich verscheißern, Mann? Wobei helfen? Ich brauche keine Hilfe – von niemandem!«

Passfeller schwieg einen Moment. Nur ein leises Schmatzen war zu hören, mit dem sein Sitznachbar Tillmann Grosch matschige Pommes und Currywurststücke zerkaute.

»Ich sage nur: *Köpfe*, lieber Herr Kriminalrat!« Wieder grinste Frank Passfeller breit. Evers war, als habe man ihm mit einem Brett vors Gesicht geschlagen. Woher konnte dieser Widerling wissen, mit was er sich gegenwärtig beschäftigte?

»Wie ...?« brachte er hervor.

»Lassen Sie uns die ganze Sache etwas abkürzen.« Passfeller holte tief Luft und verlieh seinem Gesicht eine in Ansätzen seriöse Miene. »Kollege Grosch und ich sind Mitarbeiter eines inoffiziellen Sonderdezernats des BKA, eben jener Sonderkommission 66. Diese Sonderkommission wurde Mitte der neunziger Jahre eingerichtet, um dem merklichen Anstieg von Kriminaldelikten mit okkulten oder satanistischen Hintergründen zu begegnen.«

Evers' Augenbrauen hoben sich ungehalten. »Ich fürchte, ich kann Ihnen nicht ganz folgen?«

»Das knappe Dutzend Sonderkommissare der SK 66 wird eingeschaltet, wenn irgendwo Beobachtungen gemacht oder Indizien sichergestellt werden, die sich zunächst in keines der rationalen Schemata kriminalistischer Detektion einordnen lassen.« Es war offensichtlich, daß Passfeller diesen Text bereits viele Male fast identisch heruntergeleiert hatte. »In Fällen, die auf den ersten Blick *unnatürliche* Vorgänge implizieren.«

Evers, der dem kurzen Monolog desinteressiert gefolgt war, verzog das Gesicht zu einem überheblichen Grinsen. »Ich verstehe schon: ›Akte X‹ für Arme. Sie rücken aus, wenn irgendwo im Hessischen eine Oma nachts Heinzelmännchen in ihrem Vorgarten tanzen sieht, richtig?«

»Nicht direkt«, ließ sich erstmals Grosch vom Nebensitz vernehmen. Seinem unbeteiligten Ton war zu entnehmen, daß er Verunglimpfungen seines Tätigkeitsfeldes gewohnt war. »Ich würde sogar so weit gehen zu sagen: Nicht mal im Ansatz.« Er schob eine fettige Kartoffelstange in seinen haarigen Mund, der sich zu einem müden Lächeln verzogen hatte. »Um genau zu sein, haben Sie nicht im Geringsten erfaßt, worin unsere Arbeit besteht, wenn Sie gestatten.«

Aus dem Augenwinkel nahm Evers wahr, wie Passfeller sich vergeblich bemühte, seine glänzend weißen Zähne wieder zwischen seinen grinsenden Lippen zu verstecken.

»Erinnern Sie sich noch an den ›Vampir von Wetzlar‹, Herbst '97? Das waren wir!« Ein schwer überhörbarer Anflug von Stolz lag in Groschs körnigem Baß.

»Er meint natürlich nicht den Vampir, sondern die, die dem Irren das Handwerk gelegt haben«, fügte Passfeller oberlehrerhaft hinzu. »Bedauerlicherweise erst, nachdem er drei seiner Opfer das Blut bis auf den letzten Tropfen …«

»Hören Sie bitte, meine Herren!« fuhr Evers auf, dem es allmählich zu bunt wurde. Ein platschendes Geräusch unterbrach unvermittelt seinen Redefluß, als Grosch die zu zwei Dritteln geleerte Pappschale mit handwarmer Currysoße und Wurstresten in Richtung von Evers Papierkorb warf.

Er verfehlte ihn deutlich.

Bevor Evers seine wirbelnden Gedanken weit genug unter Kontrolle gebracht hatte, um diese Ausgeburten der Debilität seines Büros zu verweisen, fuhr Passfeller ungerührt mit seiner Erklärung fort.

»Sie dürfen sich das folgendermaßen vorstellen«, holte er aus und gestikulierte abenteuerlich mit den Armen in der abgestandenen Luft des Büros herum. »Beim BKA in Wiesbaden steht ein ziemlich unförmiger Zentralcomputer, von uns übrigens scherzhaft ›Otti‹ genannt, in dem die Auswertungen sämtlicher Spurensicherungsabteilungen des ganzen Landes zusammenlaufen.« Er ließ seine ausgestreckten Fingerspitzen vor seinem Gesicht zusammentreffen. »Kommt es, unbesehen etwaiger regionaler Distanzen, zu Überschneidungen oder auffälligen Übereinstimmungen, die auf die Aktivitäten irgendwelcher okkulter Sekten oder religiöser Fanatiker hindeuten, verständigt das Computerprogramm selbsttätig die SK 66.«

»*Otti* …« sagte Evers sehr leise.

»Ja. Genau«, bestätigte Passfeller nickend, wobei er den Haß, der aus Evers' brüchiger Stimme förmlich troff, zu überhören schien. »Da die SK 66 die einzige Abteilung ihrer Art in der gesamten Bundesrepublik ist, arbeiten wir unabhängig und überregional. Wird beispielsweise neben einer ausgeweideten Leiche in Hamburg ein umgedrehtes Kreuz gefunden, zwei Tage später neben einer ausgeweideten Leiche in München …«

»Genug!« zischte Evers. »Ich hab's verstanden.« Er richtete sich in seinem quietschenden Stuhl auf und fixierte mit zornigem Blick einen Punkt zwischen den beiden Beamten. »Was ich nicht verstehe, ist, was *ich* mit der Sache zu tun habe? Was wollen Sie von mir? Warum stehlen Sie mir meine kostbare Zeit?«

Tillmann Grosch hob seinen schweren Kopf und sah Evers mit einer Mischung aus Desinteresse und Verwunderung an. Bevor er etwas von sich geben konnte, hatte Passfeller wieder das Wort ergriffen.

»Also, wenn wir richtig informiert sind, haben Sie hier a) einen Einbruch mit Mord und Entwendung historischer Artefakte, b) eine mitternächtliche Exhumierung inklusive Enthauptung und c) einen eher ungewöhnlichen Ritualmord auf dem Tisch.« Er deutete intuitiv auf das Dossier auf Evers' Schreibtisch, ohne zu wissen, daß es tatsächlich die Fakten zu dem jüngsten Mordfall enthielt. »Und Sie verstehen nicht, was wir hier *wollen*?«

»Sie können nicht einfach hier reinplatzen und mir willkürlich irgendwelche Fälle aus den Händen reißen! Was glauben Sie eigentlich, wer Sie sind?« Evers' bebende Hände lagen in exakt gleichem Abstand auf dem Rand des Schreibtisches, seine Augen versprühten Blitze. »Sonderkommission hin oder her, ich habe keinen Antrag auf Unterstützung gestellt und werde das auch nicht tun. Daher kann ich mir Ihre Intervention ohne weiteres verbitten! Das dürfte es dann wohl gewesen sein?« Er erhob sich steif und machte eine ausladenden Geste in Richtung Tür.

Einen Moment lang herrschte Stille. Keiner der beiden Angesprochenen rührte sich. Dann sagte Grosch langsam: »Oh, lieber Herr ... *Evers*, das dürfte es keineswegs gewesen sein.« Er wandte den Kopf zu Passfeller hinüber. »Vielleicht solltest Du ihn jetzt den Anruf tätigen lassen?«

»Den ... ach so, den Anruf. Richtig. Herr Evers, ich denke, es wird die Lage ein wenig klären und den weiteren Ablauf der Dinge enorm beschleunigen, wenn Sie eben kurz beim BKA anrufen würden. Verlangen Sie nach Doktor Harald Mäuler, dem Bundesbeauftragten für Sonderdezernatswesen und konzeptuelle Administration. Er wird Ihnen einige heiße Tips geben, und dann können wir uns vielleicht endlich an die Arbeit machen – mit Ihrer Zustimmung.«

In Evers' Augen blitzte es triumphierend auf. »Sie wollen mich mit Ihrem pseudobürokratischen Getue überfahren, was? Aber da haben Sie sich geschnitten! Zufällig kenne ich Harald Mäuler persönlich, wir waren vor Jahren zusammen auf der Polizeischule.« Hektisch ließ er sich auf seinen Stuhl zurückfallen. »Ich *werde* Harald anrufen. Jetzt sofort! Und dann wird sich diese ganze widersinnige Geschichte binnen Sekunden in Rauch aufgelöst haben, und ich kann vielleicht *endlich* wieder in Ruhe meine Arbeit tun!«

Erregt griff der Kriminalrat zum Telefon. Er las eine Nummer von einem Schild neben dem Gerät ab und wählte. Während die Verbindung aufgebaut wurde, schaute er verkrampft aus dem Fenster. So entging ihm das amüsierte Grinsen, das seine beiden Besucher austauschten.

Wenige Sekunden darauf stand die Leitung.

»Ja, Kriminalrat Evers hier, LKA Mainz. Doktor Mäuler bitte. Ja, danke.«

Instinktiv fuhr Evers mit der Hand über sein rötliches Haar und zupfte an seinem Hemdkragen herum. Dann ging ein Rucken durch seinen Körper.

»Ah, grüß dich, Harald. Hier ist Christian aus Mainz … ja, du … ach, schon *erwartet*? Wieso …«

Während der nächsten Sekunden ging eine bemerkenswerte Veränderung mit Christian Evers' Gesicht vonstatten. Seine Hautfarbe gab sich alle Mühe, den Farbton der schmutzigweißen Tapete hinter seinem Rücken nachzuahmen, während seine Augen danach drängten, ihren angestammten Platz in ihren Höhlen durch froschartiges Hervorquellen zu verlassen.

»Jaa … ach was? Ja …« Mit verkrampfter Miene lauschte Evers in seinen Telefonhörer. Die Fingerknöchel seiner Hand traten weiß hervor, als sie das graue Plastik mit zunehmendem Druck umkrampften.

»Ach nein? *Tatsächlich*? Also … ah ja, alles … ich verstehe …«

Die einseitige Konversation zog sich eine ganze Weile hin. Während Passfeller mit unbewegtem Gesicht von seinem Besucherstuhl aus die interessanten Veränderungen von Evers' Physiognomie beobachtete, war Grosch auf der Suche nach etwas Eßbarem aufgestanden und tigerte unruhig durch das kleine Zimmer. Dann entsann er sich des Kaffeeautomaten auf dem Flur und verließ im Stechschritt den Raum.

Als er mit einem braunen Plastikbecher an den Lippen zurückkehrte und sich, laute Schlürfgeräusche produzierend, wieder neben seinem Kollegen niederließ, hatte Evers das Gespräch gerade beendet und ließ in einer kraftlosen Geste den Hörer auf die Gabel sinken. Das Blitzen in seinen Augen war dem matten Glanz verzweifelter Resignation gewichen.

»Also schön, meine Herren«, begann er mit tonloser Stimme. »Es sieht ganz so aus ...«

Cappuccinoduft breitete sich träge in der Luft des Zimmers aus. Evers' Augen blieben nach einem verwirrten Rundblick an Grosch hängen, der selbstvergessen sein Heißgetränk mit den Händen umschlossen hielt. Passfeller erhob sich voll Elan.

»Nun, wo die Kompetenzfrage vorläufig geklärt wäre, scheint es mir am zweckdienlichsten, wenn Sie Ihre Sekretärin anweisen würden, uns mit den bisherigen Untersuchungsergebnissen und sämtlichen Unterlagen zu den Ereignissen seit dem Museumseinbruch auszustatten. Wir werden die verbleibenden Stunden dieses Tages dazu nutzen, uns einige der Tatorte mal genauer anzusehen.«

»Was heißt da genauer anzu-«

»Das war keinesfalls abwertend in bezug auf ihre bisherige Vorgehensweise gemünzt, lieber Kollege«, unterbrach ihn Passfeller. »Es ist lediglich so, daß wir uns im Laufe unserer mehrjährigen Arbeit für die SK 66 bestimmte Methoden angewöhnt haben, die uns in solchen Situationen erfolgversprechender erscheinen als die herkömmlichen – Sie verstehen?«

Evers verstand kein Wort, aber er klappte den Mund ohne ein weiteres Wort wieder zu. Die Ordern, die er vom Sonderdezernatsabgeordneten Mäuler bezüglich der rückhaltlosen Unterstützung dieser beiden Kreaturen erhalten hatte, waren eindeutig gewesen. Sein ehemals klar strukturiertes und überschaubares Bild des deutschen Polizeiwesens lag in Scherben.

»Dann wollen wir Sie für den Augenblick nicht länger aufhalten. Da wir nicht sonderlich ortskundig sind, wäre es äußerst zuvorkommend, wenn Sie uns einen oder zwei Beamte als Fremdenführer zuteilen könnten ...« Er stieß dem sitzenden Grosch gegen die Schulter, um ihn zum Aufstehen zu animieren.

»Fremdenführer«, echote Evers verständnislos.

»Sobald wir auf etwas gestoßen sind, melden wir uns bei Ihnen. *Natürlich* halten wir Sie über den Fortgang unserer Ermittlungen stets auf dem laufenden!« Er lächelte breit, was vertrauenerweckend anmuten sollte, seine Wirkung bei Evers jedoch komplett verfehlte. »Wenn Sie uns brauchen, wir logieren im Dorinth.«

»Dorinth«, sagte Evers. In seinem Kopf herrschte völlige Leere.

Passfeller hatte die Tür bereits erreicht, als sich auch Grosch mühsam aus seinem Sessel erhob. Er machte einen wankenden Schritt an Evers' Schreibtisch vorbei. Seine Hand fuhr in die Höhe und schleuderte den leergetrunkenen Kunststoffbecher in einem eleganten Bogen in Richtung Papierkorb.

Er verfehlte ihn deutlich.

»Es ist doch immer wieder dasselbe, ganz gleich, wo du hinkommst«, schmunzelte Passfeller vor dem LKA-Gebäude, während sie in seinen zerbeulten 89er Honda Legend stiegen. »Du kommst, bietest deine Hilfe an, und das erste, was diese Provinzbullen machen, ist, sich auf den Schlips getreten zu fühlen. Stimmt doch, oder?«

Grosch sagte nichts, nickte angelegentlich mit dem Kopf und ließ sich schwer auf den Beifahrersitz fallen.

»Und weißt du was?« fuhr Passfeller fort und nahm neben ihm Platz. Ein breites Grinsen teilte sein Gesicht. »Es macht jedesmal wieder Spaß!«

Mit quietschenden Reifen fuhren sie davon.

Kapitel 3

Außerirdische Ärzte und Regression

Tibor Halbscheffel ließ seinen Blick vom kühl und ruhig daliegenden Rhein zur Theodor-Heuß-Brücke schweifen, die über den Fluß nach Mainz-Kastel hinüberführte. Tief atmete er die Morgenluft ein, die sich wohlschmeckend wie klares Wasser in seinem Mund ausbreitete. Er beobachtete eine perlmuttfarbene Möwe, die über das Wasser glitt und sich plötzlich in die kaum sichtbare Strömung fallen ließ.

Tibor Halbscheffel hatte Kopfschmerzen, entsetzliche Kopfschmerzen sogar, und schuld daran waren wieder einmal Doktor Snabel und Doktor Taufte.

Tibor war 41 Jahre alt und Programmierer bei *Interactive Process*, einer kleinen, aber rentablen Frankfurter Softwarefirma, die Hintergrundgraphiken für Computerspiele entwarf. Trotz der Rationalisierungen der letzten Jahre konnte er sich glücklich schätzen, seinen gut bezahlten Job dank seines künstlerischen Talents behalten zu haben. Er hatte ein schönes Büro mit Blick ins Grüne, wo er seiner Kreativität freien Lauf lassen konnte. Mit seiner Frau Kerstin lebte er in einem geräumigen Haus im Mainzer Münchfeld, und zusammen mit ihrem siebenjährigen Sohn Jan und ihrem Kater Washington schien das Familienbündnis perfekt zu sein – perfekt wie eine Kerzenflamme, wie Tibor gerne behauptete.

Jan lief wenige Meter vor Tibor entzückt kichernd am Rheinufer entlang und wandte seinen suchenden Blick bald hierhin, bald dorthin. Auch Jan spazierte gern nach ihren Besuchen bei Doktor Snabel und Doktor Taufte diesen Weg entlang, er liebte den Fluß.

Es war genau acht Uhr, und sie waren noch 250 Meter von der Stelle entfernt, die ihnen die schlimmsten Alpträume ihres Lebens bereiten sollte.

Was braucht ein Mann zum Glücklichsein, dachte Tibor, während er auf seine Schuhspitzen starrte, die über den grauen Kies scharrten, und ein idiotischer Satz fiel ihm ein: Die Sache mit dem Baum, den man pflanzen, dem Haus, welches man bauen und dem Sohn, den man zeugen sollte. Er hatte sich gut geschlagen, er besaß ein Haus, das er sein Eigen nannte, auch wenn er es nicht mit seinen eigenen Händen errichtet hatte, den Baum konnte man getrost nach dem Umtopfen der Birkenfeige im Wohnzimmer abhaken, und der Sohn, nun, der lief wenige Meter vor ihm den Weg entlang.

Sie passierten das kantige Betonrathaus, vor dem rote Flaggen mit dem Mainzer Stadtwappen wehten, und die Rückseite der Rheingoldhalle. Bald folgte die Römische Weinstube, ein vorzügliches Speiselokal, in dem er mit seiner Frau an lauen Sommerabenden gern gegessen und auf den beruhigenden, sanften Fluß geblickt hatte.

Aber die Erinnerungen trugen nicht dazu bei, daß er sich besser fühlte. Die Kopfschmerzen, die Tibor befallen hatten, vertrieben auch das letzte Quentchen von dem, was er bisher als sein persönliches Glück definiert hatte.

Das war nicht immer so gewesen. Tibor erinnerte sich an eine ferne Zeit der Hoffnung, als sich die Zukunft glitzernd wie ein vielversprechender blauer Ozean vor ihm erstreckt und Geheimnisse bereitgehalten hatte. Als größtes und unabwägbarstes Geheimnis hatte sich bald jedoch Jan herausgestellt.

Als Kleinkind schien er noch völlig normal zu sein, auch wenn er wie seine Mutter zu einer gewissen Leibesfülle neigte. Babyspeck. Er näßte zu lange ins Bett, aber auch das konnte die Halbscheffels kaum beunruhigen. Jan ging nicht gern in den Kindergarten, er stand in der heimlichen Hierarchie der Vierjährigen weit unten.

Mit sechs Jahren kam er in die Schule. Er war ein durchschnittlicher Schüler, zurückhaltend und eher schüchtern. Tibor konnte die Klassenlehrerin des Jungen vom ersten Tag an nicht ausstehen. Frau Mohr war eine strenge, vogelgesichtige Frau, die den Fünfzigern entsprungen zu sein schien, aber Jan mochte sie aus irgendeinem Grund. Er brachte stets passable Zensuren mit nach Hause und lernte rasch lesen und schreiben, so daß Tibor ihn in einem Anfall väterlichen Größenwahns als überbegabtes Wunderkind bezeichnete. Noch immer deutete nichts auf eine Abweichung von der Normalität hin, und im Hause Halbscheffel ging alles seinen geregelten Gang.

Die Normalität verließ die Familie schlagartig an dem Tag, als Jan aufhörte zu sprechen.

Jenseits des Hiltonhotels, das sich nahe dem Flußufer in den Himmel erhob, lagen die Rheinallee und das Kurfürstliche Schloß. Eigentlich hätten Tibor und Jan längst abbiegen und das Rheinufer verlassen müssen, um zu ihrer Bushaltestelle zu gelangen, aber Jan wollte sich unbedingt noch den Fischkasten unter der Theodor-Heuß-Brücke ansehen. Der Fischkasten war ein knapp anderthalb Meter langes Schauaquarium, in das man durch die verglaste Vorderseite eines kleinen Gebäudes hineinschauen konnte. Die darin enthaltenen Fische sowie einige in digitalen Ziffern dargestellte Werte zu Säuregehalt und Temperatur des Wassers sollten beweisen, daß der Rhein längst nicht so verseucht war, wie infame Greenpeace-Aktivisten gerne behaupteten. Es gehörte zu ihren allwöchentlichen Ritualen, nach einem Besuch bei Doktor Snabel und Doktor Taufte diesen Ort aufzusuchen. Jan war ganz verrückt nach den Fischen, die in einer grünlichen Suppe herumschwammen und sich verdutzt fragten, was aus ihrer Freiheit geworden war.

Tibor blieb stehen und hielt nach der Möwe Ausschau, die eben in das angeblich saubere Rheinwasser getaucht war, doch er fand sie nirgends.

»Hihi«, äußerte Jan, sprang wie ein Gummiball auf und ab und kicherte hysterisch vor sich hin. Unvermittelt hielt er inne, kam zu seinem Vater gelaufen und blickte ihn aus strahlenden Augen an.

»Alles okay?« fragte Tibor und bereute seine Worte sofort, da der Schmerz zwischen seinen Schläfen in einer immensen Sprengladung detonierte.

»Huhu?« fragte Jan wißbegierig und verdrehte seine Augen, so daß eine Sekunde lang nur noch Weiß zu sehen war.

»Renn mal vor, mein Großer«, sagte Tibor leise. »Guck schon mal, was die Fische machen, ja?«

Aber laß mich in Ruhe, laß mich einfach in Ruhe …

»Hoho«, bejahte Jan die Aufforderung, drehte sich um und eilte davon.

Als Jan in die zweite Klasse gekommen war, hatte sich von einem zum anderen Tag sein bis dahin stetig gewachsener Sprachschatz auf ein beunruhigendes Minimum reduziert. Zuerst hatte Tibor das als Marotte eines begabten Siebenjährigen abgetan (schließlich hatte die Normalität ihn bisher stets wieder eingeholt). Nach einer Woche voller Huhus, Hihis und Hohos (das seltener angewandte »Hühott« stellte keinen rechten Fortschritt dar) hatte jedoch Jans gräßliche Klassenlehrerin, Frau Mohr, bei Tibor im Büro angerufen und in herrischem Ton eine Unterredung angeordnet.

Daheim war den Halbscheffels die neue Art von Jans Konversation natürlich nicht entgangen. Kerstin zeigte sich beunruhigt davon, daß Jan neuerdings fast gänzlich auf Worte verzichtete, aber Tibor hatte dies, auch als sie in Frau Mohrs schrecklichem, grünem Arbeitszimmer saßen, mit dem Verständnis eines Mannes abgetan, der viel von der Welt gesehen, der sein Haus gebaut, den Baum gepflanzt und den Sohn gezeugt hatte. Bestimmt würde das Problem von selbst wieder verschwinden.

Es verschwand nicht.

Sie ließen Jan zunächst in Frieden, in der Hoffnung, die Geschichte ließe sich auch ohne ihr Zutun beseitigen, wie damals das Problem mit dem Bettnässen. Den Vorschlag Frau Mohrs, einen Schulpsychologen hinzuzuziehen, lehnten sie dankend ab.

Daheim taten sie eine Weile so, als würde Jan ganz normal mit ihnen reden. Das gemeinschaftliche Abendessen bildete eine angespannte Kulisse für diese Farce.

»Jan, sei so gut und reich mir mal den Senf, bitte.«

»Huhu.«

»Danke mein Großer. Wie war's heute in der Schule?«

»Hühott!«

»Wirklich? Und sonst? Verstehst du alles? Macht doch noch Spaß, oder?«

»Hihi.«

»Schön, das freut mich, weißt du, ich bin nie gern in die Schule gegangen.«

Nach einer Woche änderte sich das Verhalten der Halbscheffels drastisch.

»Jan, sei so gut und reich mir mal den Senf, bitte.«

»Hoho!«

»Jan, sprich bitte anständig mit mir.«

Jan ergriff die Ketchupflasche und hielt sie wie einen Pokal, den er gerade gewonnen hatte, in die Höhe.

»Jan, verflixt, den Senf. Den *Senf!* Das Gelbe!«

»Hühott!«

»Verdammt Jan, hör auf damit! Was soll das? Du bist doch kein kleines Kind mehr! Sprich gefälligst anständig!«

»Sprich anständig mit deinem Vater!« ermahnte ihn Kerstin. Tibor sah, daß ihre Hände zitterten, und kurz befürchtete er, sie würde einen Weinkrampf bekommen. Sie sah müde aus, dunkle Ringe zeichneten sich unter ihren Augen ab, und ihre langen, braunen Haare sahen ungepflegt aus. Es war ihm aufgefallen, daß sie in letzter Zeit einiges an Pfunden zugelegt hatte.

»Hihi«, erkannte Jan.

»VERDAMMT, JAN!« Tibor hatte nicht schreien wollen, es war sein persönliches, ungeschriebenes Gesetz, seinen Sohn niemals anzuschreien, aber in diesem Moment war ihm das scheißegal. »WENN DER HERR NICHT ANSTÄNDIG ZU SPRECHEN GEDENKT, MUSS ER WOHL DIE KONSEQUENZEN TRAGEN! AB IN DEIN ZIMMER! DU HAST HAUSARREST!«

»Huhu?« wunderte sich Jan, zog eine Grimasse und fiel rückwärts vom Stuhl.

Die Schule ließ ihnen einen Brief zukommen, in dem man verzweifelt einschmeichelnd vorschlug, Jan auf eine Sonderschule zu versetzen, eine Idee, die die Halbscheffels derartig entsetzte, daß die Alternative mit dem Psychologen mit einem Mal recht attraktiv erschien. Der öffentliche Stempel der Idiotie schmerzte und zwang zum Handeln.

Es gab viele Kinder- und Jugendpsychologen auf der Welt, und nicht wenige davon schienen ihr Lager in Mainz aufgeschlagen zu haben, warum auch immer. Die Auswahl reichte von grenzdebil bis ganz passabel. Der Finger der Willkür in den Gelben Seiten entschied ihr Schicksal. Er blieb an der Anzeige von Doktor Snabel und Doktor Taufte (»Staatlich anerkannte Sozialpädagogen und Psychoanalytiker«) hängen, und als Tibor dort anrief, gab ihm eine unmotiviert lachende Sekretärin sofort einen Termin für den nächsten Montag um halb acht morgens.

Tibor hatte Montags seinen freien Tag, folglich mußte er Kerstin, die aushilfsweise in einer Zahnarztpraxis arbeitete, an diesem Tag mehr schlecht als recht ersetzen. Und so kam es, daß er mit seinem regressiven Sohn in aller Früh in einem überfüllten Bus voll depressiver Pendler durch das neblige Mainz gondelte, um Doktor Snabel und Doktor Taufte aufzusuchen.

Ihre Praxis befand sich am äußersten Rand der Mainzer Altstadt. Es waren kaum Menschen unterwegs, als er das graue Gebäude betrat, in dem es aus unerfindlichen Gründen durchdringend nach Bananen roch. Jan schritt brav und glücklicherweise schweigend an seiner Hand neben ihm her und freute sich darüber, daß er nicht zur Schule mußte.

Beim Betreten des Bananenflurs hatten die Kopfschmerzen zum ersten Mal eingesetzt.

Tibor Halbscheffel erreichte einen Zierbrunnen, von dem aus man über die Straße zum Mainzer Schloß hinübersehen konnte. Jan rannte um den Brunnen herum und quiekte fröhlich und unsinnig vor sich hin. Eine junge Frau mit langem, blondem Haar und gepiercter Lippe saß dort in der kalten Morgenfrische und las in einem Buch von Camus. Sie trug eine hautenge Zwei-Streifen-Sportjacke und weite Jeans. Als Jan sie versehentlich von hinten anrempelte, blickte sie auf.

»Na du«, sagte sie und teilte ihre Lippen, so daß gelbe Zähne zum Vorschein kamen.

»Huhu!« rief Jan.

»Na, du bist mir ja ein ganz Wilder ...«

»Hihi!«

»Was machst du denn so früh hier? Ist das dein Papa?« Sie deutete auf Tibor, der sich ein wenig bescheuert vorkam, wie er mit den Händen in den Taschen seiner Wildlederjacke regungslos am Brunnen stand. Er zwang sich zu einem zerknirschten Grinsen. Gott, was für eine saublöde Frage! Einen Moment lang überlegte er, ob er sagen sollte: *Nein, junge Frau, ich bin nicht sein Vater, ich habe diesen Jungen entführt und gehe gerade mit ihm am Rhein spazieren, damit er etwas Frischluft abbekommt, wissen Sie, in seinem kleinen, erbärmlichen Kerker würde er sonst nur vor sich hinfaulen, und das wollen wir doch alle nicht! Ich bin gefährlich, sehen Sie das nicht? Ich bin ein Mann, der den Baum gebaut, den Sohn gepflanzt und das Haus gezeugt hat! Wie war das doch gleich?*

»Hühott!«

Die Studentin lachte und klappte den Camus zu, ohne ein Lesezeichen hineinzulegen. Vielleicht wußte sie auswendig, auf welcher Seite sie war, möglicherweise hatte sie auch nur so getan, als würde sie lesen, um ein intellektuelles Bild abzugeben.

»Hihi, hoho, hühott, Fisch, hihi, Fische ...«

Seit einiger Zeit mische Jan einzelne Worte in seine absurde Rhetorik, die er der normalen Umgangssprache entlieh, doch auch dies wagte Tibor kaum als Fortschritt zu verbuchen. Doktor Snabel und Doktor Taufte, die beiden Kopfschmerzärzte, sahen das zwar anders, aber überzeugen konnten sie ihn nicht.

»Ja, Fische sind schön«, philosophierte die Camus-Leserin. »Mein Freund hat ein Aquarium, das ist schön. Sogar Helmut Kohl hatte ein Aquarium, das war auch schön, obwohl er selbst ja nicht so schön war. Schön, daß es schöne Aquarien gibt.«

Noch ein »schön«, und ich bring sie um, dachte Tibor, nach wie vor lächelnd.

»Hihi«, ereiferte sich Jan.

»Ja, ja«, warf die Philosophin ein.

»Hoho!« gab Jan zu bedenken.

»Huhu«, konterte die Philosophin nicht ungeschickt.

»Hühott«, ließ sich Jan herab.

Die Philosophin runzelte die Stirn und dachte angestrengt über die raffinierte Äußerung des Siebenjährigen nach, dann offenbarte sie wieder ihre schlechten Zähne und sagte: »Pferd.« Verflixt, sie war wirklich eine ganz Gerissene!

»Jan, komm, wir wollen doch noch zu den Fischen«, rief Tibor.

»Fische, hihi, hoho, Fische …« Jan sprang ein paarmal in die Luft, rannte zu seinem Vater und reichte ihm die Hand.

»Tschüß, Kleiner«, rief die Philosophin, klappte ihren Camus an einer ganz anderen Stelle auf und gab wieder vor, gebildet zu sein. Tibor schenkte ihr kein Wort des Abschieds und zog Jan rasch von ihr fort. Er wollte plötzlich nur noch nach Hause, wo er sich in die Badewanne legen und einen kalten Waschlappen auf die Stirn drücken konnte, um Herr über den unnachgiebigen Schmerz zu werden, der zwischen seinen Schläfen tobte. Vielleicht würde er auch ein Aspirin nehmen. Oder gleich die ganze Packung.

Tibor hatte sich selbst stets als liebenden Vater empfunden. Er erinnerte sich an das geschwollene Gefühl des Stolzes, als Jan auf die Welt gekommen war. Es hatte ihm nie etwas ausgemacht, seine vollgeschissenen Windeln zu wechseln, nie hatte er sich über sein nächtliches Geschrei entrüstet, er hatte ihm die Flasche gegeben, ihn gebadet und kiloweise Kinderspielzeug gekauft, um damit den häuslichen Speicher zu füllen. Er hätte alles für seinen Sohn getan. Es war ein Abenteuer gewesen zuzusehen, wie Jan größer wurde, wie er zu krabbeln, zu laufen, zu rennen, zu sprechen begann. Und in Tibors Kopf hatten Bilder von einer strahlenden Zukunft geblüht: wie er mit seinem Sohn nächtliche Partien Schach zelebrierte, wenn er erst älter wäre; wie Jan mit dem ersten Mädchen nach Hause käme; wie er seinen Führerschein machte …

Er würde gewisse Schwierigkeiten haben, ein Mädchen kennenzulernen, wenn der Großteil seiner Sprache aus Glueckslauten bestand. Überhaupt würde das Probleme mit sich bringen, an die Tibor nicht zu denken wagte. Aber manchmal dachte er doch daran. Und mit diesen Gedanken verwandelte sich etwas in ihm. Er liebte seinen Sohn über alles, aber mit diesen Gedanken kam eine nagende Verzweiflung über ihn, und diese Verzweiflung unterspülte seine Liebe, verwandelte sie in etwas anderes, etwas Häßliches.

Das Wartezimmer von Doktor Snabel und Doktor Taufte stellte sich als viereckiger Raum heraus, der mit Elternteilen angefüllt war, die ihre entarteten Sprößlinge an der Hand hielten. In den Ecken welkten Zimmerpflanzen vor sich hin. Unter den kleinen, milchigen Fenstern, die keinen Blick in die wirkliche Welt zuließen, standen unbequeme Stühle aus Hartplastik. Überall auf dem Boden häuften sich Puzzleteile, bunte Bauklötze, Teddybären, Spielzeugautos und Kleidungsstücke.

Die Erwachsenen teilten sich in zwei Kategorien auf: Die eine Hälfte starrte mit vereisten, blutleeren Betongesichtern ins Nichts. Der Rest, vornehmlich Frauen in grellbunten oder dezent violetten Kleidern, lächelte verzückt vor sich hin, als hätten sie gerade im Lotto gewonnen. Tibor sah es lediglich ihren Augen an, daß sie innerlich genauso verzweifelt waren wie die Betongesichtigen.

Zu ihren Füßen tummelten sich Dutzende geisteskranker Kleinkinder in unterschiedlichen Stadien der Regression.

Jan klammerte sich an Tibors Jacke fest und urteilte schnell über das sich bietende Bild: »Huhu!« Tibor hatte herausgefunden, daß Jan damit zumeist seinem Unwillen Ausdruck verlieh. Er verstand ihn gut, ihm war selbst nach »Huhu« zumute.

Die Hälfte der Kinderschar war nackt. Offensichtlich hatte sich der Nachwuchs gewaltsam seiner Kleidung entledigt, um besser auf die toten Birkenfeigen in den Ecken pinkeln zu können – wahrscheinlich die Kinder der buntgeblümten, lächelnden Frauen, die stolz waren auf das krankhafte Fehlverhalten ihrer Zöglinge, überlegte Tibor, der nach einer Fluchtmöglichkeit Ausschau hielt. Einige der Kinder räkelten sich auf dem Boden und stießen blubbernde Speicheltöne aus. Andere grinsten so breit, daß man ihr Zahnfleisch sehen konnte.

Die grauen Eltern dagegen hielten ihre Brut an den Schultern fest, damit sie nicht weglaufen und sich den Nackten anschließen konnten. Auf den ersten Blick sahen die Betonkinder relativ normal aus, obwohl die meisten höchst eigenartige Frisuren hatten. Sie wirkten wie zu junge Rechtsanwälte mit angeklatschten Haaren. Auch sie brummten träge vor sich hin. Als Tibor mit Jan das Zimmer betrat, war ihm, als fiele ein Hummelschwarm über ihn her. Sie setzten sich auf die einzigen beiden freien Stühle, wobei sich Jan verängstigt an Tibors Hand klammerte. Tibor erwiderte den Druck ebenso verängstigt.

Neben Tibor saß ein vollbärtiger, weißhaariger Mann, der ihn durch eine runde Nickelbrille melancholisch ansah. Er deutete auf einen grotesk dicken Jungen, der vor ihm auf dem Boden lag und sich blubbernd hin und her rollte, und sagte: »Mein kleiner Sohn. Entwicklungsbiologische, psychopathologische und neurochemische Aspekte sollen anhand einer empirischen Untersuchung bei ihm im prospektiven Verlauf erfaßt werden.«

»Huhu«, sagte Tibor Halbscheffel.

»Huhu«, schloß Jan sich ihm spontan an.

»Ganz recht, ganz recht«, sagte der Mann. »Wissen Sie, er leidet an ...«

In diesem Moment öffnete sich glücklicherweise die Tür zur Anmeldung, und eine junge Frau rief voll apokalyptischen Frohsinns den Namen Halbscheffel auf, als handele es sich um ein Produkt aus der Werbung. Tibor erhob sich und eilte mit Jan Richtung Ausgang. Es gab eine kleine Meuterei unter den anderen, die schon früher hier gewesen waren und wahrscheinlich seit Jahren auf eine Unterredung mit den sagenumwobenen Ärzten namens Snabel und Taufte hofften, aber Tibor ignorierte sie gekonnt. Es fiel ihm leicht, er hatte in den letzten Wochen viel Übung im Ignorieren erlangt.

Sie wurden in ein Zimmer geleitet, dessen Wände mit Holz verkleidet waren. Hübsche Bücherregale mit dicken, in Leder gebundenen Wälzern nahmen eine Hälfte des Raums in Anspruch. Vor einem schwarz getönten Fenster befand sich neben einer Pritsche ein meterlanger Schreibtisch, hinter dem zwei Männer saßen.

Tibor versuchte, die Kopfschmerzen und Erinnerungen an diese erste Sitzung beiseite zu wischen, als er sich mit seinem Sohn der Theodor-Heuß-Brücke näherte, an deren Fuß sich die Wassermeßstation mit dem Aquarium befand. Jan rannte voraus und stieß eine fröhliche Salve kichernder Hihis aus.

»Hihihihi, Fische, hihihi, ganz großer, neuer Fisch, hihihi, Papa, Fisch, hühott, hihihi ...«

Tibor war plötzlich nach Heulen zumute. Er drehte sich um und machte einige Schritte auf den gleichgültigen Fluß zu. Was brauchte ein Mann zum Glücklichsein?

»Hihi, Fisch, hoho ...«

Es fiel Tibor schwer, sich die Gesichter von Doktor Snabel und Doktor Taufte ins Gedächtnis zu rufen, obwohl er sie erst vor einer knappen Viertelstunde gesehen hatte. Beide Ärzte trugen neutrale, graue Anzüge. Einer von beiden (welcher?) war blond, der andere schwarzhaarig. Ihre Gesichter – nichtssagend. Keine Makel. Gesichter aus der Masse. Kein Vertrauen, kein Mißtrauen, keine Gefühlsregung, kein Ausdruck, keine Unebenheit, kein Lächeln. Gesichter wie aus Teig. Playmobilgesichter.

Der Rhein vor Tibors Augen flimmerte, und seine Gedanken unternahmen eine weitere kleine Zeitreise. Er dachte daran, wie er und Jan sich zum ersten Mal auf die beiden unbequemen Lederstühle gesetzt hatten, die vor dem Schreibtisch von Snabel und Taufte warteten. Tibor hatte sich einen Text zurechtgelegt, mit dem er den Psychologen erklären wollte, was mit seinem Sohn los war, doch die vorbereiteten Worte verpufften ungesagt in seinem Kopf, und einen Moment lang befürchtete er, daß er bloß »Huhu« sagen würde. Jan hockte neben ihm und starrte verängstigt zu den fremden Männern, die grinsend hinter dem riesigen Schreibtisch thronten.

Doktor Snabel (der Blonde? Verdammt, wer war wer?) begann zu sprechen: »Hüllo, Jan.« Er hatte eine extrem helle, eunuchenartige Stimme, die Tibor zusammenzucken ließ. »Wü geht üs dür?«

Huhu, dachte Tibor, der in seinem Stuhl versank.

»Hihi«, ereiferte sich Jan.

»Nün,« schloß sich Doktor Taufte der Begrüßungszeremonie an, »üch hoffe, dü hattest oinen schünen Mürgen.« Verdammt, seine Stimme war noch heller als Snabels. Was wurde hier gespielt?

Und in diesem Moment erkannte Tibor, daß in Wirklichkeit er es war, der sich in der Regression befand, nicht sein Sohn. Seine Welt war aus dem Gleichgewicht geraten und stürzte in ein schwarzes Loch. Die Kopfschmerzen wurden immer schlimmer.

»Hühott«, erkannte Jan, woraufhin Doktor Snabel und Doktor Taufte hysterisch zu kichern begannen.

Sie hatten eine halbe Stunde Zeit, ihren Irrsinn auszutauschen. Snabel und Taufte ignorierten Tibor vollständig (Tibor unternahm keinen Versuch, sich in den Mittelpunkt zu drängen, Regression und Lakonie hatten von ihm Besitz ergriffen), sie stellten Fragen nach Jans Wohlbefinden und eigneten sich irgendwann komplett seine Sprache an:

»Hihi«, sagte Jan trübselig.

»Hoho?« fragte Doktor Snabel gespielt betroffen.

»Huhu«, erklärte Jan.

»Hoho«, kommentierte Doktor Taufte.

»Hühott!« unterstrich Doktor Snabel energisch.

Leckt mich am Arsch, dachte Tibor.

Heute waren sie zum dritten Mal bei den Ärzten gewesen, und es hatte keine nennenswerte Veränderung in der Gesprächsführung gegeben. Snabel und Taufte versicherten Tibor nach den Sitzungen zwar jedesmal, daß sein Sühn Fürtschrütte müchen würde, sie ü-ten ihn mit ihrer merkwürdigen, außerirdischen Sprache voll, aber Tibor erkannte, daß er es mit einer Bande von Armleuchtern zu tun hatte, die ihn bloß austricksten, die ihn umgarnten, wie Vertreter, die Irrsinn verkauften. Der Schritt, mit Jan zu ihnen zu gehen, hatte Tibor jedoch große Überwindung gekostet, es war ein Eingeständnis an das eigene Versagen. Daher hatte er den Glauben an die außerirdischen Ärzte nicht gleich wieder aufgeben können. Aber der Kopfschmerz, den Snabel und Taufte zwischen seinen Schläfen auslösten, hatte mittlerweile ungeheure Ausmaße angenommen. Er mußte diesem Kopfschmerz Einhalt gebieten, sonst …

Tibor öffnete die Augen und tauchte aus dem Brunnenschacht seiner Erinnerungen auf. Entschlossen drehte er dem Rhein den Rücken zu, um zu seinen Sohn zu laufen, der mit dem Gesicht am Schauaquarium klebte.

Verdammt, er war sein Vater! Es lag in seiner Verantwortung, ihn zu beschützen und für ihn da zu sein! Doktor Snabel und Doktor Taufte konnten sich ruhig weiter mit entwicklungsbiologischen, psychopathologischen und neurochemischen Aspekten abgeben und diese anhand einer empirischen Untersuchung im prospektiven Verlauf erfassen, wenn ihnen danach war, diesen kranken Idioten, aber seinen Jungen bekamen sie nicht mehr in die Hände!

»Jan!« Tibor verspürte plötzlich das Bedürfnis, seinen Sohn in die Arme zu schließen, um ihm zu sagen, daß er ihn lieb hatte. »Jan, komm, wir verpassen noch unseren Bus!«

Er würde ihn jetzt hochnehmen wie einen kleinen Jungen, denn nichts anderes war sein Sohn, er war ein kleiner, schüchterner Junge, der beschützt werden mußte.

Jan wirbelte herum und sprang auf und ab. »Papa ... Fisch ... hihihi ... neuer, großer Fisch ...« So viel hatte er schon lange nicht mehr gesprochen. Ein Fortschritt. Tibor begann zu rennen.

»Mann-Fisch ... hihi ... großer Mann-Fisch ...«

Jetzt erst erkannte Tibor, daß Jan gar nicht lachte. Tränen liefen ihm über die bebenden Wangen. Mit der rechten Hand, die stark zitterte, deutete er auf das Schaubecken. »Hihi ... Mann-Fisch, Papa ... hihi ...«

»Was ist denn, mein Großer? Was ist mit den Fischen? Sind sie tot? Du, das kann passieren, bei dem dreckigen Wasser. Aber vielleicht schlafen sie ja auch nu...«

Tibor erstarrte. Seine Gedanken krochen langsam und scharfkantig wie Rasierklingen durch die weichen Membranen seines Gehirns, vertrieben Taufte und Snabel, schufen Erkenntnis.

»Jan.« Der Hauch einer Stimme, mehr nicht. Jan warf sich in seine Arme, preßte sein Gesicht an seine Jacke und begann zu weinen.

Es war genau acht Uhr elf, und Tibor Halbscheffel stand mit seinem Sohn vor dem Schauaquarium der Mainzer Wassermeßstation, das mit etwas Großem, Blassem angefüllt war, das annähernd das gesamte Wasser verdrängte. Kein Fisch hatte mehr Platz in dem Becken.

»Mann-Fisch«, heulte Jan an Tibors Hüfte. »Großer Mann-Fisch, Papa ...«

Später sollte Tibor fast dankbar an dieses Ereignis zurückdenken, obwohl es Alpträume nach sich zog, für viele Wochen, aber die Schocktherapie hatte seinen Sohn aus der Regression befreit. Fortan sollte er nachts weinend zu seinen Eltern ins Bett gekrochen kommen, um ihnen in den melodramatischsten Farben seine Alpträume zu schildern, während Tibor und Kerstin aus ihren eigenen aufschreckten. Aber all das ahnte er in diesem Moment nicht.

Ein Schrei staute sich in seiner Kehle, und plötzlich war ihm, als stünde er auf einer Wippe. Kopfschmerzen brüllten.

»J-J-Jan ... bleib ... bleib bei mir ... geh da nicht mehr hin ...«

Jan Halbscheffel würde in seinem ganzen Leben nie wieder zu seinem Fischkasten gehen.

Eine zerquetschte menschliche Gestalt steckte in dem Aquarium. Jemand hatte sie mit Gewalt in den gläsernen Behälter gedrückt und ihr dabei vermutlich sämtliche Knochen gebrochen. Ihre Haltung erinnerte an die zerknautschte Rückenlage eines Embryos. Die Beine des Mannes waren eng an und um seinen Leib gebogen, da sie sonst kaum Platz in dem viel zu kurzen Behälter gefunden hätten. Das restliche Wasser, das die Gestalt umgab, hatte eine schmutzigbraune Färbung angenommen. Die Haut der Leiche wirkte gelb, wie die eines Nierenkranken.

»Jan … nicht … nicht mehr hingehen …«

Tibor Halbscheffel blickte in das entstellte Gesicht des Toten, das sich fischgleich an die Scheibe drückte, er dachte an Snabel und Taufte …

… und dann schien der Tote plötzlich zu blinzeln, und in diesem Moment bohrten sich die Schmerzen durch Tibors Schädel, er wankte mit seinen Sohn in den Armen zurück, und seine Gedanken verpufften, so daß nur noch die Reaktion blieb, und bei dem entsetzlichen Anblick, der sich bot, gab es nur eine Reaktion, zu der er an diesem frühen Morgen am Rheinufer fähig war.

Er begann zu schreien.

Snabel und Taufte sahen ihn nie wieder.

Kapitel 4

Ein merkwürdiger Fisch

Polizist Telver und Polizist Mordbrenner standen in der Kälte des erwachenden Tages und sicherten den Tatort. Kaum ein Dutzend Meter von ihnen entfernt wälzte sich das dunstige graue Band des Rheins vorbei, und über die Theodor-Heuss-Brücke hoch zu ihren Köpfen kroch hupend und dröhnend der Berufsverkehr. Doch die feuchte Kühle des Morgens neutralisierte die Abgase der Fahrzeuge gnädig, bevor sie als unangenehmer Gestank zu ihnen hinunterdringen konnten.

Der Funkspruch hatte die beiden Streifenpolizisten erreicht, als sie gerade in einer Bäckerei ein ausgiebiges »Prä-Frühstück« einnahmen, wie Polizist Telver es nannte. Nachdem er eiligst seinen Pott Kaffee hinuntergekippt und Polizist Mordbrenner die unverspeiste Hälfte eines Schokocroissants »für später« in die Brusttasche seiner Uniformjacke geschoben hatte, waren sie aufgebrochen. Sie erreichten das Rheinufer noch vor den Spurensicherungsbeamten, und nach einem kurzen Gespräch mit Tibor Halbscheffel, jenem Passanten, der die Polizei verständigt hatte, machten sie sich umgehend daran, den Tatort weiträumig mit polizeilichem Absperrband gegen zudringliche Schaulustige abzusichern. Nicht, daß um diese Uhrzeit viele zudringliche Schaulustige auf dem Schotterpfad am Flußufer zu sehen gewesen wären; genau genommen war momentan überhaupt niemand außer ihnen hier unterwegs. Aber so verlangte es die Vorschrift – und es oblag nicht den Polizisten Telver und Mordbrenner, die Vorschrift zu hinterfragen.

Der erste Versuch, das reflektierende Kunststoffband zum Einsatz zu bringen, schlug fehl. Polizist Mordbrenner hatte die Bahn zunächst ohne viel Federlesens der Länge nach am Wegesrand aufgehängt, anstatt sie auf beiden Seiten des Tatorts quer über den Pfad zu spannen. Prompt war der Wind in die sinnlose Konstruktion gefahren, hatte das über ein Dutzend Meter lange Band abgerissen und in den Fluten des Rheins versenkt. Es wurde gelost, und Polizist Telver mußte auf die Wache fahren und eine neue Rolle besorgen.

Mittlerweile war jedoch alles in bester Ordnung: Der Tatort war abgeriegelt, die Personalien des Augenzeugen aufgenommen, und rund um die Wasserkontrollstation wimmelte es von weißbefrackten und zivil gekleideten Spezialbeamten von Spurensicherung und Mordkommission. Unbeteiligt standen Telver und Mordbrenner an ihrer Absperrung und unterhielten sich halblaut.

»… und ich bin ja auch so furchtbar behaart«, erklärte Polizist Mordbrenner. Er war ein wahrer Riese, und sein Kopf, auf dem ganz oben, auf kurzen Büscheln braunen Haars eine viel zu breite Dienstmütze saß, war enorm schmal und hoch. »Wenn ich im Sommer ins Freibad gehe, zeigen die Kinder mit dem Finger auf mich und lachen. Sie nennen mich ›Tschuhbacker‹, und manchmal werfen sie mit Schmutz.« Seine Stimme klang betrübt.

Polizist Telver nickte mitfühlend. »Tschuhbacker. Das ist hart!«

Er war vier Köpfe kleiner als sein Kollege, und von weitem erinnerte er mit seinem plumpen Körperbau und dem riesigen Schnäuzer an ein Walroß. Aus der Nähe auch.

»Kenne das Problem«, verriet er. »Ich hatte mal eine Tante …«

In diesem Moment hastete ein drahtiger, blonder Mann in grauem Sportsakko an den beiden Beamten vorbei. Mit einem geübten Sprung setzte er über das Absperrband hinweg und eilte weiter.

»Heehh!« ließ sich Mordbrenner vernehmen. Seine grobschlächtige Hand fuhr mit verblüffender Geschwindigkeit zum Holster mit der Dienstwaffe.

»Schon in Ordnung«, sagte Passfeller. Er wandte mit einem entwaffnenden Grinsen den Kopf. »Ich bin der Mörder, ich darf passieren!« Bevor die völlig verwirrten Beamten etwas erwidern konnten, war er weitergeeilt.

Er bahnte sich einen Weg zwischen Beamten in weißen Kunststoffanzügen hindurch, die emsig wie Ameisen ein kleines Steingebäude am Fuß der riesigen Rheinbrücke umschwärmten. Einige knieten am Boden und waren dabei, irgendwelche Bodenvertiefungen in Gips zu gießen, andere bestäubten eine große Glasscheibe auf der Vorderseite des Häuschens mit Fingerabdruckpulver. Wieder andere bemühten sich, einfach nur wichtig und beschäftigt auszusehen. Hinter einer Ansammlung zivil gekleideter, offenbar ranghöherer Beamten erspähte Passfeller die schmächtige Silhouette von Kriminalrat Christian Evers. Unauffällig schob er sich an der Gruppe vorbei und konnte endlich einen Blick auf den Fund des jungen Tages werfen.

Instinktiv mußte Passfeller an Origami denken. Die Art und Weise, wie der Körper des Opfers in dem wassergefüllten Hohlraum hinter der Scheibe zusammengefaltet war, konnte kaum anders als kunstvoll genannt werden. Der weißgott nicht kleinwüchsige Mann steckte vollständig in einem Schaubecken, dessen Maße die eines gängigen Aquariums für Heim und Hobby kaum übertrafen. Unter seinen spitzwinklig geknickten und aus den Gelenkpfannen gedrehten Beinen war ein winziger, wassergefüllter Bereich erhalten geblieben, in den sich eine Handvoll silbriger Fische geflüchtet hatte. Mit fragendem Blick starrten sie Passfeller durch die Scheibe hindurch an.

Der Sonderkommissar ging in die Knie, um von unten einen Blick auf den Kopf des Opfers werfen zu können, dessen obere Hälfte von der Frontabdeckung des Beckens verdeckt wurde. Er sah seine Vermutung gerade bestätigt, da ertönte eine unfreundliche Stimme zu seiner Rechten:

»Sieh an, wen haben wir denn da? Den Geheimagenten Ihrer Majestät!« Passfeller sah auf und erblickte über sich das höhnische Gesicht Evers', der seine kleine Konferenz beendet zu haben schien und zu ihm herübergekommen war. »Wo steckt denn Ihr korpulenter Kollege? Nicht aus den Federn gekommen heute morgen, wie?«

»Auch Ihnen einen wunderschönen guten Morgen«, erwiderte Passfeller und richtete sich langsam auf. »Leider muß ich Ihre Vermutung dementieren. Der werte Kollege war heute schon früher unterwegs als Sie oder ich. Er ist bereits um kurz vor acht zum Präsidium aufgebrochen, um mit einem – von Ihnen hoffentlich bereitgestellten – Beamten den Zentralfriedhof genauer unter die Lupe zu nehmen. Ich versuchte noch, ihn zu erreichen, aber er hatte sein Mobiltelefon nicht eingeschaltet.«

»Ah«, sagte Evers desinteressiert.

Passfeller drehte sich um und ließ den Blick über die Aktivitäten der versammelten Polizeibeamten schweifen. »Eine hübsche kleine Armee haben Sie da aufgeboten ...«

»Das können Sie laut sagen«, fand Evers, dessen schmale Brust merklich anschwoll. »Die Besten der Besten, Spezialisten ohne Ausnahme. Unsere Spurensicherungsabteilung zählt zu den bestausgestatteten im gesamten Bundesgebiet. Aber das dürfte *Ihnen* selbstverständlich bekannt sein«, fügte er überheblich hinzu.

»Dann haben die Besten der Besten ja auch gewiß schon etwas Interessantes herausgefunden, lieber Kollege? Was verraten uns die Ergebnisse der Spurenauswertung?«

Evers schien plötzlich wieder zehn Zentimeter zu schrumpfen. Er wand sich unbehaglich, seine Hand fuhr nach oben und bemühte sich, Ordnung in sein krauses, blaßrotes Haar zu bringen.

»Wir ... sind selbst erst seit wenigen Minuten hier«, druckste er herum. »Bisher konnten wir noch keine ... aber es wird nur noch kurze Zeit in Anspruch nehmen, bis ...«

Passfeller machte eine abwinkende Handbewegung und wandte seine Aufmerksamkeit wieder dem ungewöhnlichen Fund hinter der Scheibe zu.

»Merkwürdiger Fisch«, kommentierte er und deutete auf den verunstalteten Leichnam.

»Also, *ich* hatte mal ein Aquarium mit Skalaren drin«, ertönte unvermittelt das Organ von Polizist Mordbrenner aus dem Hintergrund. »Aber dann waren sie eines Tages plötzlich alle tot ...«

»Wer hat den Toten gefunden?« wollte Passfeller wissen, ohne den Blick von dem Schaubecken abzuwenden.

»Ein Passant mit seinem Sohn«, gab Evers widerwillig Auskunft. »Man hat beide nach Hause gebracht. Der Mann wird dort vernommen.«

»So, so«, machte Passfeller. Es war kein wertend gemeintes ›so, so‹, dennoch nahm er aus dem Augenwinkel wahr, wie Evers ihn von der Seite böse anfunkelte.

»Wenn Ihnen unsere Methoden nicht passen, *Herr* Sonderkommissar, dann besteht jederzeit die Möglichkeit, daß Sie sich aus diesem Fall zurückziehen und dorthin zurückkehren, woher Sie gekommen sind!« giftete der Mainzer.

Für einen kurzen Moment lag Passfeller eine würzige Erwiderung auf der Zunge, die sich hauptsächlich um die Androhung körperlicher Gewalt und das schöne Wort mit dem großen »A« drehte. Doch er nahm sich zusammen, murmelte mit gespielter Ruhe ein weiteres »so, so« und trat dichter an die Scheibe, hinter der nach wie vor die Leiche verrenkt in der bräunlichen Brühe des Rheinwassers lag. Sein Gesicht nahm einen unbeteiligten Ausdruck an.

»Ich will ja kein Spielverderber sein, aber ... wann beabsichtigen Sie eigentlich, den Toten da herauszuholen, lieber Kollege?« erkundigte er sich in süßlichem Ton.

Wie er erwartet hatte, lief Evers augenblicklich rot an. Er drehte sich um und entfernte sich mit großen, hektischen Schritten.

Zwei Minuten später war der Leichnam aus seinem feuchten Domizil befreit.

»Wie ich es mir gedacht habe«, murmelte Passfeller, als sie wenig später auf dem Schotterweg vor der Wasserstation standen und den auf eine Bahre gebetteten Toten im Licht der kalten Morgensonne inspizierten. »Die selben punktuellen Kopfverletzungen ...«

»Wie meinen?« Evers stand ein paar Schritte abseits und starrte betont unauffällig in eine andere Richtung.

Der Tote sah aus der Nähe tatsächlich wenig appetitanregend aus. Passfellers Schätzung nach mußte er mindestens die halbe Nacht im Wasser gelegen haben. Als Folge davon war der Leib des Mannes aufgetrieben, die Gesichtshaut schwammig und von einem geisterhaften Weiß. Was die umstehenden Polizisten, Evers eingeschlossen, jedoch maßgeblich verstörte, war der Schädel des Leichnams.

Der Hinterkopf des Mannes wirkte wie eingedrückt, und zwischen Strähnen halblangen, kastanienbraunen Haars waren lose Lappen zerfetzter Kopfhaut zu erkennen. Passfeller, der sich von einem der Spurensicherungsleute einen Wegwerfhandschuh geborgt hatte, fuhr mit spitzen Fingern in den undefinierbaren Klumpen und scheitelte das Haar in der Mitte.

Was er sah, bestätigte seinen Verdacht.

»Transkutane Inzisionen in Epidermis und Kopfschwarte, mehrfache Fraktur der darunterliegenden Knochenschicht«, diagnostizierte er. »Wie bei dem Studenten Schnaas, den man gestern fand.«

»*Trans*... Inz... woher ...« Spontane Wut verdrängte Evers Scheu vor dem blassen Leib des Toten, und er trat neben den Sonderkommissar. »Sie haben mit Trauerwein gesprochen, richtig?«

Passfeller hob in übertriebener Überraschung die Augenbrauen. »Trauerwein? Wer soll das sein?« Er zog sich den Einmalhandschuh von den Fingern und ließ ihn beiläufig zwischen den umstehenden Beamten auf den Boden flitschen.

»*Natürlich* habe ich mit Trauerwein gesprochen. Ich war gestern abend gegen neun in der Pathologie und habe den Toten mit den Schädelverletzungen unter die Lupe genommen.« Er richtete den durchdringenden Blick seiner unergründlichen Augen auf den Kriminalrat. »Was glauben Sie eigentlich? Wer nicht mal in der Lage ist, seine Hausaufgaben zu machen, hat in keiner Sonderkommission dieses Landes etwas verloren!«

Evers entgegnete nichts.

Polizist Telver, der sich schon seit einiger Zeit in auffälliger Nähe des Sonderkommissars herumgedrückt hatte, sah seine Gelegenheit gekommen. Er schob seinen faßförmigen Körper dicht neben den Passfellers und sagte: »Ähh, was ich fragen wollte, womit beschäftigt sich Ihr Dezernat eigentlich, Herr Kollege?«

Passfeller betrachtete den kleinwüchsigen Beamten mit der Faszination eines Tiefseeforschers, der unvermittelt auf eine neue Spezies wirbelloser Wattwürmer gestoßen ist. Er setzte ein entgegenkommendes Lächeln auf und erklärte völlig ernst: »Die SK 66 ist mit der selbstlosen Dezimierung gemeingefährlicher Alkoholika und subversiver Schnellimbißprodukte beauftragt.« Ohne eine Entgegnung abzuwarten, wandte er sich an einen der Spurensicherungsleute in weißer Schutzkleidung. »Hat man bei dem Toten irgendwelche Papiere sicherstellen können?«

Der Mann im Astronautendress nickte und reichte dem Sonderkommissar eine durchgeweichte Brieftasche. Nachdem er einige Sekunden darin herumgestochert hatte, förderte Passfeller einen Personalausweis sowie ein lappiges Pappdokument zutage. Seine

Augen verengten sich, als er die Angaben zur Person des Verstorbenen überflog.

»Na *sowas* …« Er hob den Blick und sah Evers an, der ungeduldig von einem Fuß auf den anderen trat, es aber offenbar nicht wagte, Passfeller um die Herausgabe der Fundstücke anzugehen.

In diesem Augenblick näherte sich aus dem Hintergrund ein weiterer weißbekittelter Beamter und begann, aufgeregt auf Evers einzureden.

»Wir sind mit der Untersuchung des Türschlosses fertig, Herr Kriminalrat. Der Zugang zur Wassermeßstation ist ohne jeden Zweifel gewaltsam geöffnet worden. Verwendet wurden mutmaßlich ein grober Dietrich sowie eine Art Zange.«

Auf Evers Gesicht erschien ein beifallsheischender Ausdruck, als er sich zu seinem auswärtigen Kollegen umwandte, der mitgehört hatte. Passfeller war der erwähnte Umstand bereits wesentlich früher, bei einer raschen Umrundung des kleinen Gebäudes, klargeworden, nichtsdestoweniger schenkte er dem Spurensicherer ein wohlwollendes Lächeln. Noch einmal versenkte er sich in die Papiere des Toten, während Evers in beachtlicher Lautstärke den hypothetischen Tathergang rekapitulierte.

»… liegt der Ort des eigentlichen Verbrechens vermutlich ganz woanders. Erst im Anschluß transportierte der Täter die Leiche hierher, brach das Schloß der Wasserstation auf und versenkte den Toten im Schaubecken … Ja, so dürfte es gewesen sein. Was meinen Sie, Herr Sonderdezernent?«

Passfeller, der in Gedanken versunken war, hörte ihn nicht. Mit abwesendem Blick beobachtete er einen bärtigen, grau bemantelten Blinden, der sich mit seinem weißen Stock über den zwischen Tatort und Flußufer gelegenen Parkplatz tastete. Polizist Mordbrenner, der den Behinderten ebenfalls gesehen hatte, stieß Polizist Telver mit dem Ellenbogen an und sagte etwas zu ihm, was der böige Wind ihm von den Lippen riß. Daraufhin brachen die beiden Männer in tierisches Gelächter aus. Passfeller schreckte aus seinen Überlegungen auf. In der Hand hielt er immer noch die tropfenden Personalien des Toten.

»Ich darf Ihr Schweigen also als Zustimmung interpretieren?«

vermutete Evers kühl und deutete angelegentlich auf die Ausweispapiere. »Wenn Sie Ihre Lektüre dann allmählich beendet hätten, könnten wir vielleicht ...«

Passfeller hielt dem Kriminalrat Personal- und Studentenausweis des Toten hin. »Sagen Sie, Evers, wie alt war der Student Schnaas, den man gestern mit identischen Schädelverletzungen fand?«

»Schnaas ... dreiundzwanzig, wenn mich nicht alles täuscht. Warum?«

»Nur so.« Passfeller wandte sich um und entfernte sich mit raumgreifenden Schritten in Richtung des Parkplatzes, auf dem er seinen Wagen abgestellt hatte. Er drehte sich weder um, als Evers ihn zum Abschied mit einem verächtlichen Schnauben bedachte, noch, als Polizist Telver ihm nachrief, wo man sich denn um eine Aufnahme in die SK 66 bewerben könne. In seinem Kopf arbeitete es.

Denn der Germanistikstudent Peter Gleichsam, der in der zurückliegenden Nacht sein feuchtes Grab in einer Glaswanne voller Flußforellen gefunden hatte, war ebenfalls dreiundzwanzig Jahre alt gewesen.

Kapitel 5

Blutschnabelweber

Grosch holte einen Bazookakaugummi aus seiner Manteltasche, wickelte ihn aus der Verpackung, studierte konzentriert den Comic und lachte prustend. Dabei stieß er mit den Knien gegen den Vordersitz des Polizeiwagens, eines eckigen Mercedes, drückte gegen das knirschende, angenehm riechende Leder und grunzte.

»Habe eben mal nachgedacht«, sagte er, lehnte seine Masse nach vorne und klopfte Polizist Westfalen, der verkrampft auf dem Beifahrersitz saß, auf die Schulter. Westfalen war klein, hatte drahtige, braune Haare und einen unangenehm weißen Teint, von dem sich kontrastreich seine Hautunreinheiten abhoben. Seine wunden Augen sahen aus, als seien sie ihm gerade erst eingesetzt worden. Er hatte eine näselnde Stimme und roch nach Nuttenparfüm, aber Grosch fand ihn trotzdem ganz sympathisch.

»Ich habe nachgedacht«, wiederholte er, da ihn Westfalen nur fragend anblickte. Der Fahrer des Gefährts, Polizist Fleich, starrte konzentriert auf die Straße und legte seine hohe Frankensteinstirn in tiefe Falten. Polizist Fleich trug die Haare vorne ganz kurz geschnitten, so daß die obere Hälfte seines Schädels auffallend klobig wirkte. Der Rest seines zusammengeknautschten Gesichts beschränkte sich auf eine sehr geringe Fläche und wurde unten von einem massiven Betonkinn begrenzt, auf dem schwarze Bartstoppeln gediehen.

Die Beamten befanden sich auf dem Weg zum Mainzer Zentralfriedhof, wo zwei Nächte zuvor ein halbes Dutzend Leichen ihrer ewigen Ruhe beraubt worden waren. Die diesbezüglichen Informationen waren Grosch recht spärlich erschienen, weswegen er beschlossen hatte, den Ort selbst noch einmal zu untersuchen und sich unter anderem den Friedhofswärter vorzunehmen. Man hatte ihm ohne große Begeisterung die Polizisten Fleich und Westfalen zur Seite gestellt, die als Begleiter und Chauffeure fungieren sollten. Grosch besaß keinen Führerschein (»Bin bisher überall hingekommen, auch ohne Lappen«), aber er war auch kein Freund öffentlicher Verkehrsmittel. Er fand es seinem Status unangemessen, in einem überfüllten Bus durch eine ihm fremde Stadt zu irren. Zwar hatte er sich einen Baedeker-Reiseführer von Mainz zugelegt, aber bisher fehlten ihm Lust und Zeit, ihn zu lesen.

»Ich habe über die Konstellation in diesem Wagen nachgedacht«, berichtete Grosch und versuchte, den Beifahrersitz mit Westfalen darauf nach vorne zu schieben, um sich etwas Platz zu verschaffen. Es gelang ihm nicht. »Ich finde, das Verhältnis ist unausgegoren, wenn Sie gestatten.«

»Wünschen Sie, vorne zu sitzen?« Westfalen wandte den Kopf in Groschs Richtung und lächelte freundlich.

Grosch grinste durch seinen Vollbart zurück und tippte Westfalen erneut auf die Schulter. »Sie haben es genau erkannt, mein Lieber. Ich wünsche, vorne zu sitzen, wenn Sie gestatten.«

»Wir sind gleich da«, meldete sich Polizist Fleich mit kehliger Stimme zu Wort. »Es lohnt nicht anzuhalten, das hält uns nur auf.«

Grosch zog in der Enge des Fonds die Knie an und wischte dabei unwillkürlich mit dem Vollbart über seine Oberschenkel, die in schwarzen Hosen steckten. »Es lohnt«, behauptete er. »Ich habe nachgedacht und bin zu der Überzeugung gekommen, daß es lohnt.«

»Glauben Sie mir, wir sind gleich da«, wiederholte Fleich. »Sind Sie eigentlich angeschnallt?«

Grosch nickte väterlich und sagte: »Nein.«

Fleich blickte in den Rückspiegel und funkelte ihn aus schmalen Augenschlitzen an.

»Werde es auch nicht tun«, unterstrich Grosch. »Zu unbequem. Dürfte ich bitte nach vorne?«

Fleich gab Gas und überfuhr eine dunkelgelbe Ampel.

Grosch seufzte innerlich. Es war wirklich überall dasselbe. Sobald die staatliche Polizeigewalt in Frage gestellt wurde, benahmen sich die Provinzbeamten wie kleine Kinder. Dabei lag es gar nicht in seiner Absicht, ihre Autorität zu unterwandern, ganz im Gegenteil. Was sollte er bloß tun?

Nun, er konnte die beiden ein bißchen ärgern.

»Ulf, du bist auch nicht angeschnallt!« rief Fleich und starrte eine Hundertstelsekunde lang zu seinem Kollegen auf dem Beifahrersitz, der sich sofort hektisch umwandte, nach dem Gurt angelte und versuchte, Frankensteins Befehl nachzukommen. »Du weißt, das kostet 60 Mark! Schnall dich gefälligst an! Was bist du bloß für ein Vorbild?«

Sie lieben sich, erkannte der zusammengefaltete Grosch. *Sie lieben sich wirklich!*

Er lehnte sich zurück, schob seine langen Beine zwischen den Vordersitzen durch und plazierte seine Füße unmittelbar hinter der Gangschaltung. Westfalen und Fleich sahen auf seine ungeputzten Lederschuhe, als handele es sich um ausgesprochen widerliche Insekten, aber aus dem Augenwinkel gewahrte Grosch, daß Westfalen verstohlen lächelte. Er legte sich seitlich über die Rückbank, stützte sein Kinn auf dem Rand der Türverkleidung ab und blickte aus dem Fenster zu dem im Sonnenlicht glitzernden Fluß, den sie gerade passierten.

»Ah, der schöne Rhein«, sagte er. »Der schöne, schöne Rhein, voller Nibelungengold, Sinnbild deutscher Kraftmythen. Sagen Sie, Fleich, sind Sie eigentlich der Vorgesetzte von Herrn Westfalen?«

»Ihre Füße ...«, setzte Fleich fassungslos an, aber dann mußte er sich wieder auf den Verkehr konzentrieren.

»Weil, ich sage ja nicht oft etwas, aber wenn, dann ja. Ich finde es nicht gut, wie Sie mit Herrn Westfalen in meiner Gegenwart reden, wenn Sie gestatten. Und ja, richtig, das sind meine Füße. Größe 48½. Gar nicht leicht, in einem herkömmlichen Schuhladen etwas Passendes zu finden. Sie riechen etwas, ich weiß, aber wenn ich nicht vorne sitzen darf, müssen Sie wohl oder übel mit diesem Geruch leben, entschuldigen Sie bitte die Belästigung, Herr Westfalen, aber Fleich hat es ja so gewollt. Vielleicht bin ich nicht sehr reinlich, böse Zungen behaupten das jedenfalls, aber ich dusche nicht gerne, gerade in Hotels mag ich das nicht sonderlich. Mein Vater ist unter einer Hoteldusche gestorben.«

Es war sonst nicht Groschs Art, so viel zu reden, aber es entzückte ihn mitanzusehen, wie Fleich sich verkrampft nach vorne lehnte, glubschäugig auf die Straße starrte und versuchte, das Lenkrad zu erwürgen. Seine Frankensteinstirn schien zu wachsen.

Ein tiefes Schweigen trat ein, an dem sich Grosch rege beteiligte. Die Stille wurde lediglich vom Motorengeräusch und gelegentlichem Funkknistern unterbrochen. Sie passierten den Mainzer Hauptbahnhof, eine riesige, graue Baustelle, deren Anblick Grosch mißfiel. Die Häuser, die sich um den Bahnhofsvorplatz verteilten und ein unübersichtliches Verkehrschaos von Menschen, Bussen, Straßenbahnen und Taxis einrahmten, assoziierte er spontan mit Beirut.

»Häßlich«, kommentierte er, als ihm plötzlich etwas ins Auge fiel. Aufgeregt entwirrte er seinen immensen Leib. »Halten Sie an!« schrie er Fleich ins Ohr. »SOFORT ANHALTEN!«

Fleich trat erschrocken auf die Bremse, und mit quietschenden Reifen kam der Mercedes zum Stehen. Grosch faltete sich vollends auseinander, riß die Tür auf und verließ fluchtartig das Gefährt.

Möglicherweise war es einer der schlimmsten Tage seines Lebens, überlegte Fleich, der sich mit beiden Händen am Lenkrad abstützte und in Richtung des Restaurants Wienerwald blickte, wohin der unverschämte Hüne verschwunden war. Der schlimmste Tag seines Lebens: Am Morgen hatte seine Frau Eva einen Streit vom Zaun gebrochen, ganz ohne Grund, wie er fand, seine 16jährige Tochter Gertrud hatte ihn mit einem Nasenring überrascht (»Der kommt raus, oder du kannst dir 'ne eigene Wohnung suchen!«), und dann hatte man ihm auch noch diesen Halbaffen aufs Gemüt gedrückt. »Fahr ihn eben mal zum Friedhof«, hatte es geheißen. »Und halt dich mit Kommentaren zurück, klar?« Verflucht, das sagte sich so einfach!

»Was meinst du, was macht er?« fragte Westfalen neben ihm und lehnte sich über seinen Schoß, um aus dem Fenster auf der Fahrerseite zu schauen. Einen irren Moment lang dachte Fleich, er wollte ihm Fellatio anbieten. »Was hat er gesehen, hm? Große Güte, was bringt denn so einen derart aus dem Häuschen?«

»Schnauze«, entgegnete Fleich. Westfalen hatte nichts zu melden, er war erst seit einem Jahr in seiner Abteilung. Zudem war er ein ausgesprochener Arschkriecher. Es stand ihm nicht zu, Fragen zu stellen. Nicht an solch einem Morgen.

Polizist Fleich nickte mit dem Kopf Richtung Bahnhofsvorplatz, von wo Grosch mit wehendem Mantel herangeschlurft kam, in der Hand einen riesigen Döner, in den er seine bärtigen Kiefer versenkte. Er winkte mit der freien Hand, nahm die letzten Schritte im Zeitlupentempo, öffnete die Tür und rollte sich auf die Rückbank des Mercedes, wobei er mit dem Fuß krachend die Tür ins Schloß zog. Fleich und Westfalen sahen sich an.

»Tschuldigung«, sagte Grosch mit vollem Mund. Sofort entfaltete sich der penetrante Duft von Knoblauchsoße im Wageninneren. »Tschuldigung, habe Sie gar nicht gefragt.« Er wandte den Kopf Westfalen zu. »Wollten Sie auch einen Döner? Oh, fleischgewordene Köstlichkeit.« Er fraß wie ein Hai.

Fleich schloß kurz die Augen und trat dann voll aufs Gaspedal, um den Zyklopen hinter sich vom Sitz zu schleudern. Aber der Zyklop war irgendwie eingeklemmt, die Schwerkraft konnte seine Rache nicht in die Tat umsetzen.

In der Tat, möglicherweise war es der schlimmste Tag seines Lebens.

Grosch ließ seinen Blick über die Grabsteine schweifen und beobachtete zwei Elstern, die vor ihm auf einem Holzkreuz hockten. Riesige, uralte Bäume ragten um ihn herum in die Höhe, Blätter raschelten im leichten, nicht zu kalten Wind. Es war ein schöner Herbsttag, die Temperaturen mild. Ein paar Leute waren unterwegs, brachten Blumen und Kerzen zu ihren Verblichenen. Friedliche Atmosphäre, fand Grosch und biß ein Stück aus seinem Döner.

Er schmeckte hervorragend.

Grosch hatte es sich zur Regel gemacht, Städte, die er besuchte, nach der Qualität ihrer Döner zu beurteilen. Er wußte, das war nicht unbedingt objektiv, aber es machte ihm Spaß. Mainz schnitt bisher gut ab, obwohl die Currywurst, die er sich gleich bei seiner Ankunft gekauft hatte, von eher minderer Qualität gewesen war. Aber Mainz war schließlich nicht berühmt für seine Currywurst, erinnerte er sich.

Fleich und Westfalen hatten ebenfalls den Dienstwagen verlassen und waren über den Friedhof hinter ihm hergezockelt, als wollten sie ihn vor einer Torheit bewahren. Grosch war es egal, er war gewöhnt an Feindseligkeiten aus dem eigenen Lager, und er konnte es den Kollegen nicht einmal übelnehmen. Zu sehr basierte der deutsche Polizeiapparat auf veralteten Denk- und Hierachiestrukturen. Doch es war nicht seine Aufgabe, diese zu durchbrechen.

Westfalen drückte sich irgendwo am Eingang, in der Nähe des Krematoriums herum und suchte nach dem Friedhofswärter. Fleich stand neben Grosch und starrte ihn boshaft an. »Ich frage mich, was das hier soll. Wir haben den Friedhof doch direkt nach der Tat fotografiert. Ihr könnt euch die Fotos der Leichen ansehen. Außerdem hat das hier doch nichts mit den schrecklichen Morden in der Stadt zu tun. Wissen Sie, warum nicht? Hier *waren* die Leute nämlich schon tot, als man sich an ihnen zu schaffen gemacht hat.«

»Interessant«, sagte Grosch kauend. »Wirklich, Herr Fleichwurst, es bereitet mir stets viel Freude, mit einem intelligenten Mann zu plaudern. Aber Sie verstehen ganz und gar nicht, wie die Fäden zusammenlaufen. Wenn Sie gestatten.«

»Tue ich nicht?« stieß Fleich zornig hervor.

»Nein«, sagte Grosch und schlürfte Knoblauchsoße. »Tun Sie nicht.«

Fleich bewegte sich stampfenden Schrittes einen Meter von ihm fort, drehte sich im Kreis, flehte die Elstern mit Blicken um Hilfe an, die sie ihm versagten. Dann wandte er sich wieder zu Grosch um, der die Reste seines Fladenbrotes kräftig zusammendrückte, so daß der Inhalt kreuz und quer durch die Gegend und seltsamerweise zielgenau auf Fleichs makellose Uniform spritzte.

»Tschuldigung.« Grosch warf die Reste seines Döners versonnen in Richtung eines Mülleimers, der am Wegesrand stand. Er verfehlte ihn deutlich.

Fleich tupfte pikiert an seiner Jacke herum. In seinem Gesicht wurde es immer enger.

»Sind Sie eigentlich gerne Bulle?« fragte Grosch und leckte sich die Lippen.

Fleich blickte auf und starrte ihn verständnislos an. »Wie bitte?«

»Ob Sie gerne Polizist sind! Ich bin's nämlich gern. Ich weiß, die Bezahlung ist in der Regel schlecht – außer bei uns –, die Arbeitszeiten sind eine Zumutung – außer bei uns –, man wird mit dem Abschaum der Menschheit konfrontiert – außer bei uns ... aber es muß doch einen Grund gegeben haben, warum *Sie* Bulle geworden sind. Ich beispielsweise mag es, in Bullenautos durch die Gegend zu fahren, vor allem mit dem Blaulicht und allem. Toll. Ist aber nur so richtig toll, wenn ich vorne sitzen darf.« Grosch schob sein großes, haariges Gesicht vor das von Frankenstein. »Ich werde in Zukunft *immer* vorne sitzen. Haben wir uns verstanden?« Sein Ton duldete keinen Widerspruch.

Fleich blickte Grosch entgeistert an, dann hob er beschwichtigend die Hände und fuchtelte damit in der Luft herum, als verscheuche er Fliegen. »Meinetwegen«, rief er. »Gott, wenn das Ihr einziges Problem ist!«

»Dann ist es ja gut!« Grosch kramte in der Tiefe seiner Manteltasche und förderte einen Zigarillo zutage. Er steckte ihn in den Mund und gab sich Feuer. »Ich höre gerade auf zu rauchen«, meinte er.

Fleich war des entgeisterten Starrens müde. Er drehte sich um und verschwand zwischen den Grabsteinen, wobei er fast einen vollbärtigen Blinden mit weißem Stock und Sonnenbrille über den Haufen rannte, der klackernd den Weg entlangkam. »Hier lagen sie«, rief er Grosch zu und deutete auf einen riesigen, meterhohen Obelisken. »Und da. Und dort vorne auf dem Weg.«

»Habe Sie nicht gefragt«, sagte Grosch und konzentrierte sich aufs Rauchen.

In diesem Moment erschien Westfalen hinter ihm, begleitet von einem kleinen Troll. Der Troll hatte weißes, an den Schläfen buschiges Haar und ein rundes Gesicht. Er trug eine grüne Latzhose und graue Gummistiefel.

»Das ist der Friedhofswärter«, sagte Westfalen, der ein wenig außer Atem war.

»Guten Tag«, sagte der Zwerg mit der Latzhose und streckte eine erdverschmierte Hand aus, die Grosch geflissentlich in der Luft hängen ließ. »Mein Name ist Erwin Blutschnabelweber.«

Grosch sah ihn ausdruckslos an und steckte sich den Zigarillo wieder zwischen die Lippen. »Ganz klar ist das ihr Name«, sagte er. »*Mein* Name sei Gantenbein.« Grosch lachte über sich selbst, Westfalen schloß sich an.

»Das war ein gelungener, literarischer Scherz, Herr Grosch«, rief er. »Der kam verschärft!«

»Ganz recht«, schmunzelte Grosch. »Entschuldigen Sie bitte, mein Name ist in Wirklichkeit Edgar Allan Poe, bin Polizist.«

Westfalen prustete.

Blutschnabelweber, der offensichtlich nicht recht wußte, was hier gespielt wurde, nickte unsicher. »Wie kann ich Ihnen denn nun helfen, Herr Poe?« fragte er.

Grosch bemerkte, daß Blutschnabelwebers Stimme etwas Dissonantes hatte. Er legte ihm eine Pranke auf die Schulter und führte ihn den Weg entlang. Westfalen kicherte noch immer.

»Hier lagen also die Leichen«, sagte er und inhalierte tief. »Auf dem Weg und an dem Obelisken auf der Anhöhe dort. Und dort und dort auch, richtig?«

»Genau! Wissen Sie, ich will ja nicht voreilig sein, aber das waren bestimmt palästinensische ...«

»Habe die Fotos gesehen und vergangene Nacht die Berichte gelesen. Aber ich schaue mir die Tatorte gerne noch mal selbst an, hat was mit Instinkt zu tun. Wissen Sie, was Instinkt ist?« Er lächelte.

Blutschnabelweber dachte angestrengt nach, wobei er seine Stirn mit zusätzlichen Falten zerfurchte. »Hat was mit Tieren zu tun?« Es klang unsicher, eine vage Vermutung.

Grosch nickte väterlich. »Auch. Aber nicht nur. Egal. Wollte hier mal die Luft schnuppern. Riecht nicht unangenehm, die Luft. Frische Erde, Gras und Rosen. Delikat. Okay, Sie sind also der Blutschnabelweber von dem Friedhof hier, wenn Sie gestatten?«

»Ja, mein Name ist ...«

Grosch begann, dröhnend zu lachen, als er seinen syntaktischen Irrtum bemerkte. »Tschuldigung, meinte natürlich, Sie sind also der *Friedhofswärter* hier. Mann, jetzt hab ich aber was verdreht!«

Blutschnabelweber kicherte hysterisch drauflos und schob seine kleinen, verhutzelten Hände in die Taschen seiner Gärtnerkluft.

»Seit siebzehn Jahren. Gelernter Gärtner. Wollen Sie meine Referenzen sehen?«

Grosch winkte ab. »Nicht nötig. Sie sind bestimmt der Friedhofswärter, und Sie haben auch bestimmt nichts mit dieser Sache zu tun.«

Blutschnabelweber gab sich schlau. »Ach ja?« warf er ein und lächelte wie eine Eidechse. »Woher wollen Sie das denn wissen?«

»Instinkt, mein Lieber. Das mit den Tieren.«

»Ah.«

»Okay!« Grosch warf den Zigarillo auf den Schotterweg und zertrat ihn. »Dann erzählen Sie mal ein bißchen. Erzählen Sie mir eine kleine Gutenachtgeschichte. Wie war das mit den Leichen?«

Blutschnabelweber zerrte seine Gnomenhände aus der Arbeitskluft und holte wild aus. »Also das war so!« rief er, legte die Stirn in Falten und schwieg fünf Minuten lang. Grosch drängte ihn nicht.

»Oder vielleicht so! Also, gefunden hat sie eine alte, verrückte Frau. Durchgeknallt, wenn Sie mich fragen. Besucht jeden Tag ihren verstorbenen Mann, er hat da hinten in der Reihe seinen Stein, der senkt sich übrigens ab, muß mal einen gelben Zettel drankleben. Also, eine verrückte Frau stolperte in aller Herrgottsfrühe über den Friedhof, stieß mit den Exhumierten zusammen und ...«

»Wieso ist die Frau verrückt?« wollte Grosch wissen.

»Ist so, Sie müssen Sie mal kennenlernen! Aber klugerweise sind Sie ja zu mir gekommen, nicht zu ihr. Würde momentan sowieso kein vernünftiges Wort hervorbringen. Faselt die ganze Zeit von Todesengeln, die gekommen wären, um sie zu holen. Etwas nervös, die Dame. Und sie ist auch unanständig, du große Scheiße, ist die unanständig! Ich meine, Sie haben doch das Schild am Eingang gelesen, oder etwa nicht?«

»Ich lese niemals Schilder«, gab Grosch zu. »Zu viele Verbote.«

»Sollten sie aber! Auf dem Schild am Eingang steht, daß das Betreten des Friedhofes keinen Tieren gestattet ist.«

»Und die verrückte Frau ist ein Tier?«

»Nicht direkt, aber sie hat zwei riesige, scheußliche Bernhardiner, die sie immer mitbringt, damit die alle Wege vollscheiß...«

»BERNHARDINER!« brüllte Grosch so plötzlich, daß sein

Gegenüber erschrocken zusammenzuckte. Entschuldigend lächelnd schickte er seine Pranken wieder auf eine Reise in die unbekannten Tiefen seines Lodenmantels. Wenige Sekunden später tauchte sie mit seiner Brieftasche als Beute wieder auf. »Hier«, sagte er. »Schauen Sie mal!« Aus dem Portemonnaie, in dem erstaunlich viele Hundertmarkscheine zu sehen waren, holte er ein zerknicktes, leicht vergilbtes Foto von einem schwarzen Hund hervor, das er Blutschnabelweber unter die Nase hielt. »Das ist Baldrian, *mein* Bernhardiner! Ist 'ne Mischung, da steckt noch was anderes drin. Vielleicht Dackel? Wer weiß, im Hundeuniversum geht alles, wenn Sie verstehen. Hübsch, nicht wahr? Habe ein paar Jahre mit ihm zusammengewohnt, aber dann ist er eines Tages weggegangen.«

Blutschnabelweber betrachtete das Foto leicht angeekelt. »Weggegangen?« fragte er verdutzt.

»Vielleicht kommt er ja wieder. Bestimmt sogar! Ist jetzt vier Jahre her.«

»Ihr Hund ist weggegangen?«

»Ich glaube, er wollte nach England.«

Blutschnabelweber verengte die Augen zu Schlitzen und schüttelte den Kopf. Grosch, der sein Portemonnaie zuklappte, glaubte, das Rascheln seiner weißen Haare hören zu können, durch die sanft der Wind strich. Himmel, wie leicht die Leute immer wieder aus der Fassung gerieten, bloß weil er ihnen erzählte, daß Baldrian weggegangen war.

»Also«, nahm er den verlorenen Faden wieder auf, »kommen wir mal zur Sache und lassen den lieben Gott 'nen guten Hund sein. Wie war das mit dieser verrückten Frau?« Er steckte sich einen neuen Zigarillo in den Mund und veredelte die frische Herbstluft mit Rauch.

»Die Frau ... also die Frau ...« Blutschnabelweber schloß die Augen und konzentrierte sich scharf auf seine Erinnerung. »Die verrückte Frau mit ihren verrückten Hunden, richtig! Kommt jeden Tag hierher, um alle Friedhofsregeln zu mißachten. Pietätlos. Wissen Sie, sie schreibt ihrem Mann jeden Tag einen Liebesbrief.«

»Sagten Sie nicht, ihr Mann sei tot und liege hier beerdigt?«

»Ha!« kreischte Blutschnabelweber und deutete mit einem krummen Zeigefinger, an dessen Spitze ein gelber Fingernagel zerbröselte, Richtung Himmel. Diesmal war es an Grosch, erschrocken zusammenzuzucken. »Ha! Haha! Da haben Sie's! Sehen Sie, wie verrückt sie ist? Hier, da ist ein Brief von ihr, schauen Sie, da ist er, ich hab ihn dabei, ich hab ihn mitgenommen, nun gucken Sie, hab ihn vom Stein gerissen, da ist er doch, nun sehen Sie schon!«

»Sie reißen die Liebesbriefe des Mütterchens vom Grabstein?«

Blutschnabelweber nickte stolz.

»Und warum tun Sie das? Wenn Sie gestatten?«

Es gab nur eine logische Erklärung für sein Handeln, und Blutschnabelweber zögerte nicht, seine Motivation mittels gekonnter Rhetorik darzulegen.

»So halt«, sagte er und reichte Grosch einen aufgeweichten, karierten Zettel, auf dem in schöner, altmodischer Handschrift folgendes zu lesen stand:

Hallo mein Schatz,

ich hoffe, es geht dir einigermaßen gut im Tod. Ich vermisse dich ohne Ende. Zwei hat in die Küche gekackt. Ich soll dich von ihm grüßen. Tut mir leid, daß ich noch nicht zu dir gekommen bin, wo auch immer du sein magst, aber der Tod muß noch ein bißchen warten.

Ich liebe dich,
U.

Grosch blickte von dem Schreiben auf, direkt in Blutschnabelwebers Gesicht, das eine grünliche Färbung angenommen hatte. »Total wahnsinnig«, behauptete der Gärtner. »Dem Irrsinn verfallen! Gefangen im einsamen Palast der Unlogik!«

»Finden Sie?« wagte Grosch einzuwenden. »Also, ich finde, Sie übertreiben ein bißchen. Ist doch ein liebenswürdiges Schreiben.«

»Irrsinn …«

»Ich meine, *ich* würde mich freuen, wenn irgendwann mal irgendwer so etwas an meinem Stein hinterlassen würde.«

»Idiotie ...«

»Eine nachvollziehbare Sache. Sie hat ihn geliebt. Wie schön!« Er steckte den Zettel in seine Tasche.

»Humbug! Geistesverirrung!«

»Sagen Sie, wie heißt denn die Gute? Haben Sie ihre Adresse? Könnte mir vorstellen, daß ich mich auch mit ihr mal unterhalten möchte. Wenn Sie gestatten.«

»Adresse? ADRESSE? Was heißt hier Adresse? Himmel, ich kann mich nicht um alles auf dieser Welt kümmern! Gott, Adresse ...«

Grosch paffte ein paar Züge. »Also, zurück zu den Leichen. Wie ...«

»Ausgegraben!« Blutschnabelweber spuckte Grosch das Wort ins Gesicht wie eine Schaufel Erde, mit der er ein frisches Grab zuschüttete. »Das müßten Sie doch eigentlich alles schon wissen, ja, oder? Doch! Also, jemand hat in der Nacht die Friedhofsmauer überwunden und diese Gräber hier ...« Er fuchtelte mit den Händen in der Gegend herum. »... und hier und hier und hier aufgebrochen. Wahnsinnig anstrengend, hat wahrscheinlich 'ne ganze Weile gedauert. Er mußte ja Grabplatten zur Seite hieven, wahrscheinlich mit einem Brecheisen, erkennt man an den Einkerbungen in den Steinen, sind an den Rändern leicht gesplittert. Naja, dann halt die Erde weg, mit 'ner Schaufel, den Sarg aufbrechen, den Leichnam rausholen und irgendwohin schleudern, warum weiß nicht mal mein Sack!«

»Sie drücken sich ausnehmend gewählt aus, lieber Herr Blutschnabelweber.«

Blutschnabelweber nickte energisch. »Ich weiß«, krächzte er. »Also, wenn Sie *mich* fragen, war das nicht nur einer. Die waren mindestens zu zweit! Palästinenser!«

»Hab ich ein Glück, daß ich Sie nicht frage«, bemerkte Grosch, dessen rechte Hand freudig einen bereits aufgerissenen Schokoriegel aus der Manteltasche förderte.

»Muß Stunden gedauert haben, selbst wenn die modernere Gerätschaften hatten. Niemand hat etwas gesehen oder gehört. Die Leute schlafen alle.«

Grosch ließ seinen Blick über die Grabsteine schweifen. »Sozusagen«, sagte er leise und schob sich die Hälfte des zerdrückten Riegels in den Mund. Etwa hundert Meter entfernt brüllte Polizist Fleich auf den bemitleidenswerten Westfalen ein.

In den langen Jahren, da Grosch im Polizeidienst stand, hatte er gelernt, daß spontane Entscheidungen oft die besten waren. Und während er Fleich, Westfalen und den verhutzelten Gartenzwerg beobachtete, beschloß er, den Friedhof möglichst schnell wieder zu verlassen. Er würde hier nicht weiterkommen. Seine Instinkte vermittelten ihm keine neuen Erkenntnisse, Blutschnabel erzählte ihm lediglich Dinge, die er ohnehin schon wußte.

»Also Blut«, hob er an, um sich zu verabschieden, als Blut plötzlich wie im Krampf seine pferdeartigen Zähne nach vorne schob. Mit einem Mal ähnelte er auf erschreckende Weise einem Hamster, der gleichzeitig einen Orgasmus und einen Herzstillstand erlebte.

»Interessant ist«, ächzte er, »daß sämtliche Tote eine Gemeinsamkeit hatten. Ist Ihnen diese Gemeinsamkeit aufgefallen?«

Grosch stutzte. Gemeinsamkeit? Wovon faselte der Mann?

»Sie täuschen sich, Blut«, sagte er. »Die Leichen weisen nur einen einzigen gemeinsamen Nenner auf – sie sind alle tot.«

»Treffer!« Blut lachte glucksend auf. »Aber da ist noch etwas. Die Leichen an sich.«

Die Leichen an sich?

Grosch beendete seinen Riegel und dachte nach.

»Nein«, sagte er nach einer Weile. »Keine Gemeinsamkeiten. Lediglich eine Leiche wurde entstellt. Wir haben es hier mit der Exhumierung von sechs Toten zu tun, Männer wie Frauen. Keine Schändung, kein sexuelles Vergehen. Nur der fehlende Kopf des einen Toten, der mir ein Zerbrechen desselben bereitet. Das ist das eigentliche Rätsel. Es scheint, als habe der Täter etwas gesucht.«

»Es hat etwas mit dem Alter zu tun, und zwar in zweifacher Form«, berichtete Blutschnabelweber, überführter Kidnapper von Witwenbriefen. Er bemerkte Groschs Verwirrung und wuchs um zehn Zentimeter.

Grosch sah ihn nur an. Im Schweigen war er gut, besser als Blutschnabelweber, der sich kichernd sein krauses Haar kratzte und nach wenigen Sekunden ungeduldig hervorstieß: »Also gut, ich sag's Ihnen, wenn Sie so nachhaltig darauf drängen: Alle Toten ... also, sie waren zum Zeitpunkt ihres Todes alle exakt dreiundzwanzig Jahre alt. Und jeder einzelne liegt seit genau hundert Jahren hier. Seit 1900! Herr Poe!«

Grosch blickte auf. »Seit hundert Jahren? Und alle im Alter von dreiundzwanzig Jahren?«

»Jahaha! Echt unheimlich, was?«

Grosch kratzte sich den Bart, in dem Knoblauchsoße klebte. Äußerlich war nicht zu erahnen, was hinter seiner Stirn vorging. Übertrieben geheimnisvoll flüsterte er: »Und wie kommt es, daß keine der Leichen verwest war, wenn sie alle bereits seit hundert Jahren in ihren Särgen lagen? Wenn Sie gestatten?«

Blutschnabelweber lächelte diabolisch, wobei sich seine Augenbrauen zu einem durchgehenden, pelzigen Strich zusammenzogen.

»Soll ich's Ihnen erzählen?« fragte er.

Kapitel 6

Investigatio universitatis

Was soll das heißen, *ich kann nicht rein*?« Während Passfeller sich bemühte, nicht ausfallend zu werden, kramte er verzweifelt in den Innentaschen seines Sakkos nach dem Dienstausweis. Den schnauzbärtigen Wärter vor dem Schrankenhäuschen beeindruckte das wenig.

»Wie ich schon sagte«, erklärte er in einschläferndem Tempo. »Wennse keine Einfahrterlaubnis von de Universitätsverwaltung ham, könnse auch nich ins Universitätsgelände einfahren.« Sein Ton war gelangweilt wie der eines Lehrers, der dem Klassentrottel zum achten Mal die Grundlagen der Bruchrechnung erklären muß. Bei jedem Wort nickte sein schwerer Schädel mit der Regelmäßigkeit eines Uhrpendels auf und ab.

Passfeller knirschte mit den Zähnen.

Er hatte den Vormittag nach seiner Stippvisite am Rheinufer dazu genutzt, sich ein wenig im Gutenberg-Museum umzusehen, ohne dabei allerdings auf brauchbare Hinweise zu stoßen. Im Anschluß hatte er überraschend problemlos den Weg zur Universität gefunden und sich innerlich schon zu seinem überragenden Orientierungsvermögen beglückwünscht. Doch wie es aussah, hatte er die Rechnung ohne den Wirt – genauer: ohne den regelversessenen Campuswärter mit der Säufernase und dem Staubwedel auf der Oberlippe gemacht. Nun stand er mit seinem Wagen vor der heruntergelassenen Schranke, unter der Motorhaube blubberte der Sechszylinder tatenlos vor sich hin, und er konnte sich beim besten Willen nicht erinnern, wo er die Brieftasche mit der Dienstmarke, seiner Freikarte zu jeglicher Art von geschlossener Gesellschaft, zuletzt hingesteckt hatte.

»Hören Sie, guter Mann«, versuchte er es erneut und lehnte sich betont lässig aus dem Fenster. »Ich bin Angehöriger eines Sonderdezernats und habe eine dringende Verabredung mit einem Wissenschaftler Ihrer hübschen Einrichtung hier. Sie laufen Gefahr, der polizeilichen Aufklärung eines blutigen Verbrechens in nicht unbeträchtlichem Maße im Wege zu stehen, wenn Sie ...«

»Ja, ja«, murmelte der Schrankenwärter müde. »Alles schon gehört, kenn ich längst.« Er drehte sich um und machte Anstalten, mit nacktschneckenartiger Trägheit wieder in seinem Häuschen zu verschwinden. »Wenn Sie wüßten, was mir die Studenten hier den lieben langen Tach erzählen ... aber denen sag ich dann auch immer nur des eine ...«

»Und das wäre?« In Passfellers Stimme schwang Hoffnung.

Der fettleibige Angestellte drehte sich in Zeitlupe um und fixierte den Sonderkommissar unter schweren Lidern. Dann sagte er langsam: »Wennse keine Einfahrterlaubnis von de Universitätsverwaltung ham, könnse auch nich ins Universitätsgelände einfahren.« Damit schien alles gesagt, und er schlurfte davon.

Passfeller stieß einen definitiv nicht jugendfreien Fluch aus und schaltete den Motor aus.

Rasch wog er im Geist die Alternativen gegeneinander ab. Wenn er rechtzeitig zu seinem Termin mit Professor Genschel im Institut für Buchwissenschaft sein wollte, mußte er diese Schranke überwinden, und dazu blieben ihm exakt drei Möglichkeiten. Die Colt Seavers-Methode, furchtlos den Boliden anzuwerfen und mit Vollgas die Absperrung in handliche Einzelteile zu zerlegen, schied aus; Karosseriereparaturen kamen verdammt teuer, und zudem schätze es das BKA nicht sonderlich, wenn es nach jedem Einsatz Sachschäden in sechsstelliger Höhe regulieren mußte, das hatte man ihm beim letzten Einsatz unmißverständlich zu verstehen gegeben.

Die zweite Möglichkeit bestand darin, der schnauzbärtigen Nacktschnecke seine Dienstwaffe, eine stupsnasige Walther PK38, zur näheren Begutachtung vorzulegen. Besonders die Innenansicht des kerzengeraden und perfekt gepflegten Laufes hatte schon manchen uneinsichtigen Zeitgenossen von der Redlichkeit ihres Besitzers überzeugt. Da Passfeller jedoch wenig Verlangen nach einer neuen Anzeige gegen seine Person verspürte, kam diese Möglichkeit ebenfalls nicht recht in Betracht.

Die dritte Möglichkeit war, endlich den gottverdammten Dienstausweis zu finden …

Stöhnend versenkte sich der Sonderkommissar in das Durcheinander des Handschuhfachs, das dem von leeren Coladosen, zerknautschten Hamburgerverpackungen und alten Playboy-Ausgaben übersäten Wagenboden lediglich voraus hatte, daß das Gerümpel hier etwas handlicher war. Ungeduldig kramte er sich durch uralte, längst versteinerte Kaugummivorräte, vorchristliche Kondompackungen und Unmassen zerknüllter Strafzettel. Schließlich gewahrte er unter einem Slip, von dem er sich beim besten Willen nicht erinnern konnte, ihn je zuvor gesehen zu haben, etwas Schwarzes, Schmieriges.

Mit einem zufriedenen Grinsen zog er seine Brieftasche hervor, und dreißig Sekunden später, mit einem noch erheblich zufriedeneren Grinsen, konnte er den Zeitlupenmann dabei beobachten, wie er – jetzt gar nicht mehr in Zeitlupe – die Schranke hochfuhr. Passfeller ließ den Motor wieder an und passierte mit quietschenden Reifen den Eingang zum Campusgelände.

Nur zwei Minuten später stand er erneut. Diesmal allerdings nicht vor einer geschlossenen Schranke, sondern vor einer Kreuzung. Es war die dritte, die ihm auf seinem Weg begegnet war, und nachdem er die ersten beiden Abzweigungen mehr oder weniger willkürlich genommen hatte, wurde er sich allmählich eines entscheidenden Mankos seines Ausflugs bewußt.

Er hatte nicht die blasseste Ahnung, wo sich das Institut für Buchwissenschaft befand.

Der Campus der Johannes Gutenberg-Universität war eine eigene kleine Stadt für sich. Abgesehen von Tausenden beunruhigend junger Menschen mit beunruhigend geschädigtem Modeverständnis hatte Passfeller bei seiner kurzen und ziellosen Spazierfahrt entlang der Straßen bisher Geschäfte, Restaurants, Gewächshäuser und parkähnliche botanische Anlagen gesehen – und unzählige Kreuzungen.

Ein Blick auf die Uhr verriet ihm, daß er noch fünf Minuten hatte, wenn er pünktlich sein wollte.

Als ein schmächtiges Bürschchen mit ernsthaften Hautproblemen auf dem Gehsteig an ihm vorüberstakste, ergriff Passfeller die Gelegenheit beim fettigen, seitengescheitelten Schopf und ließ das Seitenfenster heruntergleiten.

»Hey, du! Kannst du mir sagen, wie ich zum Institut für Buchwissenschaft komme?«

»Buchwissenschaft?« Das Bürschchen blieb stehen. »Die sind im Philosophicum, oder?«

»Wenn ich's wüßte, würde ich nicht fragen. Weißt du, wo das ist oder nicht?«

»Klar weiß ich, wo das ist. Ich muß selbst da hin.«

»Na, dann rein mit dir und hopplahopp zum Philodingsda. Eingestiegen!«

Der junge Mann faltete sich schlaksig auf dem Beifahrersitz des Legend zusammen. Seine Umhängetasche, die aus alten Armeerestbeständen zu stammen schien und mit unzähligen schwarzen Eddingkritzeleien verziert war, nahm er wie einen treuen Hund auf den Schoß. Als Passfeller ihn von der Seite musterte, erspähte er unter dem offenen Holzfällerhemd ein T-Shirt mit aufgedrucktem rotem Kommunistenstern. Mit einer zweifelnd hochgezogenen Augenbraue fuhr er an.

»Anselm Keller«, sagte der Student und hielt Passfeller eine Hand mit unnatürlich langen Spinnenfingern hin. Passfeller betrachtete sie kurz.

»Kannst Ans zu mir sagen. Hier rechts. Bist du Dozent oder sowas?«

»Häh?«

»Na, wegen der Schleuder hier.« Er wies auf die ausladende Motorhaube des Honda. »Ist keine Studentenkarre, seh ich doch sofort. Wissenschaftlicher Angestellter?«

»So ähnlich«, sagte Passfeller.

Der Student betrachtete interessiert die mit zahlreichen Zusatzinstrumenten ausgestatteten Armaturen.

»Da wieder rechts.« Pause. »Ich studier Filmwissenschaft. Geiles Fach. Was machst du?«

»Equulogie«, entgegnete Passfeller ohne zu zögern.

»Ah«, sagte der Student mit wissender Miene. Nach einer weiteren Wegbiegung fügte er, wie irr mit dem Kopf nickend, hinzu: »Und was ist das?«

»Die Lehre vom Pferd«, erklärte Passfeller todernst. »Ist es das da?« Sie hatten einen unansehnlichen Flachbau im Stil der siebziger Jahre erreicht, vor dem am Fuß einer breiten Treppe Unmassen von Fahrrädern herumstanden.

»Mmhmm«, sagte Ans.

Sie hielten.

Um Punkt drei Uhr saß Frank Passfeller dem Leiter des Instituts für Buchwissenschaft, Professor Josef Genschel, in dessen Büro im dritten Stock der philologischen Fakultät gegenüber.

Josef Genschel war ein großer, stämmiger Mann, unter dessen altmodischer Weste sich ein enormer Bauch spannte. Sein pausbäckiges Gesicht und die großen, lebendigen Augen waren die eines kleinen Jungen. Wäre nicht sein schlohweißer Haarschopf gewesen, der sein Gesicht in Verbindung mit einem pelzigen Backenbart fast vollständig einrahmte, man hätte ihn um einiges jünger geschätzt als die zweiundfünfzig Jahre, die er laut Passfellers Informationen alt war. Er begrüßte den Sonderkommissar mit einer tiefen, wohlklingenden Baßstimme, der man bereits bei den ersten Sätzen eine langjährige Routine im Referieren vor großen Zuhörergruppen anmerkte. Passfeller nahm vor dem ausladenden Schreibtisch Platz und sah sich interessiert um.

Das Büro des Akademikers sah anders aus, als er es sich vorgestellt hatte. Statt endloser Reihen staubiger alter Wälzer und in Leder gebundener Folianten füllten neutrale Aktenordner die wenigen Regalbretter an den Wänden. Es gab keine hinter UV-geschütztem Glas gerahmten vorzeitlichen Papyri, und den Arbeitsplatz des Professors dominierte ein profaner, grauer PC. Bis auf das riesige Glas mit blauen Eisbonbons, das neben dem Monitor emporragte, hätte es sich auch um den Arbeitsplatz eines beliebigen Verwaltungsbeamten handeln können.

»Ich bin mir nicht ganz sicher, ob ich den Grund Ihres Besuches richtig verstanden habe«, eröffnete Genschel freundlich. Seine jugendlichen Knopfaugen strahlten im selben Blauton wie seine Eisbonbons. »Wie Sie fraglos wissen, haben mich Ihre Kollegen bereits heute morgen in die Pathologie gebeten, wo ich alle Fragen, die man mir stellte, in dem mir möglichen Ausmaß beantwortet habe. Was gibt es also noch?«

Passfeller nickte. Natürlich wußte er, daß man den Gutenberg-Spezialisten und Fachmann für frühe Drucktechniken bereits am Vormittag nach seiner Meinung zu den mysteriösen Kopfverletzungen der beiden Studenten befragt hatte. Und er wußte auch, was Genschel geantwortet hatte.

»Sie gaben zu Protokoll, daß Sie nicht ausschließen würden, den beiden Opfern könnten ihre tödlichen Verletzungen tatsächlich mit jenen Drucktypen zugefügt worden sein, die vor einigen Tagen aus dem Gutenberg-Museum entwendet wurden. Das ist doch richtig, oder?«

»Ich bin kein Mediziner«, entgegnete der Wissenschaftler vorsichtig. »Ich sagte, ich könne rein anhand des optischen Eindrucks, den die Verletzungen auf mich machten, nicht ausschließen, daß man solche oder ähnlichen Wunden mit den gestohlenen Bleilettern erzeugen *könnte*. Die verwendete Type entspricht jedenfalls – soweit man dies erkennen kann – der der gestohlenen Lettern, einer Textura, die man gemeinhin als Donat-Kalender-Type bezeichnet.« Er hielt kurz inne und schenkte Passfeller einen skeptischen Blick. »Es gibt jedoch, wie Sie sich sicher denken werden, keinerlei Referenzfälle. Wir können nicht wissen, ob Verletzungen, die mit jenen, für einen gänzlich anderen Zweck hergestellten Typen verursacht wurden, tatsächlich so aussähen wie das, was mir Ihre Kollegen heute früh präsentierten.« Er lehnte sich in seinen dick gepolsterten Schreibtischstuhl zurück, als sei damit alles Wesentliche gesagt.

Passfeller griff in seine Innentasche und zog einen kleinen Notizblock hervor. Den Umschlag mit unangenehm detailreichen Nahaufnahmen der zertrümmerten Schädel, die ein Polizeiphotograph angefertigt hatte, ließ er stecken.

»Wenn ich Ihnen nun aber sagen würde, daß in der Knochenmasse unter den Einkerbungen sowie an den Splittern zerstörter Schädelpartien Spuren vom Abrieb eines Blei-Zinngemischs sowie mikroskopische Reste von sehr altem Lampenruß und eingetrockneten Harzen festgestellt wurden?«

Die Brauen des Buchwissenschaftlers hoben sich kaum merklich.

»Seit wann ist das bekannt? Heute morgen erwähnte man mir gegenüber nichts derartiges …«

»Ich bekam den Anruf aus der Pathologie vor kaum einer Stunde«, gab Passfeller Auskunft. »Sagen Sie mir, Herr Professor – aus was wurde seinerzeit die Druckfarbe hergestellt, mit der man die gestohlenen Typen einfärbte?«

Genschel sah ihm tief in die Augen. Halblaut sagte er: »Sie bestand überwiegend aus organischen Stoffen … Ölen oder Harzen beispielsweise. Als Farbträger mischte man Pech bei, Firnis oder … eben Lampenruß.« Er überlegte einen Augenblick. »Aber nach so langer Zeit kann unmöglich …«

»Die Spuren, die wir festgestellt haben, sind, wie ich bereits sagte, mikroskopisch. Aber mit unseren heutigen Methoden dennoch meßbar.« Passfeller kritzelte etwas in seinen Notizblock, bevor er weitersprach. »Herr Professor, ich weiß, daß Sie unter den Wissenschaftlern waren, die die Typen vor Eröffnung der Sonderausstellung untersucht haben. Ich habe hier eine Auflistung aller relativ eindeutig erkennbaren Buchstaben, die wir in Schädeldecke und verhärteten Teilen der weißen Hirnsubstanz der Ermordeten feststellen konnten. Würden Sie mir sagen, ob welche darunter sind, die *nicht* in dem Satz gestohlener Buchstaben vorkamen?«

Er riß eine Seite aus seinem Block und reichte sie Genschel über den Tisch.

Der Akademiker setzte eine Lesebrille mit winzigen, ovalen Gläsern auf und begutachtete die Liste mit gerunzelter Stirn. Passfeller stellte erstaunt fest, wie frappierend der Akademiker in dieser Haltung einem in Ehren ergrauten, weiß gefiederten Uhu ähnelte. Schließlich nahm Genschel die Brille wieder ab und schüttelte den Kopf.

»Das sind ausschließlich Buchstaben, die sich unter den gestohlenen Originaldrucktypen befanden.«

»Sie können gerne Ihre Aufzeichnungen zu Rate ziehen, wenn Sie sich nicht ganz sicher sind …« hob Passfeller an.

»Das ist nicht notwendig«, winkte Genschel ab und gab ihm das Papier zurück. »Wenngleich für die wissenschaftlichen Untersuchungen mit diesen ungewöhnlich seltenen Objekten im Vorfeld der Ausstellung nicht allzu viel Zeit zur Verfügung stand, so war unsere Auseinandersetzung damit doch intensiv genug, daß ich Ihnen zumindest die Zusammensetzung des Fundes noch im Schlaf lückenlos aufzählen könnte.«

»Sehr interessant.« Wieder notierte Passfeller etwas. »Würden Sie mir beipflichten, wenn ich sage, daß diese erweiterte Indizienlage die Wahrscheinlichkeit, mit der es sich bei der Mordwaffe um die gestohlenen Drucktypen handelt, auf ... sagen wir: mindestens neunzig Prozent erhöht?«

Nach kurzem Zögern nickte der Professor mit dem Kopf. »Alles andere wäre ein zu unwahrscheinlicher Zufall, fürchte ich.«

Passfeller lächelte zufrieden. »Also neunzig Prozent. Oder darüber.« Er beendete seine Kritzelei und klappte das Blöckchen zu. »Danke, Herr Professor. Ich denke, das bringt uns einen kleinen Schritt weiter.«

»Das würde mich freuen. Gestatten Sie mir meinerseits eine Frage?«

»Nur zu.«

»Bei der Betrachtung der unvollständigen Buchstabenfolgen, die mir heute morgen unter so wenig erfreulichen Umständen präsentiert wurden, drängte sich mir der Eindruck auf, daß es sich bei den Verletzungen der beiden Studenten keineswegs um willkürlich zustandegekommene Zeichenfolgen handelt, sondern um konkrete Worte! Mich würde interessieren, ob ich mit dieser Vermutung richtig liege, und falls ja, ob in dieser Richtung bereits ermittelt worden ist?«

Passfeller blickte den schwergewichtigen Wissenschaftler aufmerksam an. »Sie verfügen über eine bemerkenswerte Beobachtungsgabe, Herr Professor. Es handelt sich, soweit wir dies aus den teilweise nur schlecht zu rekonstruierenden Abdrücken schließen können, tatsächlich um Worte. Worte in lateinischer Sprache, um genau zu sein. Gegenwärtig befassen sich Spezialisten mit der Übersetzung dessen, was man entziffern konnte.«

Genschel schüttelte in einer Mischung aus Ekel und Faszination den Kopf. Seine Wangen hatten rund um das weißliche Vlies des Backenbartes einen rötlichen Schimmer angenommen. »Unglaublich«, murmelte er. »Es hat den Anschein, als stecke tatsächlich Berechnung hinter diesen scheußlichen Taten. Sie müssen mich unbedingt über Ihre Ergebnisse auf dem laufenden halten, Herr Kommissar!«

»Ich denke, das läßt sich einrichten. Wenn Sie noch ein paar Minuten übrig hätten, würde ich mich gerne noch ein wenig mit Ihnen über den geschichtlichen Hintergrund der Drucktypen unterhalten, die ja nun relativ einwandfrei als Tatwaffe feststehen.« Passfeller sah den Akademiker fragend an.

Genschel erwiderte den Blick mit einem Lächeln. »Mit dem größten Vergnügen, Herr Kommissar. Meine heutige Vorlesung beginnt erst in einer halben Stunde, bis dahin stehe ich zu Ihrer Verfügung. Mögen Sie vielleicht einen Kaffee?«

Ohne Passfellers Antwort abzuwarten, erhob er sich und trat an die Tür zum Nebenzimmer. Er steckte den Kopf hindurch, murmelte etwas und kehrte wieder an seinen Platz zurück. »Also, was möchten Sie wissen?«

Passfeller druckste einen Moment herum. »Nun, auch wenn meine Frage vielleicht einen für Ihre Verhältnisse bemitleidenswerten Bildungsstand offenbart, aber … könnten Sie mir als Laien vielleicht kurz und nachvollziehbar erklären, was an diesen Drucktypen so besonders ist? Es wäre sicher hilfreich, wenn ich abschätzen könnte, wie die Schwere dieses speziellen Diebstahls einzustufen ist.«

Ein beglücktes Lächeln erhellte Genschels eulenartige Züge – das Lächeln eines Mannes, dessen einsamer Lebensaufgabe Interesse entgegengebracht wird. »Aber selbstverständlich. Nur keine falsche Bescheidenheit, Herr Kommissar! Die Vermittlung eines relativ spezialisierten Fachwissens ist schließlich unsere Aufgabe. Vergessen Sie nicht, unsere Studenten sind ebenfalls Laien, wenn Sie ihr Studium bei uns aufnehmen. Diese Drucktypen …«

In diesem Moment öffnete sich die Tür zum Nebenzimmer, und eine kleine, kugelige Frau betrat das Büro. Alles an ihr schien rund:

der graue, ballförmige Haardutt auf ihrem Kopf, die Wangen ihres gutmütig lächelnden Großmuttergesichts und die Gläser der fingerdicken Brille, die auf ihrer Nase saß. In den Händen hielt sie ein kleines Tablett mit zwei Tassen, einem Milchkännchen und einem Zuckerstreuer.

»Ah, Kommissar Passfeller, darf ich vorstellen: Das ist unsere Sekretärin, Frau Miriam Kretschmann.«

Miriam Kretschmann nickte Passfeller zu und baute mit Sorgfalt das Mitgebrachte auf Genschels Schreibtisch auf. Dann zog sie sich diskret zurück.

»Frau Kretschmann ist die Seele unseres Instituts«, erklärte Genschel versonnen, während er fünf Stück Zucker in seinen dampfenden Kaffee fallen ließ. »Ohne sie würde hier nichts ... aber ich schweife ab, verzeihen Sie.«

Passfeller machte eine abwinkende Handbewegung und nahm sich Milch und Zucker. Als er an dem Gebräu nippte, stieg sein persönlicher Respekt vor der sympathischen Omi plötzlich beträchtlich.

Der Kaffee war überaus köstlich.

»Wenn Sie vielleicht auch ein Eisbonbon dazu möchten ...« bot Genschel an, dessen voluminöse Hand sich in die Tiefen des gläsernen Gefäßes versenkt hatte.

Passfeller lehnte dankend ab und beobachtete den Wissenschaftler, wie er ein Bonbon auswickelte und es zwischen seine dicken Lippen schob. Ein Ausdruck seliger Ruhe breitete sich auf seinem Gesicht aus.

Passfeller rührte in seinem Heißgetränk und versuchte, das Gespräch wieder in Gang zu bringen. »In den Zeitung stand etwas vom ›unschätzbaren Wert‹ der Lettern. Ist das nicht ein bißchen übertrieben?«

»Oh, durchaus nicht«, entgegnete der Professor emsig und schob sein Bonbon von einer Backentasche in die andere. »Wissen Sie, es sind generell nicht viele authentische Fundstücke aus der Zeit der Wiegendrucke auf uns gekommen. Von vielen Hundert gedruckten B 42-Bibeln – also der ersten, zweiundvierzigzeiligen Bibel, die Johannes Gutenberg ab 1450 druckte –, sind beispielsweise nur 49 Exemplare bekannt, die bis heute erhalten geblieben sind.« Schlürfend trank er von seinem Kaffee.

»Das ist nicht viel«, bestätigte Passfeller.

»Noch kläglicher ist die Ausbeute, was Relikte von Gutenbergs damaligen Druckwerkstätten angeht. Bisher war nicht bekannt, daß überhaupt Teile des Originaltypenmaterials erhalten geblieben sind. Insofern nehmen die etwas über drei Dutzend Lettern, die vor einigen Monaten aufgetaucht sind, innerhalb der historischen Forschung eine Sonderstellung ein. Abgesehen von ihrem monetären Wert, der faktisch kaum zu beziffern sein dürfte, versetzen sie uns erstmalig in die Lage, unsere bisherigen Vermutungen zur exakten Zusammensetzung der von Gutenberg verwendeten Bleilegierung sowie diverser weiterer Details seiner Arbeit zu verifizieren. Das heißt ... sie *hätten* uns in die Lage versetzt ...« Der gutmütige Blick des Wissenschaftlers trübte sich für einige Sekunden, als ihm der Verlust der seltenen Objekte wieder zu Bewußtsein kam.

»Nur die Ruhe«, versuchte Passfeller zu trösten. »Wir finden die Dinger schon wieder, da habe ich gar keine Zweifel.« Das war eine gewagte Behauptung, aber der Forscher tat ihm in seiner kindlichen Faszination irgendwie leid. Das Strahlen seiner Augen, wenn er vom Erfinder der Buchdruckkunst berichtete, ließ ahnen, wie hart ihn das Verschwinden der Typen getroffen haben mußte.

»Ich habe heute Vormittag im Gutenberg-Museum zahlreiche weitere Drucktypen gesehen«, bemerkte er, um überhaupt etwas zu sagen. »Sie stammen aus späteren Epochen, nehme ich an?«

»Es handelt sich überwiegend um Replikate. Sehen Sie, die Drucktype an sich war ein Arbeitsgerät, ein Verschleißteil. Deswegen sind nur so wenige erhalten geblieben, selbst aus wesentlich späteren Epochen.« Genschel leerte seine Tasse und spülte sein Bonbon mit der Flüssigkeit im Mund hin und her.

»Wer hatte die Lettern eigentlich gefunden? Wo kamen sie nach all den Jahren plötzlich her?«

»Ein Buchwissenschaftlerkollege aus Leipzig. Er stieß darauf in den Beständen eines bis dato wenig bekannten niederländischen Bibliophilen, dessen Privatsammlung er sichten und katalogisieren sollte; nachdem ihm ihre außergewöhnliche Herkunft klar geworden war, brachte er mehrere Monate damit zu, den Mann davon zu überzeugen, daß die Artefakte unbedingt der Wissenschaft zugänglich gemacht werden mußten.«

»Was ihm offenbar gelang.« Passfeller holte erneut seinen Block hervor und klickte mit dem Kugelschreiber. »Sie sagten, es handelte sich um etwa drei Dutzend Lettern«, sagte er. »Bilden sie ein vollständiges Alphabet, oder fehlen bestimmte Buchstaben?«

Krachend zerbiß der Professor sein Bonbon. »Die neununddreißig gestohlenen Drucktypen ergeben ein nahezu vollständiges Alphabet. Es fehlen einige Konsonanten, und von den gängigen Ligaturen sind fast gar keine enthalten.« Als er Passfellers gerunzelte Stirn sah, fügte er hinzu: »Ligaturen sind Kombinationen mehrerer Buchstaben auf einer einzelnen Type, Doppelkonsonanten beispielsweise.« Lächelnd fuhr er mit der Hand ins Bonbonglas und versorgte sich mit Nachschub.

»Ah.«

»Wenn man weiterhin davon absieht, daß einige der Lettern nur als Groß-, andere als Kleinbuchstaben vorhanden sind, ist das Alphabet aber annähernd komplett – was im Grunde zu unwahrscheinlich für einen bloßen Zufall anmutet, wenn man bedenkt, daß Gutenberg für den Druck eines einzelnen Buches teilweise bis zu 290 unterschiedliche Schriftzeichen herstellte: Groß- und Kleinbuchstaben, Abbreviaturen, Ligaturen und Satzzeichen zusammengenommen. Jemand muß seinerzeit mehr oder weniger selektiv dieses geringe Quantum von Schriftzeichen aus der betreffenden Druckwerkstatt entfernt und beiseite gelegt haben …«

»Aha.« Passfeller tat, als notiere er etwas in seinem Block. Allmählich hatte er genug Fachchinesisch für einen Tag gehört. Der wohlschmeckende Kaffee war geleert, und er hatte erfahren, weshalb er hergekommen war. Demonstrativ klappte er seinen Block zum zweiten Mal zu und machte Anstalten zu gehen.

Da kam ihm eine Frage ins Gedächtnis, die ihn bereits seit geraumer Zeit beschäftigte.

»Eine letzte Sache noch, Herr Professor. Ich hoffe, Sie halten mich nicht für albern, aber momentan deutet alles auf eine Serie von Ritualmorden hin – Ritualmorde, in denen Gutenbergs Drucktypen eine entscheidende Rolle spielen.« Unruhig rutschte er auf seinem Besucherstuhl hin und her. »Gibt es ... äh, in Gutenbergs Leben irgendwelche Hinweise auf einen Kontakt mit dem Übernatürlichen? Verstehen Sie, ich suche etwas, worauf ein geistesgestörter Killer vielleicht Bezug nehmen könnte. Ist Ihnen bekannt, ob Gutenberg zu irgendeinem Zeitpunkt Verbindung mit Häretikern oder ...« Er hielt inne, als er Genschels amüsiertes Gesicht sah.

»Lieber Kommissar«, begann er. Bevor er jedoch fortfahren konnte, klopfte es plötzlich an die Tür zum Flur. Sie öffnete sich, und herein trat eine kleine Frau mit rotem, extravagant geschnittenem Haarschopf, die einen schwarzen Hosenanzug trug. Sie hatte helle, aufgeweckte Augen, mit denen sie Passfeller interessiert betrachtete.

»Entschuldigung, ich wußte nicht, daß Sie in einer Besprechung sind«, sagte sie, zum Professor gewandt. »Ich wollte die Anmeldelisten für die Exkursion ...«

Genschel, der sich durch die unangemeldete Unterbrechung nicht aus dem Konzept bringen ließ, verwies die Besucherin mit einem Kopfnicken auf die Tür zum Sekretariat. Während sie seiner Aufforderung nachkam und den Raum ohne ein weiteres Wort verließ, hob der Professor von neuem an.

»Lieber Kommissar«, wiederholte er mit seiner unverwechselbaren Vortragsstimme. »Ich könnte Ihnen jetzt etwas über die Zeit des Humanismus erzählen, in der Gutenberg lebte. Eine Epoche, in der die Kirche in einem Ausmaß die täglichen Lebensumstände beeinflußte, wie man es sich heute kaum noch vorstellen kann. Ich könnte Ihnen erzählen, daß die religiöse Aufklärung, die die Kirche zu leisten hatte, überhaupt eine der Hauptvoraussetzungen für die Verbreitung des geschriebenen und später auch des gedruckten Wortes war. Sowohl die frühen Blockbücher wie auch die Frühdrucke der Inkunabelzeit befaßten sich mit religiösen Themen, und nicht umsonst war die Bibel, das Buch der Bücher, das erste, das Gutenberg mit der neuen Technik herstellte. Ich könnte Ihnen weiterhin erzählen, in welchen Verruf sie in dieser Zeit eine auch nur geargwöhnte Auseinandersetzung mit dem Okkulten, dem Phantastischen gebracht hätte ...«

Passfeller ahnte, daß seine Frage naiv gewesen war, und vergeblich versuchte er, Genschels Wortschwall mit einer abwehrenden Handbewegung zum Erliegen zu bringen.

»... aber das wollen Sie sicherlich gar nicht hören. Lassen wir all dies also außen vor und betrachten die reinen Fakten. Selbst wenn wir berücksichtigen, daß es einige Phasen im Leben Gutenbergs gibt, über die wir nichts oder nur wenig wissen, von denen wir nicht rekonstruieren können, wo genau er sich aufhielt und womit er sich beschäftigte, dürfen Sie mir glauben, daß uns eine diesbezügliche Interessenlage, die sich ja mithin auf das Tätigkeitsfeld seiner folgenden Lebensjahre ausgewirkt hätte, nicht verborgen geblieben wäre.« Sein Vollmondgrinsen ließ die blauen Augen hinter den Hügeln seiner Wangen verschwinden. »Aber uns *ist* nichts derartiges bekannt. Johannes Gutenberg war ein guter Christenmensch, Herr Kommissar. Und er umgab sich mit guten Christenmenschen. Zu jeder Phase seines Lebens. Ich kann Ihre etwas außergewöhnliche Frage demnach besten Gewissens verneinen.«

»Schon gut, ich habe verstanden. Entschuldigen Sie.« Passfeller steckte sein Schreibzeug fort und erhob sich rasch. »Ach ja, wer war das eben? Die Dame?« Er deutete interessiert auf die Tür zum Sekretariat, hinter der die Frau im schwarzen Hosenanzug verschwunden war.

»Das war Frau von Bovensiepen, eine wissenschaftliche Angestellte unseres Instituts.« Der Buchwissenschaftler richtete sich hinter dem Schreibtisch auf und strich seine Weste über dem immensen Bauch glatt.

»Herr Professor Genschel, ich danke Ihnen für Ihre Auskünfte. Auch wenn ich noch nicht absehen kann, wohin die ganze Sache führen wird, Sie haben mir auf alle Fälle sehr geholfen.«

Der Akademiker reichte Passfeller zum Abschied eine weiche, trockene Hand. »Das hoffe ich, Herr Kommissar, das hoffe ich. Sollten Sie weitere Fragen haben, die unser Fach in irgendeiner Weise tangieren könnten, scheuen Sie sich nicht, mich anzurufen. Ich stehe jederzeit zu Ihrer Verfügung.« Er legte eine Hand auf das große runde Glas. »Ein Eisbonbon für den Weg?«

»Danke, nein.«

»Ein nettes Völkchen jedenfalls, diese Buchwissenschaftler«, fand Passfeller, als er später gemeinsam mit Grosch das alte Universitätsforum am östlichen Ende des Campus überquerte. »Und einen ausgezeichneten Kaffee brauen sie!«

»Kaffee«, sagte Grosch, und für einen kurzen Moment hellte sich sein bärtiges Gesicht merklich auf.

Die beiden Sonderkommissare hatten sich wider Erwarten annähernd pünktlich am Haupteingang der Universität getroffen, wie sie es am Morgen verabredet hatten. Passfeller hatte seinem Freund und Kollegen von den Erkenntnissen berichtet, die er am frühen Morgen bei der Untersuchung des Leichenfundortes am Rhein und später bei seinem Besuch am Institut für Buchwissenschaft gewonnen hatte. Grosch nahm die Informationen ohne Gemütsregung auf, ohne sie zu kommentieren.

»*Taberna Academica!*« sagte er statt dessen einige Schritte weiter und deutete mit glänzenden Augen auf die Leuchtreklame eines Speiselokals auf der gegenüberliegenden Seite des Forums.

Während sie auf die Gaststätte zuhielten, versuchte Passfeller zu ergründen, was Groschs Recherche ergeben hatte.

»Wie war's auf dem Friedhof?« wollte er wissen. »Hast du deinen Spaß gehabt?«

Grosch deutete stur nach vorne. »Taberna Academica«, wiederholte er einsilbig. Seine sonore Baßstimme hätte hervorragend in eine Oper gepaßt. Passfeller sah ihn ausdruckslos an.

Grosch wickelte einen Bazookakaugummi aus seiner Verpackung, las den beiliegenden Comic und grunzte enttäuscht. »Den kenn ich schon«, erklärte er und verstaute das Papier in seinem Mantel und den Kaugummi in seinem Mund. »Es war recht eigen«, begann er endlich. »Habe mit dem Wärter von dem Laden gequatscht. Die beiden Kollegen, die mich hingefahren haben, sind in der Stadt wahrscheinlich für ihre kopfschmerzerzeugende Wirkung bekannt, ich war kurz davor, Schädelpein einzufahren.«

»Tatsächlich?« Passfeller gähnte und sah auf seine Uhr. »War es so schlimm?«

»Grauenhaft! Noch nerviger als unsere Kollegen war aber der Friedhofswärter. Willst du wissen, wie er hieß?«

»Sag an?«

»Blutschnabelweber. Erwin Blutschnabelweber.«

»Nicht im Ernst! Kein real existierender Mensch kann so heißen!«

»Ein Einfaltspinsel. Ließ erst mal den Chef raushängen. Alles Fassade, in Wirklichkeit war er nicht gerade helle.«

»Und? Hatte er etwas Interessantes für uns?«

»Habe mich lange und ausführlich mit ihm unterhalten. Übrigens, der eine Bulle, der mich gefahren hat, will Beschwerde bei Evers einreichen, frag mich nicht warum.«

Passfeller winkte ab. »Immer dasselbe.«

»Blutschnabelweber konnte oder wollte jedenfalls zunächst nicht mit der Sprache rausrücken. Wie gesagt, er wirkte recht einfältig. Habe ihn ein bißchen geärgert.«

Passfeller verdrehte die Augen. »Du hast ihm von Baldrian erzählt, stimmt's?«

»Natürlich. Warum auch nicht? Wichtiges Kapitel in meinem Leben.«

»Die Leute halten dich für geisteskrank.«

»Baldrian ist weggegangen.«

Passfeller schüttelte grinsend den Kopf, Grosch mußte ebenfalls lächeln. »Im Laufe unseres Treffens hat Blutschnabelweber dann doch ein paar interessante Dinge ausgespuckt«, berichtete er. »Beispielsweise, daß alle ausgegrabenen Leichen zum Zeitpunkt ihres Todes dreiundzwanzig Jahre alt und seit exakt hundert Jahren tot waren. Sonderbar, findest du nicht?«

Passfeller horchte auf. »Dreiundzwanzig? Im Ernst?«

»Ja. Warum? Was ist so besonders ...«

»Mensch, Schnaas und Peter Gleichsam, der Tote von heute morgen – sie waren *auch* genau dreiundzwanzig Jahre alt!«

Grosch warf Passfeller einen bedeutungsschwangeren Blick zu. »Noch sonderbarer schien mir der Umstand, daß keine der Leichen richtig verwest war. Du hast dir doch auch die Fotos angesehen.«

Passfeller nickte. »Und? Hat sich dieser Punkt dann irgendwie geklärt?« fragte er und steckte sich eine Zigarette in den Mundwinkel.

»Schon.« Grosch versorgte sich mit einem Zigarillo und gab ihnen Feuer. »Ist ein wenig gruselig, aber Blutschnabel hat's mir erklärt.« Er langte in seine Manteltasche und förderte einen wirren Haufen aus Kaugummipapierchen, Bazookacomics, Servietten, Streichholzbriefchen, Feuerzeugen, Kinokarten und drei braunen Ahornblättern zutage. Schließlich stieß er auf einen fettfleckigen Zettel, den er entfaltete und interessiert musterte. »Also, paß auf: Wir haben es mit einem makaberen, aber durchaus erklärbaren und in der Gegend relativ bekannten Phänomen zu tun. Bei den Toten handelt es sich um Wachsleichen.«

»Wachsleichen?«

»Scheinen hier ziemlich verbreitet zu sein. Das Wachsleichenproblem auf dem Mainzer Zentralfriedhof ist im Prinzip stadtbekannt, weil es aber so eine unappetitliche Sache ist, ist offiziell schwer etwas darüber in Erfahrung zu bringen. Es hat was mit der hiesigen Geologie und Bodenbeschaffenheit zu tun.«

Passfeller stöhnte. »Mein Lieblingsfachgebiet.«

»Keine Angst, ist gar nicht so kompliziert. Hör zu: Normalerweise spielen Bakterien und Insekten bei der Verwesung keine Rolle, dafür liegt in der Regel der Sarg zu tief in der Erde. Körpereigene Enzyme aus der Darmflora besorgen den Zerfall. Wußtest du, daß sich der Magen eines Verstorbenen quasi selbst verdaut? Amüsant, oder? Im Leichnam entstehen dabei Temperaturen von rund dreißig Grad Celsius. In trockenen Sandböden bleiben nach wenigen Jahren nur die Gebeine zurück.«

»Bis jetzt alles klar. Weiter!«

»Feuchtes Milieu und ein hoher Lehmanteil des Bodens, so wie hier, sind hingegen hinderlich. Er läßt die Arbeit der Enzyme erlahmen, die Fettmoleküle schwemmen aus und werden unter der Haut hart. Blutschnabel sprach von Fettpanzern. Die Leiche behält Augen und Gesichtszüge, der Abbau kann sich angeblich mehrere hundert Jahre hinziehen. Wird anscheinend stillschweigend hingenommen, dabei weiß man schon seit Jahren von dem Phänomen. Dort, wo sich die Wachsleichen häufen – Blutschnabel hat als Beispiel die Stadt Waiblingen genannt –, schnallen sich die Friedhofsarbeiter Sauerstoffmasken um und legen die unverrottbaren Gesellen entweder tiefer oder heben stillschweigend Massengräber aus. Das wird in Mainz aber nicht praktiziert. Sagt jedenfalls Blutschnabel.«

»Massengräber für Wachsleichen? Verdammt, das klingt für mich irgendwie nach Drittem Reich.«

»So schlimm ist es auch wieder nicht. Allerdings ein wenig pietätlos, wenn du mich fragst. Ich glaube, ich werde mich nach meinem Ableben verbrennen lassen, das ist hygienischer. Keine Lust, als Wachsleiche zu enden.«

»Wer will das schon?«

»Nur mit einer aufwendigen Drainage wäre dem Phänomen beizukommen. Man müßte penibel auf die Entwässerung der Grabfelder achten. Im übrigen hat bereits ein eigener Industriezweig diesen Notstand zum Geschäft gemacht. Neben teuren Grabkammern aus Beton mit künstlicher Belüftung ist laut Blutschnabel auch ein patentierter Grabhügel auf dem Markt. Der Sarg wird in eine Art Schlafsack mit Reißverschluß gepackt, Leichenwasser kann nicht aus- und Stauwasser nicht einfließen.«

»Sowas brauche ich!«

Grosch lachte, warf seinen Zigarillo auf den Boden und zertrat ihn.

»Womit also geklärt wäre, weshalb die Leichname nicht verwest waren«, resümierte Passfeller. Er sah skeptisch zu seinem größeren Kollegen auf. »Bleibt vorläufig nur die Frage – was ist mit dem Kopf der sechsten Leiche passiert?«

Kapitel 7

Die Nilpferdangelegenheit

Gelb geht zu Grün geht zu Blau geht zu Schwarz … Langsam versuchte er, seine quietschenden Augenlider zu heben, doch sie wogen Tonnen. Vielleicht saßen die Nilpferde noch immer auf seiner Stirn. Möglich wäre es, schließlich hatte er die Nilpferde nicht zurückgeschickt.

Etwas an dem Gedanken schien nicht in Ordnung zu sein, aber er kam nicht drauf, wo der Haken war. Langsam. Immer der Reihe nach. Wer war er? Wo war er? Was …?

Seine Lider fielen mit einem Donnergrollen zurück, bedeckten seine ausgetrockneten Augen, und das Farbenchaos kehrte zurück.

Der Körper. Besaß er einen Körper?

Es schien so, obwohl er sich steif und verkrampft anfühlte. Hinter der Watte und den Nilpferden lauerten Schmerzen, seltsame Schmerzen, die er nicht einordnen konnte. Sein Leib war ein verklebter Klumpen. Er konnte die Füße nicht bewegen, aber sie waren da, er fühlte Nässe, und in seinem großen linken Zeh kribbelte es. Auch seine Beine existierten noch, obwohl seine Knochen offenbar verschwunden waren. Die Feststellung entzückte ihn.

Aber sein Magen! Hatte er etwas Verdorbenes gegessen? Es mußte so sein, denn in seinen Därmen gurgelten, zischten, spritzten Säfte durcheinander, suchten sich verzweifelt einen Weg aus der Hochdruckkammer. Seine Brust war zu keiner Empfindung fähig, dafür war sein Hals dick und geschwollen. Seine Hände waren nicht zu lokalisieren, er ahnte, daß sie sich irgendwo hinter seinem Rücken befanden.

Sein Mund war voller Schlamm, ein verstopfter Kanal ins Innere seines Schädels, der sich anfühlte, als sei er in der Mitte durchgebrochen. Fürchterliche Schmerzen rollten wie Gewitterdonner von rechts nach links durch sein Gehirn, zerschnitten seine pulsierenden Augäpfel von innen, erzeugten grelle Farben.

Gelb geht zu Grün geht zu Blau geht zu Schwarz ...

Er lag mit dem Gesicht in einer brackigen Pfütze. Die apokalyptischen Farben verblaßten für Sekunden, und als er die Augen wieder aufzwang, konnte er ein Stück Holz und zahlreiche Styroporkügelchen erkennen, die vor ihm im Wasser dümpelten. Wo war er? Hatte er geschlafen? Wer war er? Was ...?

Langsam, immer der Reihe nach. Frage eins war geklärt, er besaß einen Körper, auch wenn dieser in eine Wolke eingepackt war.

Frage Nummer Zwei: Wer war er?

Ein Nilpferd, fuhr es ihm durch den Kopf. *Ich bin ein Nilpferd!*

Ein schwarzer Herrenschuh trat Zentimeter neben seinem Gesicht in die Pfütze und brachte das Wasser in Wallung. Er sah einzelne Schmutzspritzer, die wie Perlen auf dem ansonsten makellosen Leder glitzerten.

Nein, er war kein Nilpferd. Sein Name war Arndt. Arndt Holzapfel, wenn er sich richtig erinnerte.

Blau geht zu Schwarz geht zu Schwarz geht zu Schwarz ...

Eine neue Welle schwappte über ihm zusammen, mischte sich mit Farben und dem scheußlichen Geschmack nach Kupfer, Dreck und Urin in seinem zerfaserten Mund, den er vorsichtig zu öffnen versuchte. Die Handlung kostete ihn alle Kraft, die er aufbringen konnte, und als er die rissigen Lippen auseinanderschob, glaubte er einen Moment lang, sie würden zerreißen und seine Wangen in ein unauslöschliches, gräßliches Grinsen spalten. Er stieß verbrauchte Luft aus seinen Lungen hervor und schaffte es, den Nachhall einiger schwacher Wörter zu produzieren:

»Das Nilpferd ... muß das Nilpferd zurückschicken ... es sind zu viele Nilpferde ... in der Stadt ...«

Der Herrenschuh verschwand aus seinem Sichtfeld, und eine kleine, schwarze Aktentasche wurde abgestellt. Kräftige Finger fuhren hinein und holten etwas hervor.

Langsam quälten sich Erinnerungen durch Arndts Gehirn, das in tiefem Nebel versank.

Der Morgen hatte schrecklich angefangen (ein Fortschritt der Erinnerung – es gab einen Anfang). Er hatte verschlafen. Seine Freundin Inga war früh ins Büro gefahren und hatte den Wecker nicht auf die richtige Zeit gestellt, die blöde Kuh! Nach einem hastigen Frühstück war Arndt mit dem Fahrrad in die Stadt gerast, da er seinen Bus längst verpaßt hatte.

Arndt arbeitete, seit er vor knapp einem halben Jahr sein Studium geschmissen hatte, in einer mittelgroßen Mainzer Buchhandlung. Es war ein guter Job, der ihm erheblich besser gefiel als das stupide Büffeln an der Uni. Man ließ ihm viel Spielraum für selbständiges Handeln, und die Bezahlung war in Ordnung. Als er an diesem Morgen verspätet und ungeduscht den Laden betrat, empfingen ihn jedoch neben seinem mies gelaunten Vorgesetzten Josef Reutling, einem alten, gedrungenen Besserwisser, der die Vorzüge der Autorität im Stil der fünfziger Jahre schätzte, eine bis an die Decke gehäufte KNOE-Lieferung in braunen Pappkartons.

»Morgen Chef, 'tschuldigung ...« Arndt stützte sich atemlos an dem Kartonberg ab. »Tschuldigung, aber der Bus ...«

Reutling nahm seine häßliche, dickrandige Brille ab und rieb sie an seinem kratzigen Wollpullover. Ohne die Begrüßung zu erwidern, drehte er sich um und durchsuchte das Abholfach hinter seinem Rücken. »Ihre Bestellung ist gekommen.« Seine kratzige Stimme war erbarmungslos und hätte den härtesten Diktator zum Weinen gebracht.

Verdutzt blickte Arndt zu den Paketen. »Bestellung?«

»Ihre Nilpferde.«

Jemand packte Arndt am Rücken und zog ihn durch die Pfütze nach hinten. Er bekam schmutziges Wasser, das nach Benzin schmeckte, in Mund und Nase, so daß sich seine Kehle schmerzhaft verkrampfte. Er versuchte zu husten, aber es gelang ihm nicht. Langsam kroch der Schmerz in die entlegensten Teile seines Leibes.

Verdammt, wo war er? Was war geschehen? Wo waren die Nilpferde?

Blau geht zu Gelb geht zu Grün geht zu Schwarz ...

Unsicher trat Arndt an eines der Pakete heran und hob mit zitternder Hand den Deckel.

In dem Karton befanden sich etwa zehn dicke, gebundene Wälzer mit dem Titel »Das Nilpferd in seiner Umwelt – Ein prächtiger Bildband«.

Arndt wandte sich seinem Vorgesetzten zu, der grinsend hinter der Verkaufstheke stand und die Geldscheine in der Kasse sortierte. »Dann mal viel Spaß, Herr Holzapfel«, rief er. »Und nebenbei – wenn Sie diese Woche noch einmal zu spät kommen, müssen wir beide uns mal zusammensetzen.«

»Was ...?«

»Die Nilpferdangelegenheit können Sie allein ausbügeln, Herr Holzapfel. Sie schätzen doch so sehr das selbständige Arbeiten, oder?«

»Was ... was ...?« Arndt schluckte zwei Liter Speichel. »Was ist das?« Er deutete auf die Pakete, die den ohnehin schon engen Buchladen in ein kaum begehbares Labyrinth verwandelten.

»Ihre Nilpferde«, erklärte Reutling. »Kennen Sie dieses Tier nicht? Lesen Sie doch mal ein informatives Buch über diese Spezies.«

»*Meine* Nilpferde?«

»Ihre Nilpferde. Verlagsdirektbestellung ohne Zwischenbuchhändler. Wissen Sie, Sie haben ein Problem. Ein immenses Problem, und ich kann's nicht für Sie lösen.«

Fassungslos holte Arndt einen Bildband hervor und starrte ihn an. »Das hab ich nicht bestellt«, behauptete er. »Himmel, wie viele sind das denn? Ich habe zehn Stück bestellt, wollte sie draußen auf die Rampe legen. Das muß ein Fehler sein.«

»Der Fehler liegt einzig und allein bei Ihnen«, schmunzelte Reutling. »Habe mir Ihr Bestellformular mal rausgesucht. Es liegt auf der Hand: Sie haben dieses Machwerk bestellt, und zwar hundertmal!«

»Nie im Leben.«

»Dann schauen Sie sich mal die Faxkopie genauer an.« Er reichte Arndt, dessen Puls sich auf mindestens hundertsechzig Schläge pro Minute steigerte, ein Blatt Papier.

Der Fehler war simpel, nichtsdestoweniger fatal. Er war offensichtlich beim Ausfüllen des Bestellzettels in die falsche Spalte gerutscht. Statt hundertmal den Bildband über Mainz zu ordern, hatte er die Zahl eine Reihe tiefer bei den Nilpferden eingetragen.

Reutling hatte recht.

Er hatte ein Problem.

Ein scharfer Schmerz fuhr durch Arndts linkes Bein, er jaulte auf und blubberte in das Pfützenwasser. Kleine Steinchen gerieten in seinen Mund, knirschten zwischen seinen Zähnen. Mittlerweile hatte er festgestellt, daß seine Hände auf den Rücken gebunden waren. Er hob den Kopf und blickte auf einen Bretterbauzaun.

Wo war er bloß? Wie war er hierhergelangt? Was …?

Eine monströse, gedehnte Stimme wie von Gott scholl auf ihn herab, und die Farben explodierten erneut vor seinen Augen. Die Worte, die die Stimme sprach, konnte er kaum verstehen, so verzerrt und tief klangen sie in seinen summenden Ohren.

»Nun gib schon her, die Dinger! Du weißt, die Sache verlangt es. Die Welt soll ihre *revocatio* bekommen … beeil dich!«

Arndt schabte mit dem Gesicht über die Scherbe einer zerbrochenen Colaflasche und ritzte sich die Haut an der Wange auf. Kälte durchdrang seinen Körper wie ein tödliches Gift.

Blau geht zu Grün geht zu …

Der Nachmittag war in einem Fiasko aus verzweifelten Bettelanrufen geendet. Arndt hatte, an der Grenze der Hysterie angelangt, versucht, die von ihm verursachte Fehllieferung wieder rückgängig zu machen, ein Unterfangen, das mehrfach scheiterte. Der Hersteller des Nilpferdbuches wollte die Ware nicht wiederhaben, und daraus machte der Vertriebsleiter, den Arndt am Telefon hatte, auch keinen Hehl.

»Wir *wollen* die Ware nicht zurückhaben«, erklärte er furchtbar freundlich. »Es liegt keine Rücksendegenehmigung bei, und das Buch läuft sehr, sehr schlecht. Ein uralter Titel, verstehen Sie? Liegt bleischwer in den Regalen unseres Lagers. In den letzten acht Jahren haben wir gerade mal fünfzehn Stück verkauft, wir wollten es schon einstampfen. Wenn es sich um eine Fehllieferung handelt, die Sie selbst verursacht haben, lassen Sie sich was einfallen.«

Klick.

»Sie haften für den Schaden und den Arbeitsaufwand«, grunzte Reutling, der gerade einem Kunden ein ominöses Buch über Dosenbier als Geschenk verpackte. »Unsere Firma ist nicht bereit, für Ihre Fehler geradezustehen. Danke, macht dann sechzehn neunzig.«

Einen Moment lang dachte Arndt, der genannte Betrag beziehe sich auf die Kosten, die er als Resultat seines Fehlers zu begleichen hätte, aber dann sprang in seinem Kopf die Rechenmaschine an. Er hatte hundert von den verdammten Dingern geordert, zehn konnte er ans Lager nehmen, blieben noch neunzig Stück übrig. Der Ladenpreis des Bildbandes betrug hundertneun Mark, es gab 45 Prozent Rabatt …«

Arndt hörte auf zu rechnen, als eine Zahl um die fünftausend in seinem Gehirn erschien. Er eilte durch das winzige Lager der Buchhandlung zur Toilette und übergab sich lautstark.

Blau geht zu …

»Ich glaube, er wird wach«, donnerte Gottes Stimme. »Mach schnell …«

Wieder wurde Arndt an der Schulter gepackt und grob herumgerissen. Er blinzelte in das gelbe Licht einer Laterne, die sich irgendwo vor dem Bauzaun befand. Er sah einen Kran, der über ihm in die Höhe ragte – und plötzlich wußte er, wo er war.

»Die Nilpferde«, keuchte er, aber dann ging ihm die Luft aus. »Die Nilpferde …«

Den ganzen Tag über war Reutling um Arndt herumgeschwirrt und hatte ihn zu seinem persönlichen Weltuntergang beglückwünscht. Noch lange nach Dienstschluß saß Arndt in dem kleinen, muffigen Büro im hinteren Ladenbereich und tätigte Anrufe bei Großhändlern und Unteroffizieren des Nilpferd-Verlages. Letztendlich erklärte man sich großzügig bereit, wenigstens zwei Drittel der Nilpferde wieder zurückzunehmen, sofern die Buchhandlung für die Portokosten aufkäme. Um kurz nach zehn verließ Arndt in einem desolaten Zustand der Selbstaufgabe den Buchladen. Er ließ sein Fahrrad stehen und lief in die Stadt. Bei McDonalds besorgte er sich einen Burger und aß ihn sitzend neben dem Gutenbergdenkmal, das die Örtlichkeit vor dem Schnellrestaurant bewachte. Dazu trank er zwei Sixpacks, die er am Nachmittag in weiser Voraussicht in einem Discountladen in der Nähe der Buchhandlung erstanden hatte. Verdrossen schaute er über den verlassenen Platz zum Staatstheater hinüber. Sein Blick folgte dem fünfzigsten Breitengrad, der quer über die breite Straße verlief, markiert durch einen metallenen Streifen, der in den Asphalt eingelassen war. Er sah an dem Streifen seine Zukunft verglühen.

Großer Gott, was war er nur für ein Hornochse! Wie konnte ihm bloß ein so beschissener Fehler unterlaufen?

Er wandte sich an die Gutenbergstatue, die über ihm in den sternklaren Mainzer Nachthimmel aufragte. »Du Idiot«, schnauzte er und nahm einen Schluck Becks. »Du blöder Arsch! Alles deine Schuld.« Er stand auf und torkelte einen Meter zurück. »Du hast das alles erfunden! Die Bücher und so.« Arndt war noch nicht betrunken genug, als daß ihm entgangen wäre, was für einen Blödsinn er da von sich gab, aber er mußte der Verzweiflung, die in seiner Kehle, seinem Magen, seinem ganzen Körper steckte, Luft verschaffen, sonst würde es ihn von innen heraus zerreißen. »Du hast mich da reingeritten!« schrie er mit sich überschlagender Stimme. »Du hast die Nilpferde gezüchtet!« Er lachte hysterisch los, ließ die Bierflasche fallen, stolperte gegen das Denkmal, öffnete seine Hose und begann, gegen den steinernen Sockel zu urinieren. »Das hast du nun davon«, flüsterte er. »Selber schuld.« Gutenberg ließ sich von dem pinkelnden Ex-Studenten (und wahrscheinlich demnächst Ex-Buchhändler) nicht beeindrucken. Ausdruckslos starrte er über den Platz und den metallenen Breitengrad zum Theater, das momentan umgebaut wurde. Skelettiert stand es da wie eine Ruine aus dem Zweiten Weltkrieg, eingerahmt von einem Bretterzaun, der mit bunten Kinderkritzeleien beschmiert war.

Arndt schüttelte den letzten Tropfen ab, öffnete die letzte Bierflasche und torkelte über den menschenleeren Platz. Er hatte Kopfschmerzen bekommen. Er wollte bloß noch nach Hause, um Inga von seinem grauenhaften Tag zu erzählen (sie würde ab und zu nicken und »Hm« sagen, aber zuhören würde sie nicht, und wenn sie wider seine Erwartung doch zuhören würde, würde sie ihn bestimmt mit Vorwürfen überhäufen; er hatte sich seine private Hölle sehr komfortabel eingerichtet).

Als Arndt in eine enge Seitenstraße einbog, die links vom Bretterzaun am Theater vorbeiführte, dachte er ernsthaft daran, sich von einem der Kräne, die um das Gebäude herum postiert waren, herunterzustürzen – als er hinter den Planken etwas hörte. Ein leises Kratzen.

»Scheißratten!« Arndt setzte die Bierflasche an die Lippen, als ihn plötzlich ein Schlag von der Seite traf. Er stolperte und krachte schwer gegen den Bretterverschlag, während die Flasche auf dem Pflaster explodierte. »Hey, was …«

Ein Stück Stoff wurde ihm auf Mund und Nase gedrückt, etwas Heißes, Beißendes floß über seine Zunge, sein Magen krampfte sich zusammen, und ein ungeheurer Schwindel überwältigte sein vom Alkohol ohnehin schon getrübtes Gehirn.

Er hatte keine Zeit mehr zu schreien.

Blau geht zu Grün geht zu Rot …

Langsam schälten sich die Umrisse von zwei Körpern aus dem gelben Licht hervor, aber seine Augen tränten, alles war verschwommen und neblig. Seine Hände hatten sich irgendwie verdreht, sie fühlten sich an, als seien sie gebrochen.

»Nilpferde …« ächzte er. Tatsächlich war dies der einzige Gedanke, zu dem er noch fähig war. Er mußte die Nilpferde zurückschicken! Er würde es Reutling zeigen, er …

Ein Schatten beugte sich herab und setzte ihm sanft etwas Kleines, Kühles auf die heiße, pochende Stirn.

»Da… Danke«, flüsterte Arndt, dessen Magen sich wieder bedrohlich hob. Er rülpste. »Vielen Dank … das tut gut … muß die … Nilpferde zurückschicken …«

Er schloß die Augen, beobachtete die Farben.

Er konnte das Brechen seines Schädels vernehmen, als ein ungeheurer Schlag seinen Kopf tief in den Schlamm drückte. Seine Gedanken spritzten aus seinen Ohren, und er riß die Augen auf. Licht verätzte seine Iris, die Kräne beugten sich zu ihm herab, lachten ihn aus. Ein brachialer Schmerz jagte durch seine Schläfen, und entsetzliche Angst durchzuckte den Nebel in seinem Hirn.

Er machte den Mund auf, aber der war angefüllt mit zäher Flüssigkeit, die über seine aufgeritzte Wange strömte. Aus dem Augenwinkel sah er den Bretterzaun, das Theater …

Plötzlich kam etwas mit irrwitziger Geschwindigkeit herangewirbelt. Aus Reflex kniff Arndt die Augen zusammen, und Blau ging zu Grün ging zu Schwarz und dann, nach einem erneuten Krachen, ins Nirgendwo.

Kapitel 8

Es gibt keine Totenscheine

Ihre Beine waren endlos. Der knappe schwarze Rock, vor dem ein ausgesprochen reizendes weißes Schürzchen baumelte, das helfen sollte, seine Trägerin von den Kundinnen des Café-Restaurants zu unterscheiden, hob die bemerkenswerten körperlichen Vorzüge des Mädchens aufs Angenehmste hervor. Und auch beim Rest ihres Körpers hatte Mutter Natur nicht gegeizt.

Frank Passfeller saß in einem der bequemen Polstersessel, die in dem Etablissement mit Namen ›Zum Heiliggeist‹ diverse winzige Tischchen umstanden, und bemühte sich, seine Gedanken auf die Karte in seinen Händen zu konzentrieren. Doch spätestens, wenn die ansehnliche Kellnerin mit der wallenden schwarzen Haarmähne ätherisch an ihm vorbeischwebte, um Milchkaffees und Säfte an benachbarte Tische zu bringen, hatte er innerhalb weniger Sekundenbruchteile alle Offerten der Tageskarte und die Preise der heißen und kalten Getränke wieder vergessen.

Wie sollte man sich so konzentrieren können?

Passfeller hatte mit der ersten Hälfte des sonnigen, wenngleich kühlen Herbsttages noch nicht viel Erbauliches angestellt. Während Grosch sich im Anschluß an das gemeinsame Frühstück im Hotel zügig abgesetzt hatte mit dem Ziel, im Stadtarchiv etwas über die Geschichte der hundertjährigen Leichen vom Friedhof zu erfahren, hatte Passfeller es ruhig angehen lassen. Nachdenklich eine Zigarette nach der anderen rauchend, war er im Frühstückssaal sitzengeblieben und hatte die bisherigen Erkenntnisse Revue passieren lassen.

Es dauerte nur Minuten, bis ihm unangenehm klar wurde, wie wenig erfolgversprechend die Sachlage momentan anmutete. Da waren zwei tote Studenten, denen man mit Gutenbergs uralten Drucktypen lateinischen Worte in die Großhirnrinde gemeißelt hatte. Und da war ein halbes Dutzend seit 100 Jahren toter Wachsleichen, von einem nachtaktiven Zeitgenossen in einer morbiden Mußestunde ausgebuddelt. Einziger augenfälliger Zusammenhang zwischen den Vorkommnissen schien das Alter der Verstorbenen zum Zeitpunkt ihres jeweiligen Todes zu sein; die historischen Toten, wie auch die ermordeten Studenten, waren mit exakt dreiundzwanzig Jahren gestorben.

Verzwickt. Je mehr Passfeller über die merkwürdige Übereinstimmung nachdachte, desto mehr drängte sich ihm der Eindruck auf, daß der Zusammenhang zwischen den aktuellen Mordfällen und dem Zwischenfall auf dem Friedhof – zu dem nicht zuletzt auch das pietätlose Entwenden des Schädels von einer der Leichen gehörte – auf ein gemeinsames Ereignis in der Vergangenheit zurückgehen mußte. Er hoffte, Grosch möge im Stadtarchiv fündig werden. Möglicherweise konnte auch die Entschlüsselung der Inschriften in den Schädeln der getöteten Studenten Aufschluß darüber bringen. Passfeller erwartete einen diesbezüglichen Anruf aus dem LKA bereits seit dem Vortag. Bis jetzt war er jedoch noch nicht eingegangen.

Als sein Päckchen NIL aufgeraucht war und man ihm partout keinen Kaffee mehr nachschenken wollte, da angeblich allmählich für das Mittagessen eingedeckt werden müsse, zog er sich auf sein Zimmer zurück und verabredete sich per SMS für die Mittagszeit mit Grosch in einer Speisegaststätte. Das Café-Restaurant mit dem ausgefallenen Namen und dem nicht weniger ausgefallenen Sitz in einem mittelalterlichen Krankenhausgebäude war der Tip einer entgegenkommenden Bediensteten des Dorinth-Hotels. Alenka Schwablinskaya war Zimmermädchen auf Passfellers Etage, etwa einen Meter fünfzig groß und etwa genauso breit, und sie stellte sich als mitteilsame und ortskundige Zeitgenossin heraus. Passfeller verplauderte mit ihr die restliche Zeit bis zu seinem Treffen mit Grosch und erfuhr manche interessante Anekdote über die Stadt und ihre Bürger, von denen er in den wenigen Tagen seit seiner Ankunft bereits selbst einige Exemplare kennengelernt hatte.

Er hörte vom sonderbaren Gebahren der Mainzer zur Fastnachtszeit. Er lernte, aus welchen historischen Gründen es die Brezel, das inoffizielle Wahrzeichen der Stadt, anno dazumal nicht ins städtische Wappen geschafft hatte, und bei welcher der beiden konkurrierenden Freßbudenketten man als echter Mainzer das geringelte Laugengebäck erstand. Er erfuhr, welche Tageszeitung man las und zu welchem Fußballverein man hielt, er hörte von Walfischen im Rhein, von Bordellaffären lokaler Politiker und daß die Stadt eigentlich von einer Kaste indischer Putzfrauen beherrscht wurde, die in den alten, unterirdischen Luftschutzanlagen hauste; mochte auch der Wahrheitsgehalt einiger Anekdoten eher fragwürdig sein, die Raumpflegerin Alenka Schwablinskaya kolportierte alles mit der unnachahmlich ernsten Verschwörermiene eines Geheimagenten, der seine Kenntnisse in jahrelanger Recherche auf fremdem Territorium erworben hat. Passfeller amüsierte sich trefflich, bis es Zeit war, aufzubrechen.

Er schreckte aus seinen Gedanken hoch, als der fleischgewordene feuchte Traum eines jeden Pennälers auf gefährlich hochhackigen Stiefeln unvermittelt erneut an seinem Sessel im Café vorbeigewackelt kam. Träge erkannte er die Speisekarte in seinen Händen wieder, und es dauerte einen weiteren peinlichen Moment, bis er realisierte, daß das Mädchen vor seinem Tisch stehengeblieben war. Mit stumpfem Blick sah er sie an.

»Haben Sie sich entschieden?« wollte das schwarze Gift mit einer überraschend tiefen Stimme wissen. In ihrem rauchigen Organ war mehr Sex als in einem Dutzend von Doktor Müllers Videokabinen!

Passfeller warf einen Blick auf seine Schweizer Taucheruhr (als »protziges Monstrum« hatte Grosch sie einmal in einem Aufwallen spontaner Modekritik tituliert, bevor er sie über einer doppelstöckigen Pizza Calzone augenblicklich wieder vergaß); bis zur Verabredung mit seinem Kollegen waren es noch gute zwanzig Minuten. Eigenlich Zeit genug, die guten alten Hormone endlich mal wieder zu ihrem Recht kommen zu lassen …

Es überraschte Tillmann Grosch nicht im mindesten, als er, wie verabredet, gegen ein Uhr in dem nobel hergerichteten Café-Restaurant eintraf, und Passfeller nicht allein am Tisch saß.

Neben ihm, in einem dicken Polstersessel und offenbar in ein angeregtes Gespräch mit dem SK-66-Mann vertieft, hockte ein schlankes, auffällig hübsches Mädchen mit hüftlangem, pechschwarzem Haar. Sie war mit einer ebenfalls schwarzen, knallengen Bluse bekleidet, und ihre gertenschlanken Beine steckten bis über die Knie in glänzenden Stiefeln mit waffenscheinpflichtigen Absätzen. Ihre Ohren, ein Nasenflügel und die rechte Augenbraue waren aus schwer nachvollziehbaren Gründen mit zahlreichen Ringen und kleinen Metallstäbchen durchbohrt, und als sie im Verlauf des Zwiegesprächs einmal lachte, sah Grosch von weitem, daß sich auch in ihrer Zunge ein metallisch glänzender Fremdkörper zu befinden schien.

Er brummelte etwas in einer tiefen, nichtmenschlichen Sprache in seinen stacheligen Vollbart und näherte sich dem plaudernden Paar.

»... ihm das ganze Magazin in die Brust zu jagen. Aber was blieb mir übrig?« endete Passfeller eben. Grosch erkannte unschwer am Klang seiner Stimme, daß der Kollege eine auf unnachahmliche Weise ausgeschmückte Episode aus der langen Liste ihrer gemeinsamen Fälle zum Besten gegeben hatte. Aus den glänzenden Augen seines weiblichen Gegenübers las Grosch, daß das Mädchen von den Abenteuern des Sonderkommissars offenkundig schwer beeindruckt war.

»Was dagegen, wenn ich mich dazupflanze?« fragte er, und ohne eine Antwort abzuwarten, ließ er sich in den Sessel an Passfellers freier Seite fallen.

»Ehh, Tillmann ...« stammelte Passfeller, ansatzweise aus dem Konzept gebracht. »Sylvia, das ist mein Kollege Tillmann Grosch, von dem ich eben ...«

»Schon gut, ich muß sowieso wieder was tun für mein Geld, sonst krieg ich Ärger.« Anmutig wie eine Gazelle erhob sich das Mädchen und strich sich das knallenge, schwarze Etwas glatt, daß ihre Hüften wie eine zweite Haut umspannte.

»Ach, Sie arbeiten hier?« Erst als sie aufstand, bemerkte Grosch die kleine, weiße Schürze, die auf der Vorderseite ihres Rockes baumelte.

»Was denn sonst?« gab das Mädchen perplex zurück und kramte in ihrer Umhängetasche nach Block und Kuli.

»Was denn *sonst*?« echote Passfeller, mittlerweile schon wieder mit einem Grinsen auf dem Gesicht.

»Darf ich Ihnen etwas bringen?« wollte das Mädchen Sylvia wissen.

»Der gedeckte Apfelkuchen soll sehr zu empfehlen sein. Hab ich gehört«, erwähnte Passfeller mit ausgestrecktem Zeigefinger.

Grosch zögerte nur kurz. »Zwei große Stücke Apfelkuchen und zwei dreifache Espresso. Du auch was?«

»Hab schon bestellt, danke«, winkte Passfeller ab und suchte im Sakko neben dem Sessel nach seinen Zigaretten.

Als das Mädchen abgezogen war, starrte Passfeller für einige Sekunden auf einen imaginären Punkt unter der hohen, bogenförmigen Decke. Eine unangezündete Zigarette hing in seinem Mundwinkel.

»Sylvia heißt sie«, erklärte er dem Feuerzeug in seiner Hand. »Studentin. Jobbt hier. Sie ist ...«

Er hielt inne und schüttelte kurz den Kopf. Dann gab er sich Feuer und beugte sich über die Sessellehne, um die Flamme an das Ende des schwarzen Zigarillos zu halten, der mittlerweile in Groschs Mund steckte.

»Na schön. Also. Wie war's im Archiv, du Störer meiner Sozialkontakte?« Er stieß einen Schwall grauen Qualms in Groschs breites Gesicht und grinste erneut.

»Willst du wissen, wie's war?« fragte Grosch gedehnt und inhalierte. »Dann paß auf. Ich sag dir, wie's war.«

Nachdem Fleich und Westfalen aus unerfindlichen Gründen nicht verfügbar waren, hatte Grosch notgedrungen vier Busfahrer angequatscht, bis ihm endlich einer halbwegs verläßlich verraten konnte, welche Linie ungefähr in Richtung des Rheins und damit in die Nähe des Stadtarchivs ging. Da sich in dem Bus, den er nahm, offensichtlich die Bevölkerung eines ganzen Mainzer Stadtteils tummelte, quetschte er sich, nach Atem ringend, schon drei Stationen später wieder aus dem Gefährt öffentlichen Ärgernisses heraus.

Ihm war nach einem Spaziergang, zudem wollte er sich irgendwo ein zweites Frühstück genehmigen.

Leider stand es mit Groschs Orientierungssinn nicht zum Besten, so daß er eine geschlagene Stunde durch die Gassen der Mainzer Altstadt irrte. Dennoch gefielen ihm die Läden, die es hier gab, und er mußte schwer an sich halten, sich in einem Second Hand-Laden nicht eine neue Jacke zu kaufen (einen monströsen Kamelhaarmantel, wie er ihn sich schon immer gewünscht hatte). Die Kirchen hatten es ihm ebenfalls angetan, er war seit jeher ein großer Fan von imposanten Gotteshäusern. Er beschloß, bei nächster Gelegenheit die Christuskirche, die ihn an eine russische Kathedrale mit Zwiebeltürmen erinnerte, sowie den riesigen Mainzer Dom zu besuchen. Allmählich begann ihm die Stadt zu gefallen, sie hatte Atmosphäre. Er kaufte sich zwei Brezeln, die er als Vorrat in den dunklen Tiefen seiner Manteltasche verschwinden ließ, fragte zwei freundliche Passanten nach dem Weg zum Rhein und erreichte schließlich auf Umwegen das Schauaquarium der Wasserstation, in dem man am Vortag die Leiche des bedauernswerten Studenten Gleichsam gefunden hatte. Das Becken war bereits wieder in Betrieb, mehrere große, grünlich schimmernde Fische glotzten durch die Scheibe und dachten möglicherweise über Kants kategorischen Imperativ nach. Grosch fragte sie nicht, er pflegte aus Prinzip keine Konversation mit Flußbewohnern.

Das Stadtarchiv befand sich an der stark befahrenen Rheinallee. Ein unpassender Ort, fand Grosch, doch als er die Tür des Gebäudes hinter sich schloß, wurden sämtliche störenden Geräusche von der Straße sofort abgeschnitten.

An der Anmeldung, die wie die Rezeption eines Hotels anmutete, saß eine dicke, schwarzhaarige Frau, die geschäftig etwas in ein großes Buch schrieb. Eine Glastür, die rechts abzweigte, eröffnete den Weg zur Stadtbibliothek. Gegenüber der Anmeldung führte eine breite Steintreppe in die oberen Bereiche des Hauses.

Die Frau sah Grosch an, stand im Zeitlupentempo auf, nahm einen Schluck Kaffee, dann nahm sie noch einen und noch einen. Sie setzte sich wieder hin und schrieb weiter. Grosch stand lächelnd an der Theke, holte eine Brezel aus seiner Tasche und hielt sie in die Luft, als handele es sich um seinen Leseausweis.

Die dicke Frau blickte erneut auf, und erst jetzt schien sie Grosch bewußt wahrzunehmen.

»Schönen guten Tag«, sagte er. »Ich möchte gerne ins Stadtarchiv. Bin ich hier richtig, Teuerste?«

Die Teuerste trank ihren Kaffee aus und kam an die Theke gewackelt. »Die Treppe hoch«, sagte sie und streckte eine teigige, beringte Hand aus, die Grosch sogleich ergriff und mit festem Druck schüttelte. Erschrocken fuhr die Frau ihre Finger wieder ein. »Ihren Mantel!« rief sie. »Ich hätte gerne Ihren Mantel!«

Grosch zog die Augenbrauen hoch. »Wer hätte den nicht gerne?« fragte er spitzbübisch.

»Würden. Sie. Mir. Bitte. Ihren. Mantel. Geben?« Sie sprach mit ihm wie mit einem zurückgebliebenen Viertklässer.

Grosch dachte kurz nach, verzehrte seine Brezel mit wenigen Bissen, grinste breit und sagte: »Aber auf gar keinen Fall, Teuerste!«

»Dann dürfen Sie auch nicht ins Stadtarchiv! Sie müssen Ihren Mantel schon bei mir lassen!«

Grosch zog eine Grimasse. »Ich würde aber so gerne mit Mantel hinein.«

»Geht nicht! Ihren Mantel!«

Grosch verdrehte die Augen spastisch. »Och, bitte-bitte-bitte! Teuerste!«

»Ich habe gesagt: Nein!«

Als nächstes haut sie mir auf die ungewaschenen Pfoten, dachte Grosch, *und schreit »Böser Bub! Ganz böser Bub!«*

Es wurde ihm zu dumm. Er förderte seinen Bullenausweis aus der Manteltasche, klappte ihn auf und hielt ihn der Frau unter die Nase. »Muß ich ihn jetzt immer noch ausziehen?« fragte er, drehte sich um und stieg die Stufen hinauf, die zum Stadtarchiv führten. Die Empfangsdame war zu perplex, um etwas zu erwidern.

Eine quadratische Gallerie rahmte das Treppenhaus auf der obersten Etage ein. Viele Meter darüber wölbte sich ein transparentes Kuppeldach, das helles Tageslicht einließ. Überall auf den Treppenabsätzen und der Gallerie standen gläserne Schaukästen, die alte Drucke und Stiche enthielten. An den hohen Wänden hingen historische, bräunliche Ölgemälde von lange verstorbenen Mainzer Bürgern, die Groschs Ankunft skeptisch zu beobachten schienen. Mehrere verschlossene Türen zweigten von der Gallerie ab. An jeder Tür war eine Klingeltaste angebracht, als würden dahinter Leute wohnen. Grosch suchte lange, bis er ein Schild fand, dessen Beschriftung auf einen Bewohner namens ›Stadtarchiv‹ schließen ließ. Kurzerhand drückte er den zugehörigen Knopf, ohne wieder loszulassen. Ein kurzer Summton erscholl, und er konnte die Tür mit dem undurchsichtigen Milchglaseinsatz aufstoßen.

Grosch betrat einen kleinen, verstaubt wirkenden Raum, dessen Wände von großen, wurmstichigen Karteischränken eingenommen wurden. Das Zimmer wurde von einer etwa drei Meter höher gelegenen Balustrade dominiert, auf der sich bis unter die Decke Regale gegeneinanderdrängten. Uralte Ordner und antike Papiere quollen zwischen hölzernen Brettern hervor. Auf der linken Seite des Raumes gewährte eine Reihe von kleinen milchigen Fenstern keinen Blick ins Freie. Einen Kontrast zu dem geschichtsträchtigen Ambiente bildete ein modernes, klobiges Mikrofilm-Lesegerät, das unter einem der Fenster stand. Überall lagen auf fahrbaren Tischen alte Bücher und gerollte Dokumente, die so brüchig und porös aussahen, als würden sie zu Staub zerfallen, wenn man sie nur scharf ansah.

Direkt neben der Tür erstreckte sich ein riesiger Schreibtisch über die gesamte Breite des Raumes, der ebenso von der Zeit gezeichnet war wie die Ordner, Regale, Schriften und Bücher. Ein Mann mit langem, grauem Haar und weißer Haut, die aussah, als sei sie mit Mehl bestäubt worden, hockte dort und blickte von einer Art Kassenbuch auf, das vor ihm auf der Platte ruhte. Seine buschigen Augenbrauen zogen sich bei Groschs Anblick erstaunt zusammen.

»Kann ich Ihnen irgendwie behilflich sein?« fragte er. Seine Stimme hatte etwas Gieriges, fand Grosch, der staunend vor den Schreibtisch trat.

»Mann!« rief er entzückt und blickte zu der Balustrade über

seinem Kopf. »Mann, das ist ja echt beeindruckend hier! Klein, aber fein.«

»Sie!« In einer einzigen, fließenden Bewegung erhob sich der Mann aus seinem Stuhl. »Ich habe mit Ihnen gesprochen! Darf ich erfahren, was …«

»Das sieht ja wirklich nicht schlecht aus. Mein lieber Freund! Etwas zu gediegen vielleicht, aber hochinteressant. Hier kann man Geschichte atmen.« Er drehte sich zu dem Mann, der eine graue Kombination trug, und lächelte ihn an. »Arbeiten Sie schon lange hier? Wird's Ihnen nicht langweilig? Was machen Sie so die ganze Zeit?« Er langte in seine Manteltasche und förderte die zweite Brezel zutage. »Möchten Sie 'n Stück?«

Der graue Mann starrte ihn entgeistert an. Seine blauen Augen funkelten. »Verlassen Sie *sofort* diesen Raum!« sagte er bedrohlich leise.

Grosch ließ sich auf einem Plastikstuhl nieder, der vor dem Schreibtisch stand. »Entschuldigen Sie bitte, wo sind nur meine Manieren geblieben.« Er verspeiste die Brezel binnen Sekunden, schluckte große, unzerkaute Brocken. »Verzeihen Sie, Sie müssen ja sonst was denken.«

Der Mann nahm den Hörer von einem antiken schwarzen Telefon, das vor ihm verstaubte. »Muß ich die Polizei rufen?« Er nahm Grosch mit seinen Eisaugen unter Beschuß.

Grosch winkte ab. »Wozu denn?« Er zauberte seinen Ausweis hervor und hielt ihn vor das weiße Gesicht. »Tillman Grosch, SK 66, BKA. Ich bin überzeugt davon, daß Sie mir weiterhelfen können. Liege ich richtig, wenn ich sage: Sie sind der Stadtarchivar?«

Der Mann ergriff Groschs Ausweis, studierte ihn fast eine Minute lang, wobei sein Blick immer finsterer wurde. Langsam legte er den Hörer zurück auf die Gabel. »SK 66?« fragte er schließlich. »Was soll das sein?«

»Eine Sonderkommission. Ich arbeite gerade an einem etwas prekären Kriminalfall, der leider Ihre schöne Stadt betrifft. Bin vorhin ein bißchen spazierengegangen. Wirklich, mir gefällt Mainz. Nur der Bahnhof ist häßlich. Aber ansonsten – wirklich hübsch. Hier könnte ich's 'ne Weile aushalten. Sind Sie gebürtiger Mainzer?«

Der blasse Mann gab Grosch den Ausweis zurück. »Darf ich erfahren, was Sie von mir wollen? Haben Sie einen Termin?«

»Offengestanden habe ich keinen Termin, Herr Nord. Ist das ein Problem?«

Der weißhäutige Mann zuckte erschrocken zusammen. »Woher wissen Sie, wie ich heiße?«

Grosch lehnte sich in dem unbequemen Stuhl zurück. »Ich spiele zum Zeitvertreib manchmal Sherlock Holmes. Soll ich mal loslegen?« Er schloß die Augen und begann, sich den Nasenrücken zu massieren. »Sie sind Herbert Nord und haben an der Universität im Bereich Buchwissenschaft gearbeitet. An der Wand hinter Ihnen hing Ihr Zertifikat, man kann noch die Umrisse erkennen. Ich tippe auf Buchwissenschaft, da Sie hier alte Schriften verwalten. Sie sind freiwillig in den Ruhestand getreten, möglicherweise hatten Sie die Schnauze voll vom studentischen Umfeld. Sie lieben klassische Musik, gehen aber selten in ein Konzert. Sie ...«

»Würden Sie bitte mit diesem Unsinn aufhören«, rief Nord sichtlich nervös. Grosch öffnete die Augen und verzog den Mund. »Soll ich nicht weitermachen?« Er klang wie ein beleidigtes Kind.

»Nein, Sie sollen ganz gewiß *nicht* weitermachen. Woher wissen Sie, wie ich heiße?«

»Waren meine Mutmaßungen denn richtig?«

»Nein.«

»Na, da brat mir doch einer 'nen Storchenarsch und tauf mich Kalinka!« Grosch ließ die Fäuste auf seine dicken Schenkel klatschen. »Manchmal funktioniert es aber!«

»Woher haben Sie meinen Namen?«

Grosch deutete auf ein vergilbtes Plastikschild, das auf dem Schreibtisch dem Prozeß des Versteinerns entgegenharrte. »Da steht's.«

Nord atmete erleichtert aus, und einen Moment lang sah er aus wie ein Mann, der nur knapp einer drohenden Gefahr entkommen war. Dann nahmen seine Züge wieder eine feindselige Mimik an. »Was zum Teufel wollen Sie?« rief er.

»Ich würde gerne ein wenig in Ihrem Archiv blättern, wenn Sie gestatten. Wirklich interessant hier.«

Nord starrte, schwieg.

»Wie gesagt, Herr Nord, es geht um einige mysteriöse Vorkommnisse, denen ich auf den Grund zu gehen gedenke. Ist mein Job, ich bin Polizist.«

»Das sagten Sie bereits.« Nords spindeldürre Finger ergriffen einen Bleistift, der auf der Platte lag, und begannen, ihn in der Hand hin- und herzurollen, als wollte er ihn massieren.

»Um es kurz zu machen, es geht um die Morde. Sie haben sicher davon in der Rheinzeitung, oder wie euer Blatt hier heißt, gelesen.«

Nord nickte langsam, schwieg eisiger.

»Sie können mir sicher helfen. Sagen Sie, Herr Nord, Sie bewahren hier doch bestimmt alte Totenscheine auf.«

Nord brach die Spitze des Bleistifts ab. »Nein«, sagte er. »Tun wir nicht!«

Grosch zog verwundert die Augenbrauen hoch. »Nicht?«

»Es *gibt* keine historischen Totenscheine.« Der Bleistift brach in der Mitte entzwei. Nord versuchte, die beiden Teile wieder zusammenzufügen, aber es mißlang. Er langte nach einem zweiten Bleistift, um ihn auf die gleiche Art zu Tode zu bringen.

»Ist Ihnen nicht gut?« fragte Grosch. »Sie wirken irgendwie ... naja, angespannt.«

»Binichnicht!«

»Doch, doch, Herr Nord. Warum gibt es keine Totenscheine? Sehen Sie, ich suche eine Unterlage aus dem Jahr 1900.« Grosch beobachtete fasziniert eine dünne, violette Ader, die einsam an Nords linker Schläfe pulsierte.

»Zum damaligen Zeitpunkt wurden keine Totenscheine ausgestellt«, murmelte der Archivar, ohne die Zähne auseinanderzunehmen. »Es gab im Falle des Dahinscheidens lediglich einen Eintrag ins Kirchen- oder Familienregister.«

»Na also!« Grosch lehnte sich nach vorne. »Allmählich kommen wir der Sache schon näher. Gehe ich recht in der Annahme, daß Sie diese Register, wie so vieles andere, hier aufbewahren? Diese Ordner da oben ...« Er deutete in Richtung der Balustrade. »... sind das die Register? Nehmen Sie ruhig die Zähne auseinander, wenn Sie antworten, dann verstehe ich Sie besser.«

Das Funkeln in Nords Augen erinnerten Grosch an den Polarstern. »Darf ich erfahren, wonach Sie suchen?« flüsterte er.

Grosch schnüffelte in der Luft herum. »Hier riecht's nach Staub und alten Büchern«, stellte er fest. »Eigentlich ein angenehmer Geruch, obwohl ihn nicht jeder mag. Ich hatte mal einen Hund, der ist weggegangen …« Grosch ließ den Satz im Hals absterben, als er sah, wie Nords Augen einen weiteren Funkenregen versprühten. Grosch räusperte sich. »Sagen Sie, wo kaufen Sie Ihre Klamotten? In so einem Anzug möchte ich mal beerdigt werden.« Er lachte. »Ich suche die Todesbescheinigung eines gewissen Friedhelm Knecht«, fuhr er fort. Friedhelm Knecht war der Name der exhumierten Leiche, deren Kopf entwendet worden war. Passfeller und Grosch hatten sich darauf geeinigt, sich seiner Person etwas ausführlicher zu widmen. »Hätten Sie da vielleicht etwas für mich?«

Eine Ewigkeit schien zu vergehen, ehe Nord einige abstrakte Laute produzierte, die Worte darstellen sollten. »WarumwollenSiedaswissn?«

»Das geht Sie leider nichts an«, entgegnete Grosch. »Deshalb werden Sie's auch nicht erfahren. Also, würden Sie mir jetzt *bitte* die gewünschte Information zugänglich machen?«

Nord erhob sich aus seinen Stuhl, verschwand im hinteren Bereich des Stadtarchivs und war weg.

Grosch wartete. Eine Minute. Fünf Minuten. Er sah auf seine behaarten Finger und suchte seine Manteltaschen nach etwas Eßbaren ab, aber er fand nichts mehr.

Nach etwa zehn Minuten tauchte Nord wieder auf. »Nichts«, behauptete er. »Tutmirleidaufwiedersehen.«

Grosch stand langsam auf, steckte sich lächelnd einen Zigarillo zwischen die Lippen und gab sich Feuer.

»Hey!« Nord versuchte, sich in imponierender Haltung vor Grosch aufzubauen, ein Unterfangen, das gründlich in die Hose ging. »Sie dürfen hier nicht rauchen! Was glauben Sie eigentlich …«

Grosch hob beschwichtigend die Hände. »Herr Nord, das Problem an der Sache ist folgendes: Ich glaube Ihnen nicht. Ich habe ein komisches Gefühl in der Magengegend, und dieses Gefühl sagt mir, daß Sie gerade versuchen, ein polizeiliches Ermittlungsverfahren zu behindern. Warum, bleibt vorläufig dahingestellt. Sagen Sie es sich einmal laut vor: Ich behindere ein polizeiliches Ermittlungsverfahren. So, und jetzt denken Sie bitte an die möglichen Konsequenzen.«

»Sie dürfen hier nicht ra...«

»Komischerweise, lachen Sie ruhig, aber komischerweise bin ich davon überzeugt, daß Sie durchaus in der Lage sind, mir etwas über die Familie Knecht mitzuteilen. Mein Verdacht geht dahin, daß Sie das Dokument herausgesucht und hinter meinem Rücken studiert haben, es mir aber aus einem bestimmten Grund vorenthalten wollen. Was ist das für ein Grund, Herr Nord?«

»Sie dürfen nicht ...«

»Ich darf alles!« Grosch legte Nord eine Pranke auf die knochige Schulter und drückte fest zu. »Wir sind doch vernünftige Leute, Herr Nord. Sie wollen doch nicht, daß ich ein komisches Gefühl in der Magengegend bekomme. Wissen Sie, ich neige dazu, dieses komische Gefühl sofort auf den Verursacher abzuwälzen. Wenn Sie gestatten.«

»Sie dürfen nicht ...«

»Wir tun beide einfach so, als wäre nichts geschehen, okay? Ich gebe Ihnen so lange Zeit, das Dokument anzuschleppen, bis ich meinen Zigarillo aufgeraucht habe, verstanden?« Grosch ließ sich in den unbequemen Plastikstuhl zurücksinken, drehte sich zu den milchigen Fenstern und inhalierte tief. Er spürte Nords Blicke im Rücken, und einen Moment lang rechnete er damit, daß sich der Stadtarchivar von hinten auf ihn stürzen würde, aber nichts dergleichen geschah. Nach wenigen Augenblicken stampfte Nord durch den Raum davon. Nach sieben Sekunden kam er mit einem dicken, in rote Prägepappe gebundenen Ordner an seinen Schreibtisch zurückgedackelt. »Hab noch mal nachgesehen«, sagte er und schlug den voluminösen Hefter in der Mitte auf. »Habe hier anscheinend etwas.«

»So gefällt mir das schon besser.« Grosch zerdrückte seinen halb aufgerauchten Zigarillo mit Daumen und Zeigefinger. »Warum nicht gleich so?«

»Hab mich in der Registratur vertan.«

Grosch schmunzelte. Die Lüge war so dreist, daß sie ihn amüsierte. »Passiert jedem mal. Also, was haben Sie für mich?«

»Eine Familienchronik, ist aber alles durcheinander. Dazu noch einige andere Formulare, die ich momentan nicht zuordnen kann. Friedhelm Knecht, geboren am 30. Januar 1877 als Kind von Waldemar und Inge Knecht aus Mainz, gestorben am 18. April 1900.« Er holte ein vergilbtes, an den Rändern eingerissenes Formular hervor, über das sich eine alte Handschrift zog. »Er liegt auf dem Mainzer Zentralfriedhof beerdigt.«

Grosch beschloß, etwas Leine zu geben. »Momentan leider nicht«, sagte er. »Er befindet sich derzeit im Leichenschauhaus. Sie haben sicherlich in der Rheinzeitung gelesen, daß vor kurzem jemand ein halbes Dutzend Gräber auf dem Zentralfriedhof geschändet hat.«

Dunkle Ringe hingen unter Nords Augen. Seine zitternden Spinnenhände, die mit Eigenleben beseelt waren, ergriffen wieder den Bleistift, um ihn zu malträtieren. »Hab's gelesen. Lassen Sie mich raten: Friedhelm Knecht war der Tote ohne Kopf?«

»Bingo. Ich sehe, Sie haben Ihre Hausaufgaben gemacht.«

»Was soll das heißen?«

»Gar nichts. Können Sie mir etwas über Knecht erzählen?«

Nord begann, in der Akte zu blättern. Immer wieder hielt er inne, holte alte Formulare hervor, studierte sie gegen das kränkliche Sonnenlicht, das durch die Fenster fiel.

»Er war Eisenwarenhändler«, berichtete Nord. »Nicht sehr wohlhabend. Arbeitete im Geschäft seines Vaters und …«

»Herr Nord, Sie wissen doch längst, was mich interessiert. Provozieren Sie mich nicht! Genausogut könnten Sie dem Teufel einen ungedeckten Scheck ausstellen!«

Nord blickte auf. Seine Lippen hatten eine bläuliche Färbung angenommen.

»Jetzt sagen Sie schon: Wie ist Friedhelm Knecht zu Tode gekommen?«

Der zweite Bleistift zerbrach. »Er wurde ermordet.« Nords Stimme war fast lautlos, so daß nur Pilze und Mantarochen ihn hören konnten.

»Schön.« Grosch grinste, obwohl es ihm schwerfiel. Eine undefinierbare Nervosität hatte von ihm Besitz ergriffen, und es kostete ihn Mühe, sie nicht nach außen dringen zu lassen. »Schön, Herr Nord. Ich habe Ihnen schon von meinem Gefühl berichtet, nicht wahr? Wollen Sie hören, was es gerade sagt? Es sagt mir, daß Sie ganz genau wissen, wie der gute Herr Knecht zu Tode gebracht wurde. Stimmt's?«

In diesem Moment schrillte ein näselnder Piepton durch den Raum. Nord drückte ohne hinzusehen eine unter dem Schreibtisch verborgene Taste, und mit einem Summen öffnete sich die Tür zum Treppenhaus. Der Kopf eines verhutzelten alten Mannes, der sich im letzten Stadium der Dehydration zu befinden schien, schob sich durch den Türspalt.

»Herbert? Sind Sie so weit?«

»Ich ... oh *ja*!« Ein glückseliges Lächeln machte sich auf dem Gesicht des Archivars breit. Mit einem unsicheren Finger deutete er auf eine geschmacklose, goldene Armbanduhr an seinem Handgelenk. »Es tut mir außerordentlich leid«, wandte er sich an Grosch, »aber ein wichtiger Termin mit der Verwaltung macht es unumgänglich, daß wir heute über mittag schließen. Sie werden wohl ein andermal wiederkommen müssen.« Er gab sich keine Mühe, seine Freude über den Umstand zu verbergen.

»Ein Termin, so, so«, murmelte Grosch. Er hätte gerne noch weiter geforscht, aber andererseits liefen die hier eingekerkerten Informationen ihm nicht davon. Sollte der merkwürdige Archivar seinen Spaß haben. Die Sache war noch längst nicht beendet. »Selbstverständlich komme ich wieder, ich freue mich schon darauf. Ist ein hübscher Ort hier.« Grosch ließ den Blick über die Regale des Stadtarchivs schweifen.

»Wußten Sie eigentlich, daß ich mit unserem Herrn Bürgermeister befreundet bin?« fragte Nord spitz und erhob sich aus seinem Stuhl.

»Er wird sich bestimmt freuen«, sagte Grosch, der sich ebenfalls auf seine Beine arbeitete, »wenn ich ihm berichte, wie entgegenkommend und hilfreich Ihre Dienste für uns waren.«

Er folgte Nord zur Tür.

»Ach, Herr Nord!« Er hielt den Archivar an der Schulter fest, ehe er türmen konnte. »Sind Sie jeden Tag hier?«

»Kommtdraufan.«

»Na, ich schaue einfach mal wieder vorbei, bringe auch 'ne Brezel mit. Mir fallen bestimmt noch ein paar Fragen ein, aber eine habe ich schon jetzt: Wie wurde Friedhelm Knecht doch gleich umgebracht? Nur für die Akten, ist nicht weiter von Belang.«

Nord stand der Schweiß auf der Stirn, sein Körper zitterte. »Offenbar hat man ihm den Schädel eingeschlagen«, sagte er tonlos. »Muß ich noch mal genau recherchieren.«

»Ich bin immer fürs genaue Recherchieren, mein Lieber. Sie wissen bestimmt auch, was für ein Tatwerkzeug benutzt wurde, oder? Kommen Sie, das wissen Sie doch!«

Nord atmete ein paar mal deutlich vernehmbar ein und aus. Er äugte in Richtung der nur angelehnten Tür, hinter der ihn der vertrocknete Mumiengreis erwartete. »Ich weiß wirklich nicht, was Sie mit Ihrem sonderbaren Auftreten bewirken wollen, Herr Frosch, aber soweit ich den beigehefteten Bericht der Polizei deuten konnte, wurden ihm mit Drucktypen lateinische Worte in die Schädeldecke gemeißelt. Lassen Sie sich in Gottes Namen einen Termin geben, wenn Sie das nächste Mal kommen. Ich muß jetzt weg.«

Grosch grinste humorlos. »Grosch, nicht Frosch, Herr Süd«, sagte er. »Wenn Sie gestatten.«

Schweigend saßen sich Passfeller und Grosch gegenüber. Passfellers Blick ging ins Leere, während er die verblüffende Information verdaute. Seine letzte Zigarette hatte nach nur einem Zug vergessen im Ascher ihr Leben ausgehaucht, und die zwischenzeitlich gelieferten Getränke und Kuchenstücke standen unangerührt auf dem kleinen Tisch – sogar vor Grosch!

Das Café um sie herum hatte sich während Groschs Bericht merklich geleert; die Mittagspausen der Leute gingen zu Ende, und allmählich wurde es richtig gemütlich in dem hoch aufragenden Gemäuer. Doch keiner der beiden bemerkte es.

»Verdammt ...« murmelte Passfeller. »Wie paßt das zusammen?

Der Mörder unserer Studenten kann doch unmöglich ... *über hundert Jahre alt sein*?«

Bevor jemand diesem ebenso wirren wie beunruhigenden Gedanken weiter nachgehen konnte, ertönte plötzlich ein schrilles Piepsen vom Boden neben Passfellers Sessel. Er schrak zusammen. Dann fiel ihm ein, daß sich in der Innentasche des zu Boden gerutschten Sakkos sein Mobiltelefon befand. Er bückte sich und zog das zirpende Etwas heraus.

»*O Tannenbaum?*« fragte Grosch mit ungläubig hochgezogenen Brauen, als er die Melodie erkannte. »Im November?«

»Schnauze«, sagte Passfeller und nahm den Anruf entgegen.

Er dauerte nur kurz.

Grosch fand lediglich Zeit, einen der beiden gewaltigen Brocken gedeckten Apfelkuchens in seinen bartumkränzten Mund zu befördern, da schob Passfeller das Telefon auch schon zurück in die Jacke und sprang auf.

»Laß liegen den Kalorienhammer, wir müssen los!«

»Hmm? Mohimm?«

»Staatstheater.«

Grosch kaute aus und spülte den Rest Kuchen mit einem dreifachen Espresso hinunter. »Ich verstehe nur Sackbahnhof. Was ist denn?« Da erst fiel ihm auf, daß Passfellers Gesicht während der letzten sechzig Sekunden einiges von seinem gesunden Teint eingebüßt hatte.

»Das war Evers. Sie haben schon wieder einen gefunden.«

Dem zweiten Stück Apfelkuchen blieb die Bekanntschaft mit Groschs Verdauungsapparat erspart.

Kapitel 9

Der blinde Beobachter

Auf dem Platz vor dem Mainzer Staatstheater war nichts so, wie es sein sollte.

Unzählige grün-weiße Einsatzwagen standen dicht an dicht vor einem augenbeleidigend bunten Holzzaun, der das in Renovierung begriffene Theatergebäude, mehrere Kräne und zahlreiche Baumaschinen umschloß. Zwei unbeschriftete, weiße Kleinbusse des Spurensicherungskommandos, ein Notarztwagen sowie ein riesiger, ziviler Mercedes erweiterten den ungewöhnlichen Fuhrpark. Doch merkwürdigerweise waren in unmittelbarer Nähe der Fahrzeuge kaum Polizeibeamte zu sehen.

Den Grund dafür sollten Passfeller und Grosch bald erfahren.

Die beiden Sonderkommissare hielten mit quietschenden Reifen nur Millimeter hinter der Stoßstange eines aus Steuergeldern finanzierten, grün-weißen Opel Omega und stiegen aus dem Wagen.

»Was ist denn hier los? Wo sind die alle?«

Wie er erwartet hatte, erhielt Passfeller von seinem Kollegen keine Antwort. Er schüttelte entschieden den Kopf, als Grosch auf eine McDonalds-Filiale auf der gegenüberliegenden Seite des Platzes deutete, und machte einige Schritte auf eine Seitengasse zu, die zwischen dem Theater und einem Häuserblock mit Geschäften und Schaufenstern hindurchzuführen schien. Dort hatte er eine Öffnung im grell bepinselten Plankenwerk des Zauns erspäht.

»Ist das eigentlich Kunst?« fragte er im Vorbeigehen und deutete auf die Malerei, die lange Reihen von Personen mit überwiegend recht fragwürdiger Physiognomie darstellte.

»Fußgeblasen von menstruierenden, querschnittsgelähmten Krishna-Mönchen«, sagte Grosch zusammenhanglos und entzündete einen Zigarillo.

Dann hatten sie die Lücke im Zaun erreicht und warfen einen Blick dahinter.

Der Platz zwischen den Stufen des Theatergebäudes und dem Bauzaun quoll über vor hektischer Aktivität. Uniformierte sowie zivil gekleidete Polizisten eilten umeinander, zogen scheinbar ziellos grelle Absperrbänder hinter sich her, markierten mit buntem Spray willkürlich Punkte auf dem Betonboden und brüllten sich über die Köpfe anderer Polizisten Anweisungen in fremdartigen Zungen zu. Gruppen von schmutzigen, behelmten Bauarbeitern wurden wie Vieh aus kastenförmigen Verschlägen am Rand des Platzes getrieben und von Zweiergrüppchen ernst dreinblickender Beamter in die Mangel genommen.

Inmitten der wogenden, an einen brodelnden Eintopf erinnernden Masse entdeckte Passfeller schließlich Kriminalrat Christian Evers. Wie ein kleiner König überragte seine schmale Silhouette das Geschehen von einem Punkt auf halber Höhe der Theaterstufen, flankiert von drei Zivilbeamten von kleiderschrankähnlichen Ausmaßen. Einige Stufen darunter, am Fuß der Treppe, stand eine Bahre. Auf ihr erspähte Passfeller einen Sack aus dunkelblauem, glattem Kunststoffmaterial, den er augenblicklich erkannte.

Es war ein Leichensack.

Grosch hatte sich bereits in Bewegung gesetzt und mehrere Lagen beschrifteten Plastikbandes, die den Zugang durch die Lücke des Bauzauns versperrten, mit der Hand in die Höhe gezogen. Passfeller folgte der Einladung und schlüpfte darunter hindurch. Er ignorierte ein herbeischnaufendes Walroß, das sich als Polizist Telver entpuppte, und hielt im Fahrwasser Groschs, der die Massen wie ein Eisbrecher durchpflügte, auf den Kriminalrat zu.

Sie hatten Evers noch nicht ganz erreicht, als er sie über die Köpfe seiner emsigen Arbeiterameisen hinweg erspähte. Sein Gesicht nahm einen verkniffenen, nichtsdestoweniger überlegenen Ausdruck an, als er sie mit halb geschlossenen Augen begrüßte.

»Ah, die Herren vom Sonderdezernat. Spät, aber immerhin. Wie Sie sehen, haben wir hier alles im Griff.«

»Das sehen wir wohl«, entgegnete Passfeller freundlich. »Ich hoffe nur, daß es sich nicht irgendein finanzschwacher Mainzer Bürger just in diesem Moment in den Kopf setzt, irgendwo in Ihrer schönen Stadt eine Bank um ein paar Scheine zu erleichtern.«

Evers runzelte fragend die Stirn. »Wieso denn das?«

»Na«, hob Passfeller an und suchte nach seinen Zigaretten, »weil in dieser Sekunde so ziemlich jeder Bulle des Landkreises mit wichtiger Miene hier herumkreucht und die Bergung eines Leichnams überwacht, von dem – Ihren werten Worten am Telefon nach zu schließen – so ziemlich oberklar ist, wem wir ihn zu verdanken haben. Oder täusche ich mich?« Zischend flammte sein Feuerzeug auf.

Evers preßte die Lippen zu einem schmalen Strich zusammen, seine Augen verengten sich. Er sah aus, als wollte er den Lokalrekord im Luftanhalten brechen.

»Die Koordination der lokalen Ermittlungsarbeit dürfen Sie getrost uns überlassen, *Herrr* Passfeller!« zischte er.

Passfeller stellte amüsiert fest, daß Evers das ›r‹ in äußerst markanter Weise zu rollen begann, wenn er aufgebracht war. Für einen kurzen Moment überlegte er, wie der Kriminalrat wohl mit einem briefmarkengroßen, schwarzen Oberlippenbärtchen aussähe.

»Um auf Ihre Frage zurückzukommen: Der Tote, ein Buchhändler und Ex-Student namens Holzapfel, ist tatsächlich nach dem gleichen Muster wie die beiden vorhergehenden getötet worden.«

Der Kriminalrat holte Luft, um sich detaillierter über den Leichenfund zu verbreiten, da erspähte Passfeller hinter der Schulter seines beigefarbenen Trenchcoats ein bekanntes Gesicht.

»Doktor Trauerwein!« rief er und hob zum Gruß die Hand mit der Zigarette.

»Oh, SK Passfeller!« Mit erfreuter Miene kam der Pathologe um Evers' Leibgarde herumgewuselt. »Was für eine Überraschung, Sie hier … na ja, genaugenommen eigentlich gar keine Überraschung, wie? Ja, ja.« Lächelnd schüttelte er Passfellers Hand.

»Ich hatte nicht damit gerechnet, Sie außerhalb Ihrer medizinischen Wirkungsstätte …«

»Nun ja, manchmal läßt man uns auch nach draußen, damit wir nicht vergessen, wie die reale Welt aussieht«, scherzte der kleine Mann. Als er aus dem Augenwinkel Evers' starren Blick wahrnahm, verflog seine gute Laune jedoch sofort wieder. Schweigend nahm er seine Brille ab, um die daumendicken Gläser mit einem

Zipfel seines grauen Übermantels zu putzen; dahinter kamen winzige runde Maulwurfsaugen zum Vorschein.

Passfeller warf seine Zigarette zu Boden und beendete ihr Leben mit einem gezielten Tritt. »Dann erzählen Sie uns doch mal von dem Toten, lieber Doktor. Es sei denn ...« Er hielt inne und machte eine einladende Geste in Evers' Richtung. »Es sei denn, der Kriminalrat besteht darauf, uns selbst über die medizinischen Details ins Bild zu setzen.« Er lächelte scheinheilig.

Evers, der gerade von einem der Gorillamänner ein knacksendes Funkgerät gereicht bekam, winkte mit sauertöpfischer Miene ab und drehte sich zur Seite. Sie hörten ihn heiser in das Gerät bellen.

»Nun, da gibt es eigentlich nicht viel zu erzählen«, sagte Trauerwein gedämpft und kam einen Schritt näher heran. Passfeller wandte rasch den Kopf und überzeugte sich davon, daß Grosch ebenfalls in Hörweite stand. Er ragte, kaum einen halben Meter entfernt, wie eine Felsklippe aus der Brandung uniformierter Leiber auf und starrte, versonnen an seinem Zigarillo saugend, die ruinöse Fassade des Theatergebäudes an.

»Gleiches Vorgehen wie beim letzten Mal, identische Wundmale. Zusätzlich haben wir Abschürfungen an Hand- und Fußgelenken festgestellt, was die Vermutung nahelegt, daß das Opfer vor der Tat gefesselt worden ist.«

»Glauben Sie, daß der Mann bei Bewußtsein war, als man ihm ... als er ...«

»Das ist nicht auszuschließen.« Trauerwein setzte seine Brille wieder auf und blinzelte Passfeller mit riesenhaft vergrößerten Augäpfeln an.

»Wer hat die Leiche gefunden?« wollte Passfeller wissen.

»Einer der Bauarbeiter, nach allem, was ich gehört habe. Gegen elf.«

»*Elf*? Die fangen doch normalerweise viel früher an zu malochen.« Er deutete in Richtung der verschüchtert und unrasiert in der Gegend herumstehenden Bauarbeiter. »Wieso ist die Leiche nicht schon ...?«

»Äh, mit Verlaub: *Normalerweise* beginnen Bauarbeiten am frühen Morgen. Ja, ja.« Trauerwein grinste süßlich. »Aber nicht hier.«

Mit einer Mischung aus Unglauben und Bewunderung sah Passfeller erneut zu den Männern in ihren Helmen und Blaumännern hinüber, von denen nicht wenige, der späten Mittagsstunde zum Trotz, noch bemerkenswert unausgeschlafen wirkten.

»Sagen Sie, was wird hier eigentlich … also, was genau ist der Zweck dieser Baustelle?«

»Man renoviert das Staatstheater«, erklärte Trauerwein gedehnt.

»Und … wie lange wird schon renoviert?«

»Jahre.« Die Stimme des Mediziners war völlig emotionslos.

»Jahre«, wiederholte Passfeller leise. »Und wann wird das Ende der Arbeiten erwartet?«

Trauerwein legte den kleinen Kopf schief, so daß wirres, weißes Haar sich auf seiner Schulter kräuselte. »Jahre«, sagte er.

»Sie übertreiben *maßlos*!« schaltete sich ein schneidendes Organ in die Unterhaltung ein. »Außerdem sollten Sie sich abgewöhnen, munizipale Bauvorhaben vor Auswärtigen zu denunzieren, *Herrr* Doktor Trauerwein!«

Offenbar hatte Evers sein Funktelefonat beendet. Er reichte das Gerät einem seiner Neandertaler und schob seine schmächtige Gestalt dicht an den Pathologen heran. »Das Staatstheater wird pünktlich im September kommenden Jahres fertiggestellt sein, daran gibt es überhaupt nichts zu rütteln!«

»Ich meinte auch nur …«

»Danke, Doktor. Sie werden hier vorläufig nicht mehr gebraucht. Sie sollten dem Toten umgehend in die Klinik folgen, und heute abend habe ich dann Ihren vollständigen Bericht auf meinem Schreibtisch.«

»Sehr wohl«, sagte der zwergenhafte Mediziner, ohne Evers ins Gesicht zu sehen. Mit einem Nicken verabschiedete er sich von Passfeller und verschwand im Gewühl der Leiber wie ein Papierschiff in einer sturmgepeitschten Pfütze Brackwasser.

»Nun, Herr Kollege? Gewiß haben Sie aus den gewonnenen Kenntnissen bereits Ihre Schlüsse gezogen?« erkundigte sich der Kriminalrat lauernd. Sein rechtes Auge zuckte nervös, und die kleine, spitz zulaufende Nase verlieh seinem Gesicht etwas Nagetierartiges.

Passfeller ignorierte die Frage gekonnt und zündete sich eine neue Zigarette an. »Wo hat man den Toten gefunden?« wollte er durch eine Qualmwolke wissen.

Statt einer Antwort machte Evers eine knappe Handbewegung, und Passfeller folgte dem Kriminalrat und seinen drei Schatten zu einem sonderbaren, meterhohen Gerät, das zwischen den Wohnbaracken für die Arbeiter und dem Theatergebäude thronte und das aussah wie ein riesiges Ei auf Stelzen. Insgesamt fünf Spurensicherungsleute in weißen Overalls stäubten, pinselten und pinzettierten an dem kruden, mörtelverschmutzten Etwas herum.

»Man bewahrt Zement darin auf. Oder etwas anderes. Glaube ich«, kam Evers Passfellers Frage zuvor. »Völlig irrelevant. Dort hing er jedenfalls, Kopf nach unten.« Er deutete auf eine metallene Querverstrebung, die sich in zwei Metern Höhe, ein Stück unter dem tankförmigen Aufbau, befand. Unterhalb der bezeichneten Stelle verunzierte ein fast runder, dunkelbrauner Fleck den Boden.

»Er *hing*?« Passfeller exhalierte Rauch und näherte sich dem Gebilde bis auf wenige Schritte.

»VORSICHT!« heulte eine Stimme auf, und ein spargeldünner Spurensicherungsbeamte mit einer irreal großen Lupe in der behandschuhten Hand kam wild gestikulierend herangestürzt. Mit biestigem Gesichtsausdruck deutete er auf unzählige winzige Fähnchen, ähnlich denen, die man auch für Käsespieße verwendete. Sie kennzeichneten Dutzende Einzelpunkte rund um die Baumaschine. »Passen Sie bitte auf!«

Passfeller hob einen Fuß und sah, daß unter der Sohle seines Cowboystiefels mindestens fünf zerquetschte Käsespießfähnchen klebten. Es war ihm kein bißchen peinlich.

»Wieso hing er?« wiederholte er, an Evers gewandt, während er betont unauffällig seine Zigarettenkippe in die Armada weißer Markierungen fallen ließ.

Evers' rechtes Auge begann wieder zu zucken. »Wieso hing er, wieso hing er? Was weiß denn ich? Wieso baumelte der Student Schnaas auf dem Fastnachtsbrunnen? Wieso war der Student Gleichsam in ein Becken mit Flußforellen eingeweicht? Wenn wir das wüßten, müßten wir uns hier nicht die Beine in den Bauch stehen, und ich müßte mir nicht Ihre zersetzenden Reden anhören! Wieso hing er!« Mit einer etwas unbeherrschten Bewegung wirbelte Evers herum und prallte prompt mit dem Gesicht gegen die Brust eines der riesenhaften Zivilbeamten, die ihn aus unerfindlichem Grund auf Schritt und Tritt begleiteten.

»Passen Sie doch *auf*, verdammt noch mal!«

Während der Kriminalrat eine erboste Tirade gegen den unschuldigen Tiermenschen abschoß, sah sich Passfeller im Gewühl nach Grosch um. Entnervt stellte er fest, daß er verschwunden war. In Ermangelung eines anderen Ziels schloß er sich Evers an, der jetzt im Stechschritt zu der Bahre mit der Leiche zurückkehrte.

»Gehe ich recht in der Annahme, daß es wieder keine brauchbaren Hinweise auf den oder die Täter gibt?« wollte er von Evers' beigefarbenem Rücken wissen.

Unvermittelt zog der Kriminalrat eine zusammengefaltete Zeitung aus seinem Trench hervor und wedelte damit in der Luft herum.

»Natürlich nicht. Es ist zum Auswachsen! Haben Sie schon gesehen, was die Presse aus dem Fall gemacht hat?«

Er machte auf dem Absatz kehrt und hielt Passfeller die Vorderseite der aktuellen Rheinzeitung vor die Nase. »DER SCHÄDELTYPOGRAPH GEHT UM«, stand dort in dicken schwarzen Lettern zu lesen. Passfeller nickte beiläufig. Er hatte diesen und zwei ähnliche Artikel in anderen Blättern bereits am Morgen im Hotel gelesen.

»Unschön, zweifellos …« begann er.

»Unschön. *Unschön*, sagt er! Übelste Stimmungsmache nenne ich das! Und raten Sie mal, gegen wen! Jetzt stehen wir im Fokus der Öffentlichkeit, und neben der Ergreifung eines geistesgestörten Serienmörders zum Schutze der Bevölkerung liegt es auch noch an uns, den Ruf der Polizei nach außen zu wahren! Wir müssen den Täter jetzt nicht einfach nur schnappen – wir müssen ihn *umgehend* schnappen! Wie stehen wir denn da, wenn es zu weiteren Todesopfern kommt? Wie sollen wir den Bürgern je wieder …«

In diesem Moment erreichten sie die Bahre mit dem Leichnam,

wo mittlerweile zwei dunkel gekleidete Männer erschienen waren, deren Aufgabe es offenbar war, den Toten zu entfernen.

»Wollen Sie vielleicht noch einen Blick auf unseren Toten werfen?« fragte Evers erregt und beugte sich über den Plastiksack. »Es handelt sich um ein *besonders* ansehnliches Exemplar, das darf ich vielleicht vorausschicken ...« Ungeschickt fuhrwerkten seine Finger am Reißverschluß herum.

»Ich denke, ich verzichte«, sagte Passfeller seufzend. »Ich kann mir lebhaft vorstellen ...«

»... vom Hinterkopf ist kaum etwas übriggeblieben ... wird den Spezialisten schwerfallen, *darauf* etwas Brauchbares zu entziffern ...«

Eine schwere Hand senkte sich plötzlich auf Passfellers Schulter. Als er sich umdrehte, blickte er in das bärtige Mondgesicht von Grosch, der ihm mit glücklichen Kinderaugen einen angebissenen Fishmac hinhielt. Im gleichen Augenblick ertönte ein ratschendes Geräusch, als sich der grobe Reißverschluß unter Evers' hektischem Bemühen ruckartig löste, gefolgt von einem gepreßten Fluch.

»Sie erwähnten eben etwas recht Wichtiges, lieber Kollege«, hob Passfeller an und ignorierte sowohl den Kriminalrat, der sich mit rotem Gesicht einen geklemmten Finger in den Mund steckte, als auch den freigelegten Toten. »Wie weit sind Ihre Spezialisten mit der Übersetzung der Worte gekommen, die man in den Schädeln der toten Studenten gefunden hat?«

Evers signalisierte den Bahrenträgern mit einer ärgerlichen Geste, den unverschämten Toten endlich zu entfernen, und fixierte Passfeller mit blitzenden Augen. »Unsere Spezialisten? Wie weit sollen sie schon sein?« Er verschränkte die Arme. »Sie haben die Inschriften natürlich entschlüsselt.«

»Wie bitte? Wann? Wie lange wissen Sie schon, was die Worte bedeuten?«

Evers inspizierte gelangweilt seine Fingernägel. »Seit heute früh, wenn mich nicht alles täuscht.«

»Das *glaube* ich nicht«, entfuhr es Passfeller, und er biß rasch die Zähne zusammen, um dem Entweichen eines recht unschönen

Schimpfwortes zuvorzukommen. Neben ihm raschelte Papier, als Grosch einen weiteren Fischburger auswickelte. »Und wann hatten Sie vor, uns darüber in Kenntnis zu setzen?«

»Aber das tue ich doch gerade.« Evers tat überrascht. »Just in dieser Minute wollte ich Sie einweihen.«

»Warum haben Sie mich nicht bei Bekanntwerden der Information angerufen, wie wir es besprochen hatten?« wollte Passfeller wissen, der sich mühsam zur Ruhe zwang.

»*Sie* hatten das so besprochen!« entgegnete Evers spitz. »Außerdem war ich beschäftigt. Aber jetzt halten Sie schon die Luft an, wenn Sie wissen wollen, was wir herausgefunden haben.«

Passfeller schwieg kurz, dann nickte er einlenkend mit dem Kopf. Auch Grosch ließ ein zustimmendes Grunzen vernehmen. Evers Gesichtsausdruck entspannte sich etwas, als er zu erzählen begann.

»Es handelt sich in beiden untersuchten Fällen um Worte in lateinischer Sprache, und zwar um eine merkwürdig inkonsistente Mischform, die sowohl Worte und Ausdrücke enthält, wie sie in den ersten Jahrhunderten nach Christi gebräuchlich waren, als auch solche, die aus einer späteren Epoche vor etwa fünfhundert Jahren stammen könnten. Es fiel den Experten nicht leicht, den Sinn halbwegs zuverlässig zu übertragen, da immer wieder einzelne Worte fehlten oder durch die Zerstörungen der Knochensubstanz nicht zu entziffern waren. Zudem scheint es sich bei den einzelnen Passagen um Teile eines zusammenhängenden, längeren Textes zu handeln. Die uns vorliegenden Bruchstücke stammen aber weder vom Anfang noch dem Ende dieses Textes, so daß es schwierig ist ...«

»Nun kommen Sie schon zum Punkt«, unterbrach Passfeller.

Evers sah ihn kühl an, bevor er fortfuhr: »Was relativ sicher scheint, ist, daß es sich um Teile einer Anrufungs- oder Beschwörungsformel handelt. Verschiedene Idiome und die Imperative der Worte ›herbeikommen‹ und ›zurückkehren‹ legen dies nahe.«

»Eine Anrufung? Sie meinen, eine rituelle Formel? Aber wer oder was soll damit ...«

»Wem genau die Aufforderungen gelten, kann zum gegenwärtigen Zeitpunkt noch nicht eindeutig bestimmt werden. Allerdings taucht ein einzelnes Wort, unter Umständen ein Name, in jedem der untersuchten Fälle mindestens einmal auf.«

»Auch im Schädel des heute gefundenen Leichnams?« fragte Passfeller.

»Auch in seinem – soweit wir der raschen, noch am Tatort durchgeführten Leichenschau vertrauen dürfen.« Evers verzog bei der Erinnerung an die unappetitliche Prozedur das Gesicht.

»Wie mag es wohl lauten, jenes hochinteressante Wort?« beteiligte sich Grosch nuschelnd an der Konversation.

Evers blickte einen Moment lang irritiert zu dem kauenden Riesen hinüber, bevor er sich wieder Passfeller zuwandte und zögernd sagte: *»Morgáthoan.«*

Pause.

»Ah ja …« sagte Passfeller.

»Hmm, so, so«, ergänzte Grosch.

»Wer hätte das gedacht?«

»Überraschend.«

»Faszinierend.«

»Elementar.«

Wieder folgte eine kurze Pause.

Im Hintergrund hörte man, wie Polizist Telver mit sich überschlagender Stimme versuchte, einen Pulk schaulustiger Passanten von der Öffnung im Bauzaun zu vertreiben.

Evers' Augen hingen gebannt an den Lippen der beiden Sonderkommissare. Es war offensichtlich, daß er darauf wartete, die Hintergründe des mysteriösen Wortes erläutert zu bekommen.

Als Passfeller erkannte, daß von ihrem Gegenüber keine weiteren Informationen mehr folgen würden, kratzte er sich am Kopf, richtete den Blick gen Himmel und sagte zu niemand bestimmtem: »Tja … wenn man jetzt noch wüßte, was das ist, so ein Morgáthoan …? Das würde sicher einiges …«

Evers explodierte.

»Verdammt noch mal, wollen Sie mir etwa erzählen, Sie wissen *auch* nicht, wer oder was das sein soll? Wozu schickt man uns denn zwei Spezialisten für Feen und Waldgeister und all solchen Unsinn, wenn Sie sich im entscheidenden Moment genausowenig auskennen wie der hinterletzte Dotzheimer Streifenbeamte?« Sein Gesicht hatte eine ungesunde, dunkelrote Tönung angenommen, und die Fäuste in den Taschen seines Trenchcoats zitterten so stark, daß die Oberfläche des Kleidungsstückes bebte wie Wackelpudding mit zu wenig Gelatine.

»Sie haben immer noch nicht erkannt, worin unser Aufgabenbereich besteht, wenn Sie entschuldigen«, stellte Grosch fest und zerknüllte lakonisch das Einwickelpapier des zweiten Fishmac.

Evers schnitt ihm mit einer ärgerlichen Handbewegung das Wort ab. »Um genau zu sein, hatte ich genau dies vorausgesehen«, erläuterte er mit grimmigem Blick. »Daher habe ich bereits Kontakt zu einigen führenden Okkultismusexperten aufgenommen, die binnen kürzester Zeit ...«

»Na, dann viel Spaß«, sagte Passfeller amüsiert und wandte sich zum Gehen. »Wenn die genauso lange brauchen wie Ihre ›Sprachspezialisten‹ zum Entschlüsseln einer Handvoll lateinischer Worte, dann werden wir wohl noch Gelegenheit finden, die berühmte ›Fassenacht‹ in Ihrer schönen Stadt mitzuerleben. Sind schließlich nur noch drei Monate ...« Er drehte sich um und schritt durch die sich langsam lichtende Menschenansammlung davon.

Grosch schloß sich an, hielt jedoch noch einmal inne, als er auf Höhe des sprachlosen Evers war.

»Wenn Sie gestatten, dieser Tote heute ... er war selbstverständlich auch genau dreiundzwanzig Jahre alt, nicht wahr?«

»Woher wissen Sie ...?«

»Instinkt«, sagte Grosch und tippte sich vielsagend an die Schläfe.

»Es sind zwei.«

»Hä?«

Die beiden Sonderkommissare saßen nebeneinander in Passfellers unaufgeräumtem Honda, der nach wie vor auf der Außenseite des Bauzauns mitten auf dem Theatervorplatz parkte. Alle paar Minuten näherten sich um eine Biegung hinter ihrem Rücken Nahverkehrsbusse und hupten zornig, um den Fahrer des Wagens darauf aufmerksam zu machen, daß er mitten auf ihrer Fahrspur stand. Ungerührt beobachteten Passfeller und Grosch, wie das

Heer von Polizisten nach und nach hinter der hölzernen Absperrung hervorgeflossen kam, sich auf die diversen Gefährte verteilte und davonrauschte.

Ein durchdringender Geruch nach Fett und durchgeweichter Pappe hing im Innenraum des Wagens.

»Wie meinen?« Grosch hatte seinen schätzungsweise vierten Fishmac, zusammen mit einer unüberschaubaren Masse Pommes, die er einzeln aus seiner Manteltasche hervorzog, verspeist, und massierte mit einer Papierserviette Saucenspritzer in seinen Bart ein.

»Die Leiche war an den Füßen aufgehängt, an einer zwei Meter hohen Verstrebung. Das schafft kein einzelner.« Passfellers Blick war nach wie vor aus dem Fenster gerichtet. »Und ein Einzelner hebt auch keine sechs Gräber hintereinander aus.«

»Oh, Wahnsinnige verfügen zuweilen über immense Körperkräfte«, gab Grosch zu bedenken.

Passfeller schwieg einen Augenblick und grinste listig. »Wahnsinnige entfernen aber nicht penibel alle Spuren vom Tatort, die Rückschlüsse auf ihre Identität zulassen – einschließlich der Fesseln, mit denen das Opfer während seiner Hinrichtung festgebunden war.«

»Hmm … nicht *alle* Wahnsinnigen tun das«, gestand Grosch zögernd. Er stieß verhalten auf. »Was machen wir noch hier?«

»Wir warten auf einen Geistesblitz«, murmelte Passfeller, während er die Augen zusammenkniff und kurz eine einzelne Figur fixierte, die regungslos etwas abseits des Gedränges auf der gegenüberliegenden Seite des Platzes stand. Er schaute einen Moment länger hin, dann schüttelte er den Kopf und wandte sich seinem Sitznachbarn zu.

»Wie ich schon gesagt habe: Mainz ist die reinste Kleinstadt. Da bist du gerade mal drei Tage hier, und schon kennst du die Hälfte der Passanten beim zweiten Vornamen«, witzelte er müde.

Grosch beugte sich nach vorne, um zu sehen, auf was sein Kollege anspielte, konnte jedoch nur den sympathisch gelben Schriftzug des McDonalds-Restaurants sehen. »Hä?«

»Ach, nicht so wichtig«, winkte Passfeller ab und drehte den

Schlüssel im Zündschloß. »Ich meinte den Blinden da hinten. Habe ihn schon mal gesehen, als gestern am Rhein die Leiche des zweiten Studenten aus dem Schauaquarium geborgen wurde.« Grollend erwachte der Motor zum Leben, der Wagen rollte an.

Grosch hatte die bärtige Gestalt mit der schwarzen Brille und dem weißen Gehstock nun ebenfalls erspäht. Der Blinde stand neben einem hohen Sockel, auf dem in luftiger Höhe eine Skulptur von Johannes Gutenberg den Platz überragte.

»Ach, der«, sagte er und ließ sich in seinen Sitz zurücksinken. »Den kenne ich auch.« Er stieß erneut auf, diesmal lauter.

»Wahrscheinlich ein stadtbekannter Geselle«, vermutete Passfeller. »In jeder Stadt gibt's ein paar von denen – auffällige Exoten, die den lieben langen Tag durch die Gegend latschen ...« Der Legend rollte an und sortierte sich vor einem aus dem Hintergrund auftauchenden Stadtbus in die Fahrspur ein. »Wo hast du ihn denn schon gesehen?«

Grosch überlegte einen Augenblick. Dann sagte er: »Auf dem Friedhof. Als ich mir den Abschnitt angeschaut habe, wo die Leichen ausgegraben wurden.«

Ruckartig, mit erbärmlich winselnden Bremsen, blieb der Honda stehen. Grosch, wie üblich nicht angeschnallt, wurde von seiner eigenen Masse nach vorne geschleudert und mußte sich mit beiden Händen am Armaturenbrett abstützen. Hinter ihnen ertönte das zornige Hupen des Linienbusses.

»Spinnst du, Mann? Fast hätte ich mir ...«

»Bist du *sicher*, daß du ihn dort gesehen hast?« Die Eindringlichkeit der Frage ließ die erst halb hervorgestoßene Nörgelei in Groschs Hals versickern.

»Ja, verdammt. Ich bin sicher. Aber wieso ...«

Doch Passfeller hatte den Wagen bereits wieder in Bewegung gesetzt. Mit durchdrehenden Reifen wendete er in einem wenig eleganten Schlenker, um gefährlich dicht vor einem aus der Gegenrichtung herannahenden Bus einzuscheren und zum Theatervorplatz zurückzukehren.

Neben der Gutenbergstatue brachte er das Fahrzeug zum Stehen und sprang hinaus. Grosch folgte ihm, so schnell er konnte. Doch schon nach einigen raschen, spähenden Blicken mußten sie der unerfreulichen Tatsache ins Auge sehen, daß der bärtige Blinde verschwunden war.

»Verdammte Hacke«, ärgerte sich Passfeller und schlug mit der flachen Hand auf das Dach des Wagens. Als Grosch hinzutrat und fragend die Augenbrauen hochzog, fügte er hinzu: »Mit dem hätte ich gerne mal ein Wörtchen gewechselt.«

»Weshalb denn dieses?«

»Findest du es nicht auch ein bißchen seltsam, daß dieser Blinde mit Vorliebe ausgerechnet dort aufzutauchen pflegt, wo man gerade die verunstalteten Opfer des Schädeltypographen abtransportiert hat?«

»Aber du hast doch eben selbst gesagt, daß es in jeder Stadt eine Handvoll solcher Typen gibt, die den lieben langen Tag in der Gegend …«

»Trotzdem ein komischer Zufall – falls es einer ist! Und es macht die Sache nicht unverdächtiger, daß er so plötzlich verschwindet, bevor wir uns mit ihm unterhalten können.« Grübelnd über das Dach seines Wagens gelehnt, stand Passfeller für mehrere Minuten da und schwieg. Schließlich wanderte sein rastloser Blick an dem steinernen Sockel hinauf und blieb an der mit Vogelschmutz überzogenen Statue Johannes Gutenbergs hängen.

Der vollbärtige Mann trug einen langen Mantel, und in seiner Armbeuge lag ein voluminöses Buch. Der strenge Blick seiner blinden Augen schien den Platz mit Ernst und Skepsis zu überblicken.

Während er die Figur musterte, kam Passfeller plötzlich ein Gedanke. Er signalisierte dem bereits wieder interessiert in Richtung des Schnellrestaurants äugenden Grosch, er solle einsteigen, und ließ den Wagen an.

»Und was nun?« erkundigte sich Grosch, während er es sich in den durchgesessenen Polstern bequem machte.

»Das werde ich dir sagen«, grinste Passfeller und drückte auf den Zigarettenanzünder. »Zunächst mal fahre ich dich zurück zu diesem ausgesprochen interessanten Archiv. Meine langjährige kriminalistische Erfahrung sagt mir, daß ein weiterer Besuch bei deinem neuen Freund noch einige interessante Informationen zutage fördern wird …«

Grosch sah auf die Digitaluhr des Cockpits. »Oh ja. Nords ›Termin‹ sollte allmählich beendet sein. Aber vorher müßtest du mich noch woanders absetzen …«

»Ich hingegen werde der Universität einen weiteren Besuch abstatten.« Der Zigarettenanzünder sprang heraus, und Passfeller entzündete mit der glimmenden Spirale eine Zigarette, die scheinbar aus dem Nichts in seinem Mundwinkel aufgetaucht war. »Eben drängte sich mir der kaum zu unterdrückende Gedanke auf, daß der alte Gensfleisch vielleicht doch mehr mit der ganzen Sache zu tun hat, als wir bisher angenommen haben …«

Grosch schaute einen Augenblick aus dem Fenster, dann wandte er sich bedächtig nickend an Passfeller.

»Wer zum Henker ist Gensfleisch?«

Kapitel 10

Druck und Gegendruck

Wenn Sie zu Professor Genschel wollen, der hält jetzt seine Bibliophilie-Vorlesung.«

Das Mädchen trug die klassische, rahmenlose John Lennon-Brille mit runden Gläsern. Ihr glattes, schulterlanges Haar war in der Mitte gescheitelt, und ihr Oberkörper steckte in einer braunen, leicht speckigen Wildlederjacke, wahrscheinlich second-hand gekauft.

»Germanistik?« fragte Passfeller intuitiv und deutete mit dem Finger auf ihren Kopf.

»Woher wissen Sie das?« fragte sie entgeistert.

»Instinkt«, erklärte Passfeller und schmunzelte, als ihm bewußt wurde, daß er unbeabsichtigt einen von Groschs Standardsprüchen zitiert hatte. »Nebenfach Buchwissenschaft, richtig?«

Das lag auf der Hand, da sie direkt vor dem schwarzen Brett des Instituts stand, doch der Kleinen schien das nicht bewußt zu sein. Sie starrte ihn mit offenem Mund an und nickte. Eigentlich sah sie gar nicht schlecht aus, dachte Passfeller. Er zwinkerte ihr zum Abschied konspirativ zu und trat an die benachbarte Tür, die zum Zimmer von Genschels Sekretärin führte.

Doch auch hier hatte er kein Glück. Frau Kretschmann, die kugelförmige Frau mit dem grauen Haarballen, erkannte ihn zwar sofort wieder und begrüßte ihn mit einer Inbrunst, die eines verlorenen Sohnes würdig gewesen wäre, bestätigte allerdings, daß Genschel momentan eine doppelstündige Vorlesung zu halten habe; anschließend folge eine voll ausgebuchte studentische Sprechstunde, und daran anschließend habe der Wissenschaftler einen Termin mit der Presse.

Passfeller nickte einsichtig – die Presse. Erst vorhin, als Evers mit der Tageszeitung vor seinem Gesicht herumgewedelt hatte, war er wieder daran erinnert worden, was die Zecken aus der gegenwärtigen Mordserie gemacht hatten, und selbstverständlich würden sie nicht von der auflagenträchtigen Geschichte ablassen, bis der Fall geklärt war. Zähneknirschend mußte er zugeben, daß er die Titelei um den »Schädeltypographen« sogar recht originell fand.

Mit Genschel war an diesem Tag jedenfalls nicht mehr zu rechnen. Enttäuscht verließ Passfeller das Vorzimmer und stand für einige Augenblicke ratlos im Flur herum. Die kleine Germanistikstudentin war nirgends mehr zu sehen, und er überlegte gerade, ob er sich nicht aus Spaß und um etwas universitäres Lokalkolorit zu schnuppern, in Genschels Vorlesung setzen sollte, als plötzlich ein bekanntes Gesicht an ihm vorbeihuschte.

Verdutzt blickte er dem roten Haarschopf nach und versuchte, sich zu erinnern, wo er die Frau in dem schwarzen Hosenanzug schon einmal gesehen hatte. Dann fiel es ihm ein.

Es war in Genschels Büro gewesen.

»Entschuldigen Sie bitte!«

Sie blieb stehen und drehte den Kopf. Die hellgrünen Augen unter dem kurzgeschnittenen Pony blickten energisch, aber nicht unfreundlich.

»Frauuuu ...« Passfeller überlegte krampfhaft. »Frau von Bollenfried?«

Einen Moment lang glaubte er, ihre neutral-geschäftsmäßige Miene würde ins Abweisende umkippen. Dann sah er, wie es in der Region um ihre Mundwinkel verräterisch zu zucken begann, und schließlich prustete ein einzelner, sympathischer Lacher aus ihrem Mund hervor.

»*Knapp* daneben. Aber nur ganz knapp.« Sie kam einen Schritt auf den Sonderkommissar zu. »Ich habe Sie gestern im Büro von Professor Genschel gesehen. Sie sind von der Polizei, stimmt's?«

»Ich hatte keine Ahnung, daß sich das derart schnell rumspricht«, wich Passfeller aus.

»Oh, wir sind ein kleines Institut. Hier wird viel geredet.« Sie lächelte breit. »Wollten Sie wieder zum Professor?« Sie deutete auf die Tür zu Genschels Sprechzimmer.

»Erraten. Aber wie ich eben erfahren mußte, habe ich mir einen extrem ungünstigen Tag ausgesucht. Ich hatte eigentlich gehofft, ihm noch die eine oder andere Frage zum Namensgeber Ihrer hübschen Universität stellen zu können …«

Ihr Blick hellte sich auf. »Wenn Sie mögen, können Sie die auch mir stellen. Ich werde mich bemühen, Ihnen wahrheitsgetreu Auskunft zu geben.«

Passfellers Zögern war kurz, dennoch blieb es ihr nicht verborgen. Für einen kurzen Moment nahm ihr Gesicht wieder den unnahbar seriösen Ausdruck vom Anfang an.

»Ich habe über Gutenbergs Einblattdrucke zwischen 1454 und 1457 promoviert, falls Sie das beruhigt.«

»Das beruhigt mich sogar kollossal!« grinste Passfeller und realisierte erleichtert, daß sie sein Lächeln erwiderte. »Wann würde es Ihnen denn …«

»Folgen Sie mir einfach«, entgegnete sie fröhlich. »Die paar Studenten, die sich für meine Sprechstunde angemeldet haben, werden gewiß nichts dagegen haben, im Sinne der Verbrechensaufklärung ein Viertelstündchen zu warten.« In zügigem Tempo schritt sie voraus, den Gang entlang.

»Und angenommen, es würde eine *Winzigkeit* länger als ein Viertelstündchen dauern …« wandte Passfeller spaßeshalber ein, um zu testen, ob ihre Reaktion so ausfallen würde, wie er erwartete.

Sie tat es.

»Dann werden die Studenten eben eine *Winzigkeit* länger warten.« Sie drehte den Kopf und warf ihm über die Schulter einen amüsierten Blick zu.

Während er ihr zu einer Tür am anderen Ende des Flurs folgte, vor dem eine Handvoll sehr studentenmäßig gekleideter Studenten auf dem Boden kauerte, ließ er einen wohlwollenden Blick über die eng anliegende Rückseite ihres schwarzen Hosenanzugs streifen. Wenige Sekunden später war die Tür aufgeschlossen, und er folgte ihr in das dahinterliegende Büro – nicht ohne einen raschen Blick auf das außen angebrachte Namensschild.

Edda von Bovensiepens Sprechzimmer sah, ungeachtet des identischen Grundrisses, völlig anders aus als das des Professors. Bunte Farben dominierten die Einrichtung des kleinen Raumes; Ordner und Hefter auf den Wandregalen leuchteten in Regenbogenfarben, bodenlange Vorhänge mit Batikmustern flankierten das Fenster an der gegenüberliegenden Wand, und ein fröhlicher IKEA-Teppich auf dem Boden unterstützte den Eindruck, in ein Kinderzimmer getreten zu sein. Das einzige Möbelstück, das nicht ganz mit diesem freundlichen Ambiente harmonierte, war der große Stahlrohrschreibtisch, der aus Ex-DDR-Beständen zu stammen schien und in der Mitte des Zimmers aufragte wie ein Monstrum aus einer fremden Dimension. Er quoll über vor Blättern, Mappen, Disketten, Schreibutensilien und leeren Kaffeebechern, die sich stellenweise so hoch türmten, daß von dem schmutzigweißen Computermonitor nur noch die Oberkante zu sehen war. Fasziniert nahm Passfeller auf einem Besucherstuhl Platz.

»Gottseidank habe ich gestern ein bißchen aufgeräumt«, freute sich die Buchwissenschaftlerin und umrundete vorsichtig den Schreibtisch, ohne das einsturzgefährdete Gebilde zu berühren. »Normalerweise sieht es hier nämlich *echt* schlimm aus ...«

Passfeller fragte sich mit einem Blick auf den ›aufgeräumten‹ Arbeitsplatz, wie man sich ›echt schlimm‹ wohl vorzustellen hatte. Er kam zu dem Schluß, daß er es nicht wissen wollte.

Von Bovensiepen war an ein Sideboard getreten, das neben unzähligen Bechern, Tassen, Löffeln und Teepäckchen eine winzige Kaffeemaschine beheimatete. Sie hob die dazugehörige Thermoskanne und schüttelte sie prüfend. Von dem Geräusch offenbar zufriedengestellt, fragte sie über die Schulter: »Möchten Sie einen Kaffee?« Ohne eine Antwort abzuwarten, begann sie, zwei Tassen vollzuschenken.

Passfeller stellte fest, daß er von ihr beeindruckt war.

»Von zarter Frauenhand serviert, da trink ich glatt die Tasse mit«, röchelte er in einem beeindruckend authentischen Clint Eastwood-Timbre und nahm den Becher entgegen. Als die Akademikerin sich umwandte, um hinter dem Schreibtisch Platz zu nehmen, glaubte er aus dem Augenwinkel zu erkennen, daß sie grinste. Er wartete, bis sie sich gesetzt hatte.

»Ich habe gar nicht gewußt, daß es an der Uni auch so junge Doktorinnen gibt«, begann er. »Vielleicht hätte ich doch studieren sollen?«

Sie hob die Brauen, während sie einen schlürfenden Schluck aus ihrer Tasse nahm. »Sie haben nicht studiert? Muß man das denn nicht, als Kommissar?«

Passfeller mußte an sich halten, um den Kaffee, an dem er gerade genippt hatte, nicht wieder durch die Nase auszuprusten. Von krampfhaftem Husten geschüttelt, stellte er seine Tasse auf der Kante des Schreibtischs ab. Prompt löste sich eine mittelschwere Papierlawine und ging raschelnd vor ihm zu Boden.

»Das ... ehh, tut mir leid«, murmelte er und machte Anstalten, den Batzen aus Unterlagen wieder aufzuheben.

»Lassen Sie nur«, wandte von Bovensiepen vergnügt ein. »Tritt sich fest.«

Für einen Moment herrschte Schweigen.

»Der Kaffee ist gut«, sagte Passfeller, um überhaupt etwas zu sagen.

»Das freut mich«, erwiderte von Bovensiepen lächelnd.

»Um also auf Gutenberg zu kommen ...« hob Passfeller zögernd an, dem endlich wieder eingefallen war, weswegen er hier war.

»Ja?«

Er kratzte sich an der Schläfe und überlegte kurz, wo er beginnen sollte. »Ich darf annehmen, daß Sie über die gegenwärtige Mordserie, die ihren Anfang mit dem Diebstahl der Gutenbergschen Drucktypen nahm, im Bilde sind?«

Die Buchwissenschaftlerin nickte, während sie wieder an ihrer Tasse nippte.

»Schön. Das Vorgehen des Täters gleicht sich in allen bisherigen Fällen und legt einen rituellen Hintergrund nahe. Daher versuchte ich gestern, vom Professor etwas über etwaige Anknüpfungspunkte in Gutenbergs Biographie zu erfahren, von denen aus man eventuell Verbindungen zu Kreisen mit okkulten oder ketzerischen Interessen ziehen könnte. Er belehrte mich zwar, daß es abwegig sei anzunehmen, Gutenbergs Lebensgeschichte könne in einem mehr oder weniger direkten Zusammenhang zu den blutigen Gewaltdelikten stehen ...« Passfeller zögerte kurz. »Ich fürchte, ich habe mich ziemlich zum Affen gemacht. Dennoch wollte ich ihn heute bitten, noch einmal zu überdenken, ob es nicht irgendein vernachlässigenswertes geschichtliches Detail gibt, das eventuell von einem Geisteskranken in heutiger Zeit so ausgelegt werden könnte, daß ... also, verstehen Sie – es *muß* einfach irgendeine Verbindung bestehen! Wieso sollte der Killer sonst ausgerechnet das historische Typenmaterial Gutenbergs entwenden und dazu benutzen, auf nicht eben unkomplizierte Art und Weise seinen Opfern das Licht auszublasen?«

Passfeller nahm einen großen Schluck Kaffee. Die ausdrucksstarken grünen Augen der Buchwissenschaftlerin waren unentwegt auf ihn gerichtet.

»Daher also meine Frage: Fällt *Ihnen* vielleicht ein Detail aus Gutenbergs Leben ein, das diesbezüglich aufschlußreich für uns sein könnte? Irgendeine Marginalie, ein ... ich weiß auch nicht.«

Für einen kurzen Moment schwieg Edda von Bovensiepen. Nur ein leises Zischen war zu hören, verursacht von der nicht vollständig zugeschraubten Thermoskanne auf dem Sideboard. Passfeller hatte den Eindruck, als wüßte die Akademikerin längst eine Antwort auf seine Frage, überlege aber noch, was und wieviel davon sie ihm erzählen sollte.

Schließlich richtete sie sich in ihrem Stuhl auf und fixierte seinen Blick.

»Wenn Sie mit ihrer Frage drei Monate früher gekommen wären, hätte ich Ihnen vermutlich auch keine andere Auskunft geben können«, begann sie. Als Passfeller fragend eine Braue hob, fuhr sie fort. »Vor etwas mehr als einem Vierteljahr veröffentlichte jedoch ein Kollege aus Ostdeutschland, Doktor Ewald Herwarth, in der Fachpresse die Ergebnisse eines langjährigen Quellenstudiums, das er in Straßburg betrieben hatte.« Sie hielt kurz inne. »Sie sind mit der Biographie Gutenbergs vertraut?«

»Rudimentär«, behauptete Passfeller und kramte seinen Notizblock aus der Innentasche des Sakkos.

»Dann wissen Sie, daß sich Gutenberg ab etwa 1434 in Straßburg aufhielt. Bis 1444 können wir seine dortigen Tätigkeiten weitgehend nachvollziehen. Über die Zeit bis 1448 wissen wir dagegen so gut wie nichts. Man vermutete, er sei in dieser Zeit weiterhin in Straßburg tätig gewesen. Wie Doktor Herwarth anhand bisher unbekannter Registereintragungen und kommunaler Dokumente belegen konnte, scheint dies auch zuzutreffen; die Art der Kontakte und Beschäftigungen, die er Gutenberg jedoch für die betreffende Zeitspanne nachgewiesen haben will, hat in der Fachwelt ziemlich heftige Diskussionen ausgelöst.«

»Ja? Weiter bitte.«

Sie leerte ihren Becher und betrachtete ihn eine Weile nachdenklich. »Ich frage mich zwar, wieso Professor Genschel Ihnen nichts davon erzählt hat, aber Herwarth zufolge schloß Gutenberg in diesen Jahren in St. Arbogast, einem Vorstadtbezirk von Straßburg, die Bekanntschaft mehrerer Personen von zum Teil durchaus hohem sozialem Rang ... Personen, die Angehörige einer geheimen Brüderschaft waren.«

»Ach nein?« Passfellers Augen hingen gebannt an von Bovensiepens Lippen. Fast lautlos klickte die Spitze seines Kugelschreibers hervor. »Und was war das für eine ... Brüderschaft?«

»Es klingt obskurer, als es ist. Anscheinend handelte es sich um einen mehr oder weniger religiös motivierten Verbund, der sich ... Moment ...« Die Buchwissenschaftlerin begann, in den Bergen von Unterlagen auf dem Schreibtisch zu wühlen, wobei sie einen mittleren Erdrutsch auslöste. Schließlich wurde sie fündig und zog ein gebundenes Typoskript im A4-Format hervor, das sie auf einer der ersten Seiten hinter dem schwarzen Einband aufschlug. Sie warf einen kurzen Blick hinein und vollendete ihren Satz: »... der sich ›bewarer des freyen seyns‹ nannte.«

Passfeller machte sich rasch eine Notiz. Mit einem Kopfnicken forderte er sie auf fortzufahren.

»Hauptanliegen dieses durchaus mit der christlichen Lehre zu vereinbarenden Bundes war, neben einigen religiösen Auflärungsmaßnahmen, vorrangig die Bekämpfung einer Art Sekte, deren Ursprünge aus vorchristlicher Zeit datierten. Wie war das noch ...?« Sie blätterte einen Augenblick in dem Hefter, bis sie das Inhaltsverzeichnis gefunden hatte. »Richtig. Hier. Das erklärte Ziel jener Sekte war nämlich, eine mythische Entität aus unvordenklichen Zeiten aus ihrer Verbannung zu erwecken und zurück in die irdische Sphäre zu holen.«

Passfeller hielt mit Schreiben inne und blickte auf. »Eine mythische Entität aus unvordenklichen Zeiten?«

Von Bovensiepen lächelte entschuldigend. »Es klingt etwas sonderlich, ich weiß. Aber Herwarth führt recht stichhaltige Belege für seine Behauptungen an. Fachleute aus den Religionswissenschaften haben diesen Teil seiner Angaben bestätigt.«

»So, so.« Passfeller kritzelte zwei kurze Worte in seinen Block.

»Die Existenz dieser heidnischen Sekte an sich steht nicht in Frage. Sie ist aufgrund regelmäßiger Querelen und Anfeindungen von seiten des Klerus und der Öffentlichkeit in verschiedenen Aufzeichnungen dieser und früherer Epochen erwähnt. Verstehen Sie, damals galt allein der Umstand, daß jemand an eine solche, mit dem christlichen Weltbild nicht konforme Wesenheit *glaubte*, als verwerflich genug, um eine öffentliche Schmähung oder Verfolgung zu legitimieren – wenn nicht schlimmeres ...«

Als sie Passfellers ungeduldiges Nicken sah, brach sie den Exkurs ab und fuhr fort. »Neu ist die von Herwarth gemachte Entdeckung, daß Gutenberg Mitglied der ›bewarer des freyen seyns‹ war, also einer Gruppierung, die jene Sekte bekämpfte ...«

»Eine kurze Zwischenfrage, bevor Sie fortfahren: Gibt Ihr Kollege Herwarth zufälligerweise an, wie diese von der uralten Sekte verehrte Wesenheit ... wie sie *hieß*?«

»Ich denke schon. Die Existenz der Sekte ist wie gesagt auch aus anderen Quellen verbrieft.« Wieder blätterte von Bovensiepen kurz in dem Konvolut in ihrer Hand.

»Was ist das eigentlich für ein Ding, in dem Sie das alles nachschlagen?« wollte Passfeller wissen und deutete mit dem Kuli auf das Typoskript.

»Eine Vorabversion von Herwarths im kommenden Frühjahr erscheinenden Buch. Er hat es netterweise im Vorfeld einigen Kollegen zur Einsichtnahme zur Verfügung gestellt, nachdem er erste Splitter seiner Erkenntnisse zunächst in auflagenschwachen Fachmagazinen publizierte. Wie schon seine Artikel hat es ihm allerdings kaum wohlmeinende Reaktionen von wissenschaftlicher Seite beschert ...«

»So, so«, murmelte Passfeller. »Und nächstes Jahr wird man es im Laden kaufen können, ja? Wie wird das Buch denn heißen?«

»Fragen Sie nicht!« Die Akademikerin blätterte auf die erste Seite zurück und sagte: »Der Titel lautet ›Gutenberg – Geisterjäger der Christenheit‹. Übel, nicht wahr?«

»Mit Verlaub«, sagte Passfeller und notierte sich auch diese Information. »Ein Freund publikumswirksamer Slogans, Ihr Doktor Herwarth.«

»In seiner bisherigen Bibliographie finden sich mehrere Titel, die man eher als populärwissenschaftlich bezeichnen würde. Umso härter traf es die Fachwelt, daß ausgerechnet er eine so weitreichende Entdeckung machen mußte.« Von Bovensiepen hatte die Seite gefunden, nach der sie gesucht hatte. »Aber Sie haben nach dem Namen der Wesenheit gefragt, deren Verehrern die ›bewarer des freyen seyns‹ erbitterte Feindschaft geschworen hatten …«

»Ja. Und?«

»Laut Herwarth handelte es sich um eine vorchristliche, ursprünglich keltische Dämonengottheit, die bekannt war unter dem Namen *Morgáthoan der Fänger*.«

»Na, Zwei? Wie geht's dir denn so?« Grosch hob die Hand und streichelte dem hünenhaft Hund, der wie eine Statue links neben ihm saß, durchs Fell, das sich ein wenig ungepflegt anfühlte. Zwei blickte ihn mit aus dem Maul hängender Zunge an und verdrehte wollüstig die Augen. Drei, der auf Groschs rechter Seite Stellung bezogen hatte, beugte sich herab und stupste ihn fröhlich.

»Und natürlich auch der gute Drei!« Grosch fuhr den anderen Arm aus, so daß er wie ein Gekreuzigter zwischen den beiden Tierkörpern hing, während er sie mit Streicheleinheiten versorgte.

»Drei mag es besonders hinter den Ohren«, sagte die alte Dame, die auf einem schäbigen, grauen Sofa vor ihm hockte. Sie hob ihre Teetasse und nahm einen tiefen Schluck. »Das hat mein Hans herausgefunden, das mit den Ohren. Er war ziemlich aufmerksam, müssen Sie wissen.«

Grosch nickte verständnisvoll und streichelte Drei an der betreffenden Stelle. »Habe ich schon erwähnt, daß ich auch einen Bernhardiner hatte? Er ist weggegangen.«

Die alte Dame blickte interessiert auf. »Wo wollte er denn hin?«

»Ich weiß nicht genau, er hat mir keine Nachricht oder Telefonnummer hinterlassen. Ich glaube, er wollte nach England.«

»Was Sie nicht sagen! War er denn anglophil?«

»Ich fürchte fast.«

»Sie dürfen nicht traurig sein, Herr Grosch. Er kommt bestimmt bald zurück. Sie sind ein guter Polizist, Ihr Hund hat sicherlich gern bei Ihnen gewohnt. Wie lange ist er denn jetzt schon weg?«

»Seit vier Jahren.«

»Für einen Hund ist das gar nichts. Lassen Sie den Kopf nicht hängen, er kommt bestimmt bald wieder.«

»Vielen Dank, solche Worte tun gut. Bekomme ich nicht oft zu hören.«

»Gern geschehen. Noch einen Kümmeltee?«

Grosch blickte in seine braunfleckige Tasse, die vor ihm auf dem Tisch stand. Er hatte nur ein paar Schluck von der nach Schießpulver schmeckenden Flüssigkeit getrunken. »Ich hab noch, vielen Dank«, sagte er und zwang sich zu einem mannhaften Lächeln. »Ziemlich lecker, das Teechen.«

Grosch hatte am Vortag aus Blutschnabelweber die Adresse von Ursula Luftschmied herausgekitzelt, der Frau, die über die Exhumierten gestolpert war. Er wußte selbst nicht so genau, was er sich von einem Besuch bei ihr versprach, dennoch ließ er sich von Passfeller bei ihr absetzen. Und nun saß Tillmann Grosch, eingeklemmt zwischen zwei riesigen Bernhardinern, auf einem schäbigen Sofa in einer kleinen Einzimmerwohnung, die eine kaum erträgliche Aura der Trostlosigkeit verbreitete.

»Kalt hier.« Grosch zog seinen Mantel am Kragen enger zusammen. »Sorgt ihr Vermieter nicht dafür, daß die Heizung läuft?«

»Sie fällt ständig aus. Aber im Sommer funktioniert sie.«

»Wie praktisch.«

Frau Luftschmied lachte traurig. »Zwei und Drei kommen nachts zu mir ins Bett, um mich zu wärmen.«

»Das ist nett von den beiden. Und wie geht es Ihnen sonst so, Frau Luftschmied?«

Die alte Dame sah Grosch verwirrt an. »Wie meinen Sie das?«

Grosch lehnte sich gegen Zwei zurück und faltete seine langen

Beine auseinander, während Drei die Schnauze in seinen Schoß bettete. »Ihr schreckliches Erlebnis reicht erst ein paar Tage zurück. Können Sie schlafen? Träumen Sie von der Geschichte?«

Frau Luftschmieds Blick wurde glasig und wandte sich ins Nirgendwo. »Die Todesengel wollten mich holen«, flüsterte sie. »Von der dunklen Seite des Mondes.«

Grosch nickte. »Ich weiß.« Er sprach ganz sanft, übertönte kaum das Ticken der Schwarzwälder Kuckucksuhr, die einsam an der rissigen, weißen Wand ihre Sekunden abarbeitete. Der Kuckuck war anscheinend schon vor geraumer Zeit ausgezogen. Vielleicht war er auch tot. »Wie war das mit den Todesengeln, Frau Luftschmied?«

»Sie haben auf mich gewartet. All die Jahre haben Sie auf mich gewartet. Haben mich begleitet. Und an diesem Morgen wollten Sie mich in ihr Reich holen. Auf die dunkle Seite des Mondes.«

»Ihr Gatte ist vor einigen Jahren verschieden, richtig?«

Frau Luftschmied nickte.

»Das tut mir sehr leid. Ich kann mir wahrscheinlich nicht vorstellen, wie das ist, aber Sie haben mein tiefstes Mitgefühl. Waren Sie lange verheiratet?«

Wieder nickte die Frau. Dann sagte sie fest: »Herr Grosch, ich weiß, daß es Leichen waren, die irgendwer ausgegraben hat. Vielleicht bin ich ein verschrobenes, altes Mütterchen von der dunklen Seite des Mondes, aber völlig meschugge bin ich nicht.«

Grosch lachte leise in seinen Vollbart. »Das mag für Sie jetzt vielleicht ein wenig aufgesetzt klingen, aber davon bin ich von der ersten Sekunde an ausgegangen. Sie sind völlig normal. Und Ihr Tee schmeckt wirklich köstlich.«

»Es sind nicht die Todesengel, die mir Kopfzerbrechen bereiten.« Ursula Luftschmied schenkte sich Kümmeltee nach. »Es ist etwas anderes. Die Träume.«

»Also träumen Sie schlecht?«

»Ich weiß nicht, ob es Träume sind. Ich wache auf und habe das unstillbare Verlangen, mir die Hände zu waschen, weil Erde an ihnen klebt.« Sie blickte Grosch in die Augen. »Halten Sie es für möglich, daß ich die Leichen selbst ausgegraben habe? Ich meine – alte Leute vergessen doch so manches, oder?«

Grosch fuhr den Bernhardinern über die Schnauzen, beobachtete die alte Dame, die in ihren Tee starrte und nach ihrer verlorenen Vergangenheit suchte.

»Es gibt keine dunkle Seite des Mondes«, flüsterte sie. »Wirklich nicht. Um die Wahrheit zu sagen: Alles ist dunkel.«

Seufzend erhob sich Grosch aus dem abgewetzten Sessel. »Waren Ihre Hunde eigentlich auch schon mal in England?« fragte er leise.

»Die Person, über die Gutenberg im Jahre 1445 in Kontakt zu den ›bewarern des freyen seyns‹ kam, war ein gewisser Flavius Ochsler«, erklärte Edda von Bovensiepen in sachlichem Ton. »Im bürgerlichen Leben war Ochsler ein angesehener und wohlhabender Goldschmied. Die Art der Beschäftigungen, denen er sich nach Feierabend im Keller seiner Schmiedewerkstatt hingab, wird von Doktor Herwarth vollmundig als ›alchemistische Experimente‹ beschrieben. Es dürfte sich, nach Abzug aller Ausschmückungen und unter Berücksichtigung der verifizierten historischen Angaben, um verschiedene Testreihen chemischer Natur gehandelt haben. Soll heißen: Ochsler experimentierte mit Farbstoffen und metallischen Legierungen, die zur damaligen Zeit noch wenig bekannt oder verbreitet waren. Und genau auf dieser Basis soll die erste Zusammenkunft zwischen Ochsler und Gutenberg erfolgt sein. Wie Sie vielleicht wissen, war Gutenberg zu dieser Zeit Zugeselle der Goldschmiedezunft und hatte selbst bereits verschiedentlich mit Blei-Zinn-Legierungen experimentiert. Folglich dürfte ihn das Tätigkeitsfeld Ochslers besonders gereizt haben. Außerdem war er vermutlich bereits zu dieser Zeit auf der Suche nach einer geeigneten Rezeptur für seine Druckertinte, von der bisher nicht geklärt werden konnte, ob er sie selbst entwickelte, beziehungsweise woher sie sonst stammte. Laut Herwarth wissen wir es jetzt!«

Passfeller kritzelte emsig in seinen Block, während der Kaffee in seiner Tasse kälter und kälter wurde. Er hatte seit der überraschenden Eröffnung der Buchwissenschaftlerin vor einigen Minuten wenig gesprochen, sie lediglich aufgefordert, ihm die ganze Geschichte möglichst gerafft in eigenen Worten wiederzugeben.

»Sie meinen also, Gutenberg fand den Mann und seine Versuche interessant, weil er hoffte, durch ihn der Verwirklichung seiner Vision vom Drucken näher zu kommen?«

»Nicht nur, aber zumindest könnte sich darüber ein mehr oder weniger regelmäßiger Kontakt ergeben haben. Für eine Phase gemeinsamer Versuche und daraus erwachsender Resultate spricht jedenfalls, daß Gutenberg bei seiner Rückkehr nach Mainz im Jahre 1448 plötzlich über die Zusammensetzung einer schnell erkaltenden Blei-Zinn-Animon-Legierung verfügte und sich seiner Sache so sicher war, daß er immense Kredite aufnahm, um sich umgehend an sein großes ›Werk der Bücher‹ zu machen. Wie dem auch sei, Ochsler war nun jedenfalls, zusammen mit einem gewissen ...« Sie blätterte kurz in Herwarths Typoskript. »... mit einem gewissen Matthäus Sertorius Vorsitzender der ›bewarer‹. Das Interessante an Sertorius ist, daß sich seine Interessen sowie die seiner Familie in den folgenden Generationen mehr und mehr von den Zielen der ›bewarer‹ abwandten, wie wir im Verlauf der Geschichte dokumentiert finden; er selbst, zur Zeit seiner Mitgliedschaft in der Brüderschaft noch recht jung und ein ordentlicher Christ, soll später unter anderem Jacobus von Teramo bei den Recherchen für sein 1473 verfaßtes *Buch Belial* assistiert haben. Nachfahren von ihm waren angeblich an Cornelius Agrippas *De Occulta Philosophia* sowie der ersten deutschsprachigen Fassung des verrufenen Pflueger-Almanach beteiligt.« Sie hielt inne. Ihre Wangen hatten sich gleichmäßig gerötet, während sie sich, ohne es zu bemerken, mehr und mehr in ihr Fachgebiet verloren hatte. »Es tut mir leid, ich schweife ab. All das ist natürlich völlig unerheblich. Ich werde versuchen, mich etwas kürzer zu fassen ...«

»Nein, nein«, winkte Passfeller ab. »Lassen Sie Ihren Gedanken freien Lauf. Man weiß nie, was hinterher von Nutzen sein kann. Fahren Sie bitte fort.«

»Matthäus Sertorius war also Vorsitzender der ›bewarer‹. Zeitgenössischen Quellen zufolge war er ein Mann von erheblichem Charisma und ein versierter Rhetoriker. Es gelang ihm offenbar, Gutenberg, der es in Straßburg zu einigem Ansehen gebracht hatte, von der Notwendigkeit der Bekämpfung der Morgáthoaniden, wie sich die Sektierer nannten, zu überzeugen. Die Inhalte der Brüderschaft standen, wie gesagt, im Einklang mit der christlichen Lehre, und so wurde Gutenberg im Jahre 1446 wahrhaftig initiiert, wie Herwarth anhand der von ihm entdeckten Brüderschaftschronik nachweist.«

Von Bovensiepen machte eine Pause, bis Passfellers hektisch über das Papier kratzender Kugelschreiber wieder zur Ruhe kam.

»Worin genau bestand das Werk der ›bewarer‹? Ich meine den Teil, der sich mit der Agitation gegen die Verehrer Morgáthoans befaßte?«

»Vor allem in der öffentlichen Anprangerung von den unchristlichen Riten und Zusammenkünften der Ketzer. Fernziel war es, die Sekte auf diesem Wege einer Kenntnisnahme und Verfolgung durch die Kirche auszusetzen. Doch offenbar war die hierzu notwendige Beweisführung alles andere als einfach, da die bereits seit Jahrhunderten im Verborgenen operierenden Morgáthoaniden Mittel und Wege kannten, ihre Aktivitäten geheimzuhalten. Herwarth beschreibt die Arbeit Gutenbergs und seiner Mitbrüder in seinem Buch ähnlich der Mission moderner Geheimagenten: in dunklen Gassen spionieren, finstere Verschwörungen erforschen und sich in aller Verschwiegenheit mit V-Männern treffen. Auch wenn diese Darstellung fraglos als grob überzeichnet gelten darf, so führten die ›bewarer‹ wohl ab und an durchaus aktive Gegenmaßnahmen durch; unter anderem, wenn es darum ging, die Vorbereitungen für ein bestimmtes Ritual der Morgáthoaniden zu vereiteln. Diese, ganz simpel als ›revocatio‹ bezeichnete Beschwörung stellte den Kern des Morgáthoan-Glaubens dar. Sie sollte den Götzen nach Jahrtausenden der Verbannung wieder auf der Erde erscheinen lassen.«

»Potzhundert!« entfuhr es Passfeller. »Jetzt sagen Sie bloß, die Morgáthoaniden bedienten sich für ihre Riten und Sprüchlein der lateinischen Sprache?«

Von Bovensiepen sah ihn überrascht an. »Was ist daran so ungewöhnlich? Das Lateinische war zu jener Zeit eine durchaus ...«

»Ja, ja. Schon recht.« Passfeller machte sich eine Notiz, deren letzte Buchstaben er mit einem zufriedenen Zungenschnalzen kommentierte. Er begann, zufrieden auf seinem Kugelschreiber zu kauen. »Wird erwähnt, womit bei der Wiederkunft des Götzen zu rechnen sei?«

Die Buchwissenschaftlerin verdrehte den Blick gegen die Zimmerdecke. »Tod und Verderben, Untergang des Christentums, Verrat und Hinterlist, Unzucht und Ausschweifung – das Übliche eben.«

»Aha. Das ist zwar nicht sonderlich spezifisch, aber so ähnlich hatte ich mir das vorgestellt.« Nachdenklich klopfte er sich mit dem Stift gegen die Schneidezähne. »Und die ›bewarer des freyen seyns‹, Gutenberg eingeschlossen – fürchteten sie *tatsächlich* eine Manifestation dieses dämonischen Wesens in der Realität?«

»Herwarth behauptet das jedenfalls. Sein ganzes Buch fußt in seiner Anlage darauf. Die tatsächlichen Beweise, die er speziell für Gutenbergs persönliche Furcht vor dem Götzen anführen kann, mit der ja ein reeller Glaube an dessen Existenz einherginge, sind jedoch spärlich. Die Historiker, die bisher Auszüge des Buches gelesen haben, halten es eher für wahrscheinlich, daß es in Gutenbergs Absicht lag, der Sekte der Morgáthoaniden für ihre unchristlichen Ziele und menschenfeindlichen Absichten eine angemessene Bestrafung zukommen zu lassen.«

Passfeller legte die Stirn in Falten. »Sagen Sie ... Morgáthoan ... das erinnert mich schon die ganze Zeit an irgendetwas. Lautet nicht so ähnlich ein alter römischer Name für diese Stadt? Für Mainz?«

Von Bovensiepen kicherte amüsiert. »Moguntia? Nein, das dürfte eher ein Zufall sein. Der alte Name der Stadt geht auf ein römisches Militärlager zurück, das vier oder fünf Jahrzehnte nach Christi erstmals erwähnt wird. Warten Sie ... Mogontiacum hieß es, glaube ich.«

»Man lernt nie aus. Aber sagten sie nicht, der Kult um den Götzen stamme sogar aus vorrömischer Zeit? Was ist über die Urspünge des Morgáthoan-Glaubens bekannt? Ich meine, was steht darüber in Herwarths Buch?«

Die Akademikerin seufztze. »Das ist schwer zu sagen, da besonders dieser Teil, wahrscheinlich um dem werbewirksamen Titel gerecht zu werden, sehr reißerisch abgefaßt ist. Vieles hat sich Herwarth nur aus den bruchstückhaften Schriften zusammengereimt, die er unter den Hinterlassenschaften der ›bewarer‹ fand. Erst kurz vor der Fertigstellung seines Buchmanuskripts begann er, darüber hinaus zu recherchieren. Ich weiß nicht, ob ich es jetzt richtig zusammenbringe, aber angeblich handelt es sich um einen Götzen, der seinen Ursprung in der Mythenwelt der Kelten hatte und bereits den Römern zu Zeiten Christi bekannt war, wenngleich möglicherweise unter anderem Namen. Wie sie vielleicht wissen, respektierten die Römer oftmals die Religionen der von ihnen unterworfenen Völker – zum einen aus Aberglauben, zum anderen aus politischen Gründen. Dadurch entstand ein ziemlich polytheistischer Wirrwarr, besonders im damaligen Gallien.« Sie blätterte kurz in dem schwarzen Ringbuch. »Herwarth zitiert Schriften des Marcus Annaeus Lucanus, besser bekannt als Lucan, der zur Zeit Kaiser Neros von einer Wesenheit berichtet haben soll, die auffällige Ähnlichkeit zu dem in späteren Jahrhunderten von den Morgáthoaniden verehrten Götzen aufweist. Ihm zufolge ist Morgáthoan Sinnbild der Unterdrückung und Versklavung – daher auch sein Beiname: der Fänger. Laut Herwarth gibt es Anzeichen dafür, daß quer durch die Epochen, also auch unter den Römern, Gruppierungen existierten, die ihm mit nachgerade kultischer Verehrung zugetan waren. Und erst vor ein paar Wochen bestätigte ein Historiker die von Herwarth postulierten Erwähnungen eines Götzen mit Namen Morgáthoan in den Schriften der gnostischen Mandäersekte des Euphrat-Gebiets.«

Passfeller kam schon längst nicht mehr mit. In losen Zeichenfolgen, von denen er nur zu gut wußte, daß er sie später nur noch mit größter Mühe würde entziffern können, skizzierte er Stichwort um Stichwort. »… Mandäersekte. Punkt. Hmm, ich weiß nicht recht, ob uns dieses Detail sonderlich weiterbringt«, sagte er matt.

»Pardon, aber Sie haben gefragt. Weiterhin gibt es Zeugnisse, daß sich eine Abbildung Morgáthoans in leider nicht erhalten gebliebenen Teilen des Freskenzyklus Taddeo di Bartolos zu San Gimignano befunden haben soll.«

Passfeller ließ müde den Stift sinken. »Taddeo wer?«

»Vergessen Sie's. Ich fürchte, konkrete Angaben, aus welcher Mythologie und welcher Epoche genau der Götze ursprünglich stammt, werden Sie bei Herwarth nicht finden; zumindest nicht in diesem Vorabskript, in dem manche Passagen, die im Verzeichnis aufgeführt werden, noch nicht enthalten sind. Dazu werden Sie sich an einen Spezialisten wenden müssen.«

Passfeller klappte seinen Block zu und lächelte. »Ich habe eine viel bessere Idee, wem ich diesbezüglich ein paar Fragen stellen werde.« Er lehnte sich in seinem Stuhl zurück und reckte sich ausgiebig. »Was glauben Sie eigentlich, warum der Professor diese Angelegenheit mir gegenüber nicht erwähnte? Kann es sein, daß er von den Enthüllungen Herwarths nichts wußte?«

»Unsinn! Herwarth und seine Forschungsergebnisse waren während der letzten Monate Thema Nummer eins unter den Historikern sämtlicher Institute. Nein, daran kann es nicht gelegen haben.« Sie legte die Stirn in Falten. »Bestimmt hat es damit zu tun, daß Genschel den Kollegen Herwarth und seine Methoden nicht sonderlich schätzt. Er war alles andere als begeistert, als Herwarth vor einigen Monaten die ersten seiner noch gar nicht ausrecherchierten Ergebnisse publizierte. Nicht nur von seiten Genschels wird ihm Effekthascherei vorgeworfen. Der Professor haßt es, wenn nicht hundertprozentig verifizierte Informationen unreflektiert weitergegeben werden. Daher kam es für ihn offenbar nicht in Frage, Ihnen Herwarths Vermutungen – und um mehr handelt es sich über weite Strecken wohl nicht – darzulegen.«

»Das hätte er aber tun müssen. Immerhin handelt es sich um eine polizeiliche Untersuchung.«

»Versuchen Sie, den Professor zu verstehen. Gutenberg ist sein Leben. Jahrzehntelang hat er seine gesamte Energie in das Studium dessen Lebens und Wirkens gesteckt, sich ganz der Bekanntmachung, ja: der Huldigung Gutenbergs verschrieben, den er als frühen Vater der Massenkommunikation ansieht. Es war einer der größten Momente im Leben des Professors, als eine amerikanische Expertenkommission den Drucker im vergangenen Jahr zum ›Man of the Millennium‹ kürte. Und dann kommt Ewald Herwarth daher, zu allem Überfluß auch noch mitten im Gutenberg-Jahr ...«

»... und offenbart der Öffentlichkeit eine Facette aus dem Leben des Buchdruckerfinders, die sich wahrscheinlich niemand hätte träumen lassen. Ich verstehe.«

»Ich glaube, Genschel verachtet Herwarth dafür, daß er seine Forschungsergebnisse im breiten Rahmen zu publizieren beabsichtigt, ohne sich vorher in angemessenem Maße der wissenschaftlichen Diskussion gestellt zu haben. Ich glaube, er hofft nach wie vor, daß sich die Verquickung Gutenbergs in diesen wenig prestigeträchtigen Zusammenhang früher oder später doch noch als Irrtum oder aus dem Kontext gerissene falsche Quelleninterpretation erweist.« Sie hielt kurz inne und grinste. »Also, wenn Sie nach einem Verdächtigen für den Mord an Ewald Herwarth suchen würden ...«

»Er ist tot?«

»Nein!« Edda von Bovensiepen lachte laut und zeigte dabei gesunde, ebenmäßige Zahnreihen. »Er ist so quicklebendig wie Sie und ich. Ich meine nur, er ist wohl so ziemlich der einzige Mensch auf der Welt, dem es jemals gelungen ist, Genschels Groll auf sich zu ziehen. Der Professor ist ein herzensguter Mensch, der keiner Fliege etwas zuleide tun könnte, wie Sie sich bereits überzeugen konnten. Wenn ich es genau betrachte, glaube ich, daß er ... also, daß er nicht einmal ...«

»Sie meinen, er würde selbst Herwarth in der Kneipe noch mit einem Zehner aushelfen, wenn der nicht genug Geld für die Zeche dabei hätte?«

Sie lächelte ihn dankbar an. »Ich hätte zwar vermutlich ein anderes Beispiel gewählt, aber ungefähr das wollte ich zum Ausdruck bringen, ja.«

Passfeller erwiderte das Lächeln und steckte seinen Notizblock fort.

»Frau von Bovensiepen, ich danke Ihnen ganz außerordentlich für die Auskünfte. Ich übertreibe nicht, wenn ich sage, Sie haben einer relativ festgefahrenen Ermittlung so etwas wie eine Frischzellenspritze verpaßt. Jetzt haben wir endlich etwas, dem man weiter nachgehen kann.«

»Das freut mich.« Sie plazierte das schwarz eingebundene Typoskript ganz oben auf dem Haufen von Unterlagen, der sich auf ihrem Schreibtisch türmte. Fasziniert beobachtete Passfeller, wie sie es behutsam so lange hin- und herschob, bis sie sicher war, daß das Gebilde die neue Last aushalten würde. Als sie die Geschicklichkeitsprüfung beendet hatte und bemerkte, daß er ihr zugesehen hatte, errötete sie leicht.

Sie erhoben sich und die Akademikerin begleitete ihn zur Tür. Als sie nebeneinander standen und Passfeller ihr zum Abschied die Hand reichte, sagte er: »Herwarths Buch wird das öffentliche Bild von Gutenberg nachhaltig beeinflussen, nehme ich an?«

»Das dürfen Sie glauben! Ich bin, gelinde gesagt, gespannt, wie die Leserschaft den ›Geisterjäger‹ Gutenberg aufnehmen wird. Und nicht nur ich.«

»Sagen Sie – würde es Ihnen etwas ausmachen, mir dieses Typoskript bis auf weiteres zu überlassen? Ich würde mir gerne selbst ein Bild davon machen, wie …«

»Nein, selbstverständlich nicht. Hier, nehmen Sie nur!« Etwas überstürzt griff Edda von Bovensiepen nach dem Dokument, und prompt geriet ein beachtlicher Teil der mühsam ausbalancierten Hügellandschaft ins Wanken. Ohne eine Miene zu verziehen, beobachtete die Doktorin, wie ein Regen aus Papier und Schreibuntensilien auf den Fußboden prasselte.

»Schicksal«, meinte sie lakonisch und reichte Passfeller das Skript.

»Danke. Ein bemerkenswertes Jahr für die Gutenbergforschung, oder? Erst der Fund der Originaldrucktypen, dann diese unvermuteten biographischen Entdeckungen …«

»Egal, wie man persönlich dazu steht, für das Institut ist es ein Segen.« Sie lächelte schief. »So viele Studienanfänger, wie sich für das kommende Wintersemester bei uns eingeschrieben haben, hat dieses Fach noch nie gesehen. Und das allein wegen des Rummels um den Fund der Drucktypen.«

»So werden Sie zumindest auf absehbare Zeit nicht arbeitslos werden«, grinste Passfeller, der plötzlich feststellte, daß er ihre Hand immer noch fest in der seinen hielt. Rasch ließ er los. »Darf ich mich wieder an Sie wenden, falls ich weitere Fragen haben sollte?«

Ihre hellen Augen sahen ihn durchdringend an.

»Jederzeit.«

Grosch öffnete die Tür mit dem Milchglaseinsatz, die nur angelehnt war, und schob seinen breiten Kopf durch den Spalt. »Kuckuck!« Er grinste Herbert Nord, der an seinem langen Schreibtisch saß, fröhlich an. »Kuckuck, ich bin's. Der Bulle! Wie schön, Sie zu sehen. Geht's Ihnen denn auch gut, Herr Süd?«

Der Stadtarchivar blickte auf, sein Unterkiefer klappte herunter, und sämtliches Blut verließ fluchtartig sein Gesicht. »Sie?« Es war ein Aufschrei, irgendwo zwischen Mißtrauen, Verzweiflung, Haß und Müdigkeit.

Grosch stolzierte in den mit Akten und Geschichte vollgestopften Raum. »Mir sind da tatsächlich noch ein paar Fragen eingefallen, Herr Nord«, eröffnete er. »Wissen Sie, eigentlich handele ich ja nach der Prämisse ›Was du heute kannst besorgen, kannst du auch noch morgen tun‹, aber in diesem speziellen Fall ist es sehr wichtig, möglichst rasch die notwendigen Informationen einzuholen, wenn Sie gestatten. Manchmal müssen Dinge getan werden. Das unterscheidet den Menschen vom Rind.«

Nord sprang auf und ergriff einen Ordner, der auf seinem Tisch lag. Er ließ ihn mit einem lauten *Wusch* zuklappen, so daß Staubpartikel in die Höhe stoben, und verstaute ihn irgendwo unterhalb der Tischplatte. »Habe ich Sie nicht ausdrücklich gebeten, sich einen *Termin* geben zu lassen, bevor Sie hier wieder auftauchen?« fauchte er.

»Au Backe«, murmelte Grosch und hielt sich die Wange. »Hab ich doch glatt vergessen! Tut mir leid. Aber ich hatte Sehnsucht nach Ihnen.« Er grinste, setzte sich auf den grauen Plastikstuhl, der nach wie vor in der Mitte des Raumes stand, und sah sich um.

Nords bläuliche Unterlippe zitterte. »Sie werden lachen«, stieß er durch seine schiefen, gelben Zähne hervor, »aber ich habe in exakt drei Minuten einen weiteren wichtigen Termin. Ich habe überhaupt keine Zeit für Sie, mein Herr.«

Grosch begann, schallend zu lachen, aber als hätte man den Stecker eines Radios gezogen, hörte er nach wenigen Sekunden schlagartig wieder auf. »Sie könnten Nostradamus Konkurrenz machen«, schmunzelte er. »Woher wußten Sie, daß ich lachen würde?«

Nord stützte sich mit beiden Händen verkrampft auf der

Schreibtischplatte ab, so daß seine Fingerknochen weiß hervortraten. Einen Moment lang glaubte Grosch, der Archivar würde tobend über den wurmstichigen Tisch springen und versuchen, ihn aufzufressen, aber dann sackte seine Gestalt erschöpft in sich zusammen. »Um Gottes Willen, und sowas nennt sich nun des Bürgers Freund und Helfer!« Er spuckte den Satz in den Raum. »Also, in drei Teufels Namen, was wollen Sie?«

»Ich habe nachgedacht. Da Sie ja ein nostradamusmäßiges Talent haben, würde es mich nicht überraschen, wenn Sie genau wüßten, warum ich Sie noch einmal aufsuche, Herr Nord.«

Nords Augen konnten nicht anders, es lag in ihrer Natur, sie sprühten Funken, Laserstrahlen, Feuer. »Wollen Sie mich verhaften?« rief er. »Ist es das?«

Es sollte wohl ironisch klingen, dennoch überraschte Grosch die Aussage. »Verhaften? Wieso denn verhaften?«

Nord wischte hektisch in der Luft herum, wobei das Krachen seiner Fingerknöchel zu vernehmen war. »Sie kommen wegen dieser Akte. Der Tote auf dem Friedhof.«

»*Sollte* ich Sie verhaften, Herr Nord?«

Nord verdrehte die Augen. »Würden Sie mir jetzt *bitte* den Grund Ihres Kommens mitteilen! Wie bereits erwähnt, ich habe einen wichtigen Termin und …«

»Wahrscheinlich bei Ihrem guten Freund, dem Herrn Bürgermeister!« Grosch strahlte über beide Wangen.

»Mein lieber Herr, ich denke …«

»Grosch, Herr Nord, erinnern Sie sich? Mein Name ist Grosch, nicht Frosch, wie Sie bei unserem letzten Treffen fälschlicherweise sagten.«

»Herr Grosch, ich denke, ich muß mir von Ihnen nicht alles gefallen lassen.«

»Selbstverständlich nicht. Niemand muß sich alles gefallen lassen, nicht mal die Fische. Aber haben die eine Wahl? Wissen Sie, mein Lieber, wir kämen bedeutend besser miteinander aus, wenn Sie sich nicht so feindselig aufführen würden. Sind Sie zu Ihrer Frau daheim auch so? Ich möchte nur ein paar harmlose Informationen von Ihnen. Historische Informationen. Aber Sie machen es mir so unendlich schwer. Bieten mir nicht einmal einen Kaffee an, wie es sich gehört.«

Funken sprühender Nord: »Sie möchten einen Kaffee?«

Lächelnder Grosch: »Ein Kaffee würde mich sehr, sehr glücklich machen! Ich schätze den Geschmack eines guten Kaffees am Nachmittag. Wie übrigens auch am Morgen. Oder am Abend! Auch in der Nacht ein nicht zu verachtender Genuß ...«

»Es gibt keinen Kaffee!«

Grosch lachte. »Mein Guter, Sie wissen genau, warum ich gekommen bin. Überraschen Sie mich und präsentieren Sie mir jetzt etwas. Wenn Sie gestatten.«

Nords ohnehin schmales Gesicht schrumpfte in sich zusammen, und auf seiner Stirn erschien eine Milliarde Schweißtropfen.

Er hat etwas zu verbergen, dachte Grosch, der versuchte, sich seine eigene aufkeimende Nervosität nicht anmerken zu lassen. *Irgend etwas stimmt hier nicht, und mein Name soll fortan Gantenbein lauten, wenn ich nicht herausfinde, was es ist.* Es fiel ihm schwer, sein wackeres Grinsen aufrecht zu halten.

Nord starrte ihn unverwandt an, während seine Hände, ohne die Erlaubnis seines Gehirns abzuwarten, zuerst einen Bleistift erwürgten, ehe sie unter den Tisch wuselten und die Akte hervorkramten, in der er bei Groschs Ankunft gelesen hatte. »Habe mir die Registratur noch mal angesehen«, murmelte er. »War alles durcheinander, man müßte hier mal gründlich aufräumen, würde aber Wochen dauern.«

Grosch schlug die Beine übereinander und wartete.

»Habe extra für Sie das Ding noch mal hervorgeholt. Habe eine polizeiliche Notiz gefunden.«

»Da haben Sie also sozusagen eine polizeiliche Notiz gefunden«, erkannte Grosch. »Aus dem Jahr 1900, nehme ich blitzgescheit an. Unseren Freund Friedewicht Knecht betreffend.«

Nord nickte. »Glaube aber nicht, daß Ihnen das weiterhilft. Sie suchen doch nach diesem Schädeltypographen, oder? Wieso ...«

»Dürfte ich die Akte bitte sehen?« fuhr ihm Grosch dazwischen.

Nord ergriff einen Bleistift und tötete ihn. »Nein«, ranzte er. »Da könnte ja jeder daherkommen und in den Akten wühlen.«

Grosch langte über den Schreibtisch und packte Nords Handgelenk. Es fühlte sich kalt und feucht an, wie ein großer, starrer Regenwurm. Nord versuchte entsetzt, seinen Arm einzuziehen, aber Groschs Griff war eisern. »Ich bin aber nicht jeder Dahergekommene«, zischte er. »Das dürfte ich mittlerweile unmißverständlich zum Ausdruck gebracht haben, oder? Wissen Sie, was für ein Problem wir haben? Sie ärgern mich, Herr Nord! Ich werde sehr selten sauer, wirklich, aber im Augenblick stehe ich kurz davor, aus der Haut zu fahren. Ich finde es ganz toll, daß Sie die Akte extra für mich noch einmal rausgesucht haben, dennoch möchte ich sie jetzt gerne *sehen*. Auf der Stelle! Und wissen Sie was? Ich werde Sie nicht noch einmal fragen. Petzen Sie ruhig bei Ihrem guten Freund, dem Herrn Bürgermeister.« Er wurde immer lauter. »Sie geben mir jetzt auf der Stelle diese Akte, oder ich ziehe andere Saiten auf, und dann wird es wirklich ungemütlich für Sie!« Er grinste boshaft und zog Nord, der aussah, als müsse er sich jeden Moment übergeben, die Akte aus der Hand.

»Ich … habe … einen Termin …« flüsterte der Archivar.

»Das interessiert mich nicht die Bohne!« Grosch legte sich die Mappe auf den Schoß. »Sagen Sie ihn ab!« Er schlug sie auf, und nach kurzem Suchen fand er ein gelbliches Dokument, das mit einer verschlungenen Type überzogen war. Eine Überschrift aus altmodischen Lettern wies es als polizeilichen Aktenvermerk aus.

»Er wurde ermordet«, rief Nord von seinem Stuhl aus verzweifelt. »Das wissen Sie doch!« Seine Hände hatten angefangen zu zittern.

»Das weiß ich längst, Nord. Silentium jetzt!«

Und Grosch las:

Ordentliche Ergänzungsnotiz zum Tathergang des Kriminaldelikts vom 18. April 1900, Aktenzeichen 00-803yp. Abgefaßt von Gotthilf Kramer, Oberwachtmeister.

Nebel lag über den Straßen der Stadt, so daß es mehr oder weniger das Geräusch war, welches mich auf jenen Umstand aufmerksam machte, der Kern dieser kurzen Ausführung sein soll. Kaum die Hand

> vor Augen war zu sehen, und die Feuchtigkeit machte mir und meinem treuen Roß das Atmen schwer. Wir hatten unsere übliche Runde um den malerischen Dom gedreht und befanden uns einmal mehr in jenem heimeligen Gassengewirr, welches sich hinter demselben anschließt, genauer: umrundeten just die Kehre, woselbst die Grebenstraße übergehet in das Nasengäßchen. Dort, beinahe übertönt vom Geklapper der Pferdehufe auf dem unebenen, taufeuchten Kopfsteinpflaster, vernahm ich erwähntes Keuchen.

Grosch blickte irritiert auf und sah Nord in die blauen Eisaugen, der sich in seinem Stuhl zurückgelehnt hatte und mit gespieltem Interesse seine häßliche Uhr betrachtete. »Das soll ein Polizeibericht sein?« fragte er verdutzt. »Ziemlich narrativer Stil, nicht wahr? Haben die sich damals alle so ausgedrückt?«

Nord zuckte die Achseln und blickte an die Decke, während seine Füße unter seinem Schreibtisch einen nervösen Stepp vollführten.

> Dies und das war mir durch den Sinn gegangen, vorfreudig hatte ich erwogen, was mein Weib mir wohl zum verspäteten Nachtmahl zu präsentieren gedenke. Auch unserem Sohn galten meine Gedanken, da er zur Zeit ein gewisses Problem mit nächtlichem Schlafwandeln hat …

»Das ist ja unerträglich!« Grosch blätterte wild in der Akte. »Geht das jetzt immer so weiter? Der Typ hätte Schriftsteller werden sollen.«

Er überflog entnervt die nächsten fünf Seiten, auf denen Gotthilf Kramer ausführte, daß er zur Zeit an einer schlimmen Blasenentzündung leide, erhebliche Probleme beim Reiten habe, in absehbarer Zeit seinen Dienst bei der berittenen Staffel zu quittieren gedenke und sich die Aufführung eines Stücks mit dem Titel »Der absurde Lokus« im städtischen Theater ansehen wolle.

»Sagen Sie mal, Herr Nord, haben Sie mir die richtige Akte gegeben? Das ist ja … also, wenn ich das so sehe … das ist ja *Scheiße*!«

Das Selbstvertrauen kehrte in Herbert Nords Antlitz zurück. Er lächelte diabolisch. »Sie müssen sich da schon durchackern, wenn Sie Informationen über den Fall wünschen«, sagte er. »Stecken alle da drin.« Geziert fuhr er sich durch sein langes Haar.

Grosch erwiderte Nords Grinsen. Ihm war plötzlich zumute, als stecke er in einem surrealen Traum fest. Unvermittelt klappte er den Ordner zu und warf ihn dem Archivar in den Schoß. »Ich mache Ihnen einen Vorschlag. Ich vertraue Ihnen mal für ein paar Sekunden, und Sie berichten mir, was in diesem Bericht steht. Aber ich möchte nichts von den körperlichen Beschwerden des Herrn Kramer hören. Sie berichten mir jetzt einfach, was Sie herausgefunden haben, und fertigen mir dann eine Kopie von dem ganzen Mist an, damit ich später in Ruhe nachprüfen kann, ob auch alles seine Richtigkeit hat.«

Nord lehnte sich nach vorne. »Komisch«, sagte er gefährlich leise. »Ich kann mich an überhaupt nichts mehr erinnern.«

Grosch schob sein Gesicht über den Schreibtisch. »Sie sind verhaftet«, flüsterte er. Es war eine Feststellung.

»Ist das ein Spiel, Herr Grosch?«

»Sie haben's erkannt, mein Lieber, das ist ein Spiel. Und wissen Sie, was das Schöne an diesem Spiel ist? Ich sitze am längeren Hebel. Und es gibt Fragen, die mich beschäftigen. Interessante Fragen, die Ihre Person betreffen, Herr Nord.«

Nord nickte langsam. Er schien im Kopf abzuschätzen, wie weit er gehen konnte, dann seufzte er und hob beschwichtigend die Hände. »Also gut, hören Sie zu. Friedhelm Knecht wurde ermordet.«

»Ich werde das verdammte Gefühl nicht los, daß ich das schon seit heute vormittag weiß.«

»Oberwachtmeister Kramer wurde Zeuge des Mordes«, fuhr Nord unbeirrt fort. »Er hatte Streifendienst, patroullierte zu Pferd in den Gäßchen hinter dem Mainzer Dom, als er plötzlich ein merkwürdiges Geräusch vernahm. Eine Art Röcheln, einen verzweifelten Schrei.«

»Ich bin gespannt, was als nächstes passierte.«

»Das Bild, daß sich ihm in einer Seitenstraße bot, war greulich.«

»Greulich? Mensch, Sie hätten auch Schriftsteller werden sollen.«

»Ein großer Mann kniete über einer Person, die der Länge nach auf dem Kopfsteinpflaster lag. Diese Person war Friedhelm Knecht. Er schrie in Todesangst. Verständlich, denn der Täter war gerade dabei, ihm den Garaus zu machen.«

»Ihm den Garaus zu machen«, wiederholte Grosch langsam.

»Mit einem stählernen Hammer trieb er Knecht Bleilettern in den Schädel. Und er vollbrachte sein Werk erfolgreich.«

»Das klingt vertraut. Weiter.«

»Kramer handelte instinktiv. Als berittener Polizist hatte er einen Karabiner bei sich, einen K98, falls Ihnen das etwas sagt. 1898 entwickelt, eine für damalige Verhältnisse bemerkenswert zuverlässige Waffe. Da er sich nicht lange mit dem Absitzen aufhalten konnte und der Täter nicht auf seinen Zuruf reagierte, schoß er ihm kurzerhand in den Rücken.«

»Okay.« Grosch kraulte seinen Vollbart. »War der Täter sofort tot?«

»Nein. Bevor er starb, konnte er noch etwas sagen.«

Grosch schloß die Augen. Die Nervosität in seinem Inneren war mittlerweile beträchtlich. Instinktiv wußte er, daß Nord nichts erfand, daß diese Informationen tatsächlich in dem weitschweifigen Bericht Kramers festgehalten waren. Er versuchte, seine wirbelnden Gedanken unter Kontrolle zu bringen. »Wie hieß der Mörder?« fragte er leise.

Nord funkelte ihn an. »Ist das von Belang?« stieß er schnippisch hervor.

»Wie *hieß* der Mörder?« Grosch biß sich auf die Unterlippe.

Nord lächelte. »Sein Name war Karl Rosser.«

»Karl Rosser.« Grosch testete den Geschmack des Namens auf der Zunge. »Was können Sie mir von Karl Rosser berichten?«

»Kaum etwas. Von Beruf war er Abdecker. Hatte sein Geschäft in der Gegend von Weisenau.«

»Und sonst?«

»Hat sich möglicherweise in merkwürdigen Kreisen bewegt. Später fand man in seiner Dachwohnung eine immense Anzahl von

Büchern und Dokumenten mit fragwürdigem Inhalt. Okkultes Zeug. Wird aber nicht näher erläutert.«

»Okkultes Zeug ...«

»Ganz recht.«

»Karl Rosser – starb er am Tatort?«

»Ja, nach wenigen Minuten.«

Grosch nickte. »Sie meinten eben, er habe noch etwas gesagt. Was ...?«

»Das ist doch nicht von Belang.«

Grosch fuhr nach vorne und ließ seine Faust auf Nords Schreibtisch krachen, so daß Horden mißhandelter Bleistifte erschrocken in die Höhe sprangen. Nord zuckte zusammen und rutschte mit seinem Stuhl zurück. »Jetzt hab ich aber allmählich genug!« brüllte Grosch. »Ich komm mir hier allmählich vor wie im Kindergarten! Es ist wirklich ganz entzückend, was für ein Spielchen Sie hier abziehen, aber mir steht's bis hier! Ich bin Polizist, falls Sie's noch nicht bemerkt haben! Und ich sage es jetzt zum letzten Mal, und für Ihre tauben Ohren sage ich es laut: Wenn Ihre Kooperation weiter gen Null geht, Herr Nord, werden Sie die Konsequenzen tragen! Also, zum Arsch: Was hat Rosser vor seinem Dahinscheiden gesagt?«

Mein Blutdruck, dachte Grosch.

Nord blickte ihn ausdruckslos an, dann öffnete er seinen Mund und begann zu sprechen. »Nicht viel«, sagte er. »Konnte nur noch zusammenhanglos stammeln. Kein Grund, aufbrausend zu werden. Lesen Sie doch selbst den Be...«

Grosch gewann das Blickduell, und Nord ließ den angefangenen Satz in der Luft verpuffen. »Er faselte bloß Unsinn«, fuhr er fort. »Muß noch mal nachlesen, habe die Akte schließlich nicht auswendig gelernt. Und das interessiert ja auch nicht.«

»Der Eindruck, daß Sie die Akte auswendig gelernt haben, drängt sich mir schon auf, Herr Nord. Und die letzten Worte des Mörders interessieren sehr wohl. Geben Sie mir sofort die Akte zurück, bevor ich Sie schlage!« Ohne eine Reaktion von Seiten Nords abzuwarten, grabschte er nach dem in dicke, rote Pappe gebundenen Papierbündel und schlug es auf. »Hier steht es doch!« Grosch begann, laut vorzulesen: »*Im Sterben liegend entwich dem Munde des arglistigen*

Mordtäters ein Ausspruch, den wortgetreu wiederzugeben ich mich bemühe: Sechs Pforten der Wiederkunft müßten geöffnet werden, so K. R.« Er hielt inne. »Schau an, sechs Pforten der Wiederkunft. Klingt doch schon mal interessant, finden Sie nicht? Und hören Sie nur, Herr Nord, da steht weiter: *Die erste von jenen sei nunmehr aufgetan, fünf harrten noch dessen, so der verscheidende Kriminelle. Ganz zuletzt war mir, als röchle K. R. im Tode den alten, römischen Namen unserer Stadt.*« Grosch blickte auf. »Den alten, römischen Namen der Stadt? Wie lautete der doch gleich?«

Nord sagte es ihm.

»Wie bitte? Entschuldigung, bringen Sie Ihre Zähne auseinander, ich verstehe sonst nichts.«

Nord funkelte ihn an und wiederholte das Wort.

»Okay.« Grosch klappte den Ordner zu und atmete tief ein. »Dann ist es ja gut.«

Grosch hatte sich verhört. Nord hatte »Moguntia« gesagt.

Nicht »Morgáthoan«.

Nach seinem Besuch bei Edda von Bovensiepen strich Passfeller rast- und ziellos durch das verwinkelte Gebäude der philologischen Fakultät. Ihm schwirrte der Kopf von den zahllosen Informationen der vergangenen Stunde und von den Rückschlüssen, die sich daraus möglicherweise ziehen ließen.

Nach seinem Abschied von der Buchwissenschaftlerin hatte er versucht, Grosch zu erreichen, doch der war offenbar beschäftigt – sein Handy war ausgeschaltet. Passfeller spürte, daß er ohnehin etwas Zeit brauchen würde, bevor er auf den Boden der Gegenwart und zu ersten kriminalistischen Denkansätzen zurückkehren konnte. Seine Kombinationsfähigkeit war im direkten Anschluß an die Unterredung auf ein Minimum reduziert. Etwas Ablenkung würde vonnöten sein, bevor er sich einen ersten Versuch zumuten konnte, ein paar der losen Fäden im Kopf zusammenzufügen.

Ablenkung …

Als er auf einem Treppenabsatz über sich einen schwarzhaarigen Schatten von beeindruckenden Proportionen erspähte, wußte er plötzlich, wie diese Ablenkung aussehen sollte.

»Sylvia!« rief Passfeller erfreut.

Sie drehte den Kopf, wobei einer der beiden Zöpfe, zu denen sie ihre schwarze Mähne gebündelt hatte, wie eine Peitsche über ihre Brust zischte. Ein erkennendes Lächeln zeichnete sich auf ihren dunkel geschminkten Lippen ab.

»Kommissar Passfeller! Was machen Sie denn hier?«

»Tja, man lernt schließlich nie aus. Ich dachte, ich mische mich mal unauffällig unters studentische Volk, um etwas Wissen aufzusaugen. Und wo kommen Sie her?«

»Meine Vorlesung ist gerade zu Ende. Bibliophilie.«

In Passfellers Kopf klingelte es.

»Bibliophilie. Doch nicht etwa bei Professor Genschel? Sagen Sie, studieren Sie am Ende ...«

»Buchwissenschaft, Ägyptologie und Altgriechisch«, erklärte sie mit einem Anflug von Stolz.

»Na, *das* nenne ich einen Zufall. Und das mir als altem Gutenberg-Experten ... Hey, lassen Sie uns doch einen Kaffee zusammen trinken gehen! Ich habe im Erdgeschoß so eine Art Kantine gesehen ...«

»Die Caféteria.« Sie schien kurz zu zögern. »Na schön, aber ich habe nicht unbegrenzt Zeit. Muß später noch ins Restaurant, Abendschicht.«

»Schon in Ordnung. Vielleicht kann ich Sie nachher runterfahren, wenn Sie mögen.«

Während sie nebeneinander den Flur entlang- und eine Treppe hinabliefen, warf Passfeller dem Mädchen einen verstohlenen Seitenblick zu. Sie sah anders aus als neulich im Café. Er bezweifelte, daß man ihr dort gestattete, den extravaganten silbernen Modeschmuck zu tragen, der klirrend um ihren schlanken Hals baumelte. Er erkannte ein umgedrehtes, schwarz emailliertes Kreuz, zwei Drudenfüße sowie mehrere altertümliche Runen. Die Anhänger hoben sich effektvoll von einer samtig glatten, schwarzen Langarmbluse ab, deren enge Ärmel zwischen Zeige- und Mittelfinger miteinander vernäht waren. Ihre endlosen Beine steckten in hautengen, schwarzen Jeans, und spitze Schnallenschuhe rundeten das Outfit ab. Auch wenn er dem ganzen Gothic-Schnickschnack berufsbedingt eher wenig abgewinnen konnte, mußte er zugeben, daß sie definitiv die hübscheste Frau war, die ihm bisher in Mainz über den Weg gelaufen war.

»Buchwesen also«, murmelte er, mit ihrem raumgreifenden Gang Schritt haltend.

»Im Hauptfach, ja«, bestätigte sie lächelnd.

Passfeller folgte ihr durch den breiten Hauptkorridor des Philosophicums zur Caféteria, und ein zufriedenes Grinsen schlich sich auf seine Lippen. Es gab Zufälle und *Zufälle*, und er hatte gelernt, sich letztere zunutze zu machen …

»Grosch, wer stört?«

»Mensch, Tillmann, du alter Penner! Endlich ist dein Gerät mal eingeschaltet. Was hast du denn die ganze Zeit getrieben?«

»Passfeller?« Groschs Stimme klang zweifelnd.

»Ja, verdammt, wer denn sonst? Und wenn du dir endlich mal angewöhnen würdest, auf dein Display zu schauen, bevor du rangehst, dann wüßtest du schon, wer anruft, bevor das erste Wort gefallen ist.«

»Echt? Aufs Display?« Groschs Stimme entfernte sich von der Sprechmuschel des Mobiltelefons.

»Nein, nein, bleib dran! Erklär ich dir später. Hör zu, ich wollte nur mit dir abstimmen, wie der weitere Verlauf des Tages aussieht. Bist du im Archiv fündig geworden?«

Grosch zögerte. »Ich weiß nicht, ob man das so sagen kann …«

»Erzähl's mir später. Ich habe hier auf jeden Fall ein paar Sachen ausgegraben, da geht dir der Hut hoch! Informationen über Gutenbergs Vergangenheit. Eine Spur, der wir unbedingt nachgehen müssen. Aber deswegen rufe ich nicht an. Erkläre ich dir später in aller Ruhe … vielleicht beim Essen? Was hältst du davon, wenn wir nachher irgendwo einkehren?«

Dem Geräusch, das Tillmann Grosch ausstieß, war zu entnehmen, daß er ausnehmend viel davon hielt.

»Ich bin übrigens gerade mit Sylvia, der Kleinen aus dem Café, auf dem Weg ins universitäre Rechenzentrum. Dort gibt es einen Computerpool …«

»Wozu brauchst du den denn? Um ihre Oberweite auszurechnen?« Grosch gluckste amüsiert, während Passfeller einen Moment lang konsterniert schwieg.

»Du bist ja ein richtiger Schelm heute, Tillmann. Beeindruckend. Wirklich. Nein, ich will kurz im Internet nachsehen, ob ich die Erkenntnisse, die ich vorhin gewonnen habe, bis heute abend ein wenig vertiefen kann. Dir wollte ich aber etwas ganz anderes erzählen …«

»Ob ich's wohl noch erlebe?«

»… wenn du mich vielleicht endlich mal ausreden ließest. Also. Die Kleine ist Studentin der Buchwissenschaft …«

»Was für eine Überraschung.« Grosch gab sich keine Mühe, seinen Gähner zu unterdrücken.

»… und besucht unter anderem auch die Vorlesungen eines gewissen Doktor Krafft.«

»Starker Name«, fand Grosch.

»Unbenommen. Dieser Doktor Krafft, ein Gastdozent, der für ein Semester von einer entfernten Uni gekommen ist, genießt trotz der kurzen Zeit, die er erst hier ist, einen recht zwiespältigen Ruf. Einerseits gilt er als versierter, fast fanatischer Fachmann für frühe Drucktechniken, ist Sammler kostbarer Inkunabeln …«

»Was für'n Zeug?«

»Sogenannte Wiegendrucke aus der Frühphase der Druckgeschichte. Ist jetzt völlig unerheblich. Hör weiter zu.«

»Ich ermüde rasch.«

»Andererseits ist Doktor Krafft als Sonderling verschrien, sowohl am Institut wie auch unter den Studenten. Neben seiner langjährigen, intensiven Beschäftigung mit buchwissenschaftlichen Themen scheint er ein Experte für exotische Glaubenssysteme und religiöse Kultgemeinschaften zu sein. Ein ziemlich versponnener Geist. Gegenwärtig hält er ein Seminar, das auch Sylvia besucht. Der Titel ist ›Bilder des Kryptischen – Illustrationen früher Occulta‹! Ich weiß nicht, wie es dir geht, aber ich finde diesen Zufall schon recht außergewöhnlich.«

»Hmm, geht so.«

»Sylvia wies mich außerdem darauf hin, daß er sich im Laufe eines Vortrages, den er heute morgen im Rahmen einer Sonderveranstaltung der Fachrichtung Buchwissenschaft gehalten hat, mehrfach in recht fragwürdiger Weise über unseren Schädeltypographen geäußert haben soll.«

»In fragwürdiger Weise?«

»In einer Weise, die den Studenten und Sylvia jedenfalls nicht unbedingt negativ anmutete, wenn du verstehst, was ich meine? Er äußerte, wenngleich wohl scherzhaft, ›Respekt‹ vor der schwierigen Aufgabe, auf einem so unebenen und nachgiebigen Grund wie dem menschlichen Schädel Buchstaben zu drucken!«

»Das macht ihn doch nicht per se verdächtig! Bestimmt gibt es einen ganzen Wäschkorb voll armer Irrer, die im Grunde ihres Herzens gerne einen Fanclub für unseren Killer gründen würden. Gibt's immer. Ich weiß jedenfalls nicht, warum uns dieser Typ weiter interessieren sollte.«

»Vielleicht wirst du's gleich wissen«, erklärte Passfeller geheimnisvoll. »Soll ich dir zum krönenden Abschluß nämlich mal stecken, wie Doktor Krafft aussieht?«

»Es wird sich kaum vermeiden lassen«, sagte Grosch müde und zelebrierte einen weiteren Gähner.

Passfeller seufzte, dann sagte er: »Doktor Krafft ist etwa einsfünfundsiebzig groß und trägt einen Vollbart. Weitere unverwechselbare Kennzeichen: eine schwarze Sonnenbrille, ein weißer Gehstock und eine kleidsame gelb-schwarze Binde am Oberarm. Denn Doktor Leonid Krafft, Spezialist für frühe Drucktechniken, ist blind!«

Kapitel 11

Schädelboccia

»Warum speisten wir bei diesem Italiener?«

»Es bot sich an. Er lag auf dem Campusgelände.«

»Die Bedienung war langsam!«

»Nicht schnell genug für deinen unmenschlichen Appetit.«

»Winzige Portionen!«

»Vom Standpunkt eines Grizzlybären vielleicht.«

»Das Bier schmeckte abgestanden!«

»In diesem einen Punkt wäre ich eventuell gewillt, dir zuzustimmen, Tillmann.«

Frank Passfeller drehte den Kopf und nickte seinem Freund und Kollegen auf dem Beifahrersitz wohlwollend zu.

Es war später Abend, und die Dunkelheit war bereits seit Stunden über die Landeshauptstadt hereingebrochen. Der Mond stand rund und strahlend am Himmel, und ein laues Lüftchen strich über Bäume, Büsche und Bauwerke. Sie saßen in Passfellers langsam dahinrollendem Honda, hatten sämtliche Fenster heruntergelassen, um etwas von der außergewöhnlich milden Nacht ins muffige Innere des Fahrzeugs zu locken. In Schrittgeschwindigkeit passierten sie jene Schranke, die Passfeller bereits hinlänglich kennengelernt hatte und die die äußerste Grenze des Universitätsgeländes darstellte. Sie stand offen.

Kurz fiel Passfellers Blick auf die dunkle Fensteröffnung des winzigen Pförtnerhäuschens, und für einen kurzen Moment war er sich ganz sicher, daß die schnauzbärtige Nacktschnecke, die hier tagsüber ihren Dienst verrichtete, auch nachts in dem Verschlag hauste und gerade im Innern auf einer alten Holzpritsche im Zeitlupentempo vor sich hinschnarchte.

»Die Gnocchi waren ...« unterbrach Grosch seine Betrachtungen.

»Es reicht jetzt! Ich habe dir schon mehrfach erklärt, daß es das

Naheliegendste war, hier oben zu essen. Im Endeffekt war es auch die schnellste Lösung – wie immer in deinem Interesse. Während ich noch hier oben im Computerraum des Rechenzentrums saß, konntest du deinen Korpus nach getaner Arbeit im Stadtarchiv in aller Ruhe hierherwuchten, und wir konnten umgehend zum Einschmeißen übergehen.«

Grosch erwiderte nichts, aber Passfeller hatte sich abgewöhnt, aus dem Schweigen seines Kollegen zu folgern, daß er sich etwas durch den Kopf gehen ließ.

»Stell dir mal vor, wie lange es gedauert hätte, wenn ich nach dem Internet-Gemurkse erst noch runter in die Innenstadt gekurvt wäre!« versuchte er es mit Logik. Tatsächlich hatte Passfellers Ausflug ins Rechenzentrum etwas länger gedauert, als er geplant hatte. Sylvia war so nett gewesen, ihm ihren Benutzercode zu überlassen, aber er hatte zunächst abwarten müssen, bis sie sich zur Spätschicht im Café-Restaurant aufmachte, bevor er der Datenautobahn dorthin folgen konnte, wo er ursprünglich hinwollte.

Nach nicht enden wollenden Sicherheitsabfragen und komplexen Reihen unsinniger Codeschlüssel war endlich über ein eigens eingerichtetes Internetportal der Kontakt zu »Otti« hergestellt, dem zentralen Rechengehirn der SK 66. Ohne große Hoffnungen klickte er sich in die Archivabteilung, um zu prüfen, ob in den umfassenden Datenbänken Informationen zu einem keltischen Götzen mit Namen Morgáthoan gespeichert waren.

Entgegen seiner Erwartung wurde er fündig.

Ein knapper geschichtlicher Abriß dokumentierte, daß der Ursprung des Morgáthoan-Glaubens vermutlich im dritten vorchristlichen Jahrhundert zu finden sei. Genaue Angaben aus der betreffenden Zeit gab es nicht, allem Anschein nach schien es sich jedoch beim ›Fänger‹ um eine hauptsächlich regional verehrte, ausgesprochen grausame Gottheit gehandelt zu haben, die in einem ungeklärten Verwandschaftsverhältnis zu dem weitaus bekannteren Himmelsgott Taranis stand. Wie den meisten keltischen Göttern wurde Morgáthoan nachgesagt, Tiergestalt annehmen zu können; der Schwarm riesiger, schwarzer Motten, in den er sich angeblich verwandeln konnte, versetzte die Kelten in panische Furcht. Druiden brachten ihm regelmäßig Opfer dar, um ihn milde zu stimmen und seinen Haß von ihren Stämmen fortzulenken.

Eine wenig bekannte Überlieferung aus dem fünften nachchristlichen Jahrhundert berichtete schließlich von der Bannung Morgáthoans. Da die Römer, bei aller Toleranz gegenüber fremden Religionsformen, die nicht abreißenden Menschenopfer zu Ehren des Götzen nicht mehr hinnehmen wollten, wurden die wenigen Opferstätten Morgáthoans zerstört, seine Anbetung verboten. Dies tat jedoch dem Kult um den Fänger keinen Abbruch, so daß man sich zu einer rituellen Vernichtung im Angesicht seiner wichtigsten Repräsentanten, der Druiden, entschloß: Unter Zuhilfenahme eines ganzen Regiments von Priestern wurde Morgáthoan in einem groß angelegten Zeremoniell vor den Augen der zwölf wichtigsten druidischen Priester in ein ›immerwährendes Gefängnis jenseits von Zeit und Raum‹ verbannt.

Doch auch damit gelang es nicht, den Namen des Götzen aus dem Gedächtnis der Menschen zu löschen. Auch aus Zeiten nach dem Ritual waren, ganz wie Edda von Bovensiepen gesagt hatte, noch mehr oder weniger regelmäßig Erwähnungen kultischer Zusammenschlüsse aus unterschiedlichen Regionen überliefert, die sich statt der Anbetung nun die Wiedererweckung des Dämons zum Ziel gesetzt hatten. Meist handelte es sich dabei um radikale Splittergruppen, die dem vorherrschenden Religionssystem feindlich gesonnen waren und durch die Wiederkehr des Fängers dessen Sturz einleiten wollten.

Wenngleich sich große Teile der Zusammenfassung mit eher nebensächlichen, historischen Aspekten beschäftigten und wenig neue Einsichten vermittelten, ließ Passfeller sich fast alles ausdrucken, um es später gemeinsam mit Grosch durchzugehen. Die darauffolgende Stunde brachte er damit zu, in internationalen polizeilichen Datenbänken nach Berichten über Aktivitäten der Morgáthoan-Sekte in jüngerer Zeit zu forschen. Doch ganz wie er erwartet hatte, fanden sich keine Erwähnungen des Kultes in zeitgenössischen Archiven. Die letzte stammte vom Ende des neunzehnten Jahrhunderts, danach schien der Glaube an den keltischen Götzen endgültig in Vergessenheit geraten zu sein.

Noch während der Recherchen im Computer-Pool verständigte er Grosch und verabredete sich für den späteren Abend beim sogenannten Campus-Italiener, einer Adresse, die ihm die pferdeschwänzigen Computercracks des Rechenzentrums ans Herz legten.

Das dortige Abendessen hatte Passfeller recht passabel gemundet, wohingegen Grosch mit seinen zwei Vorspeisen und den beiden Hauptgerichten weniger zufrieden schien. Nichtsdestotrotz bot das Essen Gelegenheit, sich über die Ergebnisse des Tages auszutauschen. Wenngleich aufgrund der gewaltigen Geschwindigkeit, mit der Grosch die ihm zugedachten Speisen vernichtete, die Zeit nicht für anschließende kombinatorische Höhenflüge reichte, war nun wenigstens ein gemeinsamer Kenntnisstand hergestellt, was die Ermittlungen anging.

Nachdem Passfeller die Zeche beglichen hatte, war ihm die Idee gekommen, daß ein wenig frische Luft der Denkkapazität ihrer Hirne nur zuträglich sein konnte. Als sie in die angenehm temperierte Nachtluft hinaustraten, schlug er vor, sich vor der Rückkehr ins Hotel noch ein wenig die Beine zu vertreten. Grosch, der bereits zur Nörgelei an den eben verzehrten italienischen Gerichten übergegangen war, hatte nichts dagegen.

»Ich glaube, dort vorne ist es«, sagte Passfeller und deutete mit dem Finger ins Leere. Sie passierten ein Krankenhaus, das rechter Hand zurückgesetzt an der Straße lag, und erreichten einen Parkplatz, von dem aus ein schmaler, asphaltierter Fußweg weiter hügelaufwärts führte. Sylvia hatte ihm am Nachmittag von dieser lokalen Sehenwürdigkeit erzählt, und da es sich um Relikte aus der Römerzeit handelte, die indirekt Bezug zum aktuellen Fall hatte, und die Örtlichkeit zudem nur wenige hundert Meter vom Campus entfernt lag, hatte er die sogenannten Römersteine zum Ziel des nächtlichen Ausflugs gewählt.

»Was gibt es da? Ruinen?« Grosch kniff die Augen zusammen und versuchte, Einzelheiten am Ende des Weges auszumachen.

Passfeller lenkte das Gefährt auf den Parkplatz und schaltete den Motor ab. »So etwas Ähnliches, soweit ich verstanden habe. Überreste von alten römischen Anlagen … wir werden's ja sehen.«

Er stieg aus dem Wagen und wollte abschließen, als ihm auffiel, daß Grosch neben dem Fahrzeug stehengeblieben war und durch das hintere Seitenfenster auf etwas starrte, das auf der Rückbank des Wagens liegen mußte.

»Was ist, hab ich 'ne Leiche im Fond oder sowas?«

»Nein.« Grosch grinste. »Besser.«

Er öffnete die Beifahrertür wieder, klappte den Sitz vor und beugte sich hinein. Als er wieder auftauchte, hatte er ein klappriges Köfferchen aus altem, abgeschabtem Holz in der Hand. »Hast du Lust?«

»Bocchia«, sagte Passfeller, als er erkannte, um was es sich handelte. »Wo kommt das denn her? Muß mindestens hunderttausend Jahre her sein, daß ich zum letzen Mal Urlaub hatte ...«

»Dann liegt der Koffer eben seit hunderttausend Jahren hinten in deinem Wagen«, entgegnete Grosch. »Wäre ja nicht das einzige ... Also, was ist nun – ja oder ja?«

Passfeller wußte, daß er längst keine Wahl mehr hatte. Er warf einen Blick auf den Asphaltweg, der sich nach einem guten Dutzend Metern mit einem relativ eben verlaufenden, gekiesten Querpfad vereinte. An der Schnittstelle ragte eine altmodische Straßenlaterne auf, die einen Globus aus schmutziggelbem Licht in die Nacht strahlte. Der fast volle Mond leuchtete den Rest des Weges hinreichend aus – ideale Bedingungen eigentlich.

Seufzend nickte er mit dem Kopf und verschloß den Wagen.

Grosch war dem Asphaltstreifen bereits gefolgt und hatte den etwas höher gelegenen Kiesweg erreicht. Passfeller folgte ihm ohne rechte Begeisterung. Als er oben ankam, deutete Grosch mit dem Arm auf ein moosbewachsenes Gebilde aus alten, grob zusammengefügten Steinen, das am Rand des Pfads aufragte.

»Das ist wohl einer von deinen Römersteinen«, stellte er emotionslos fest.

Passfeller ließ den Blick einmal von rechts nach links den Weg entlangschweifen. In regelmäßigem Abstand war er gesäumt von ähnlichen, zum Teil haushohen Gebilden. Im diffusen Licht des Mondes wirkten sie wie die kariösen Zähne einer gigantischen urzeitlichen Kreatur. Ganz offenbar hatten die Mauerbrocken einst zu einem größeren, zusammenhängenden Bauwerk gehört. Passfeller runzelte die Stirn. »Ich frage mich, was das hier früher mal war.«

»Also, ich persönlich tippe auf ein Aquädukt«, erklärte Grosch irgendwo zu seiner Rechten.

»Ein was?«

»Eine ausgeklügelte Vorrichtung der Römer, mittels derer Wasser aus den Quellgebieten Mainz-Drais und Mainz-Finthen über eine Distanz von rund neun Kilmetern nach unten zum Legionslager auf dem Kästrich transportiert wurde.«

»*Wie bitte?*«

»Ganz offensichtlich handelte es sich um eine doppelstöckige Rundbogenkonstruktion, die über ein Gefälle von null Komma neun Prozent durchschnittlich dreißigtausend Liter Wasser täglich hinunter in die Stadt transportierte ...«

»Dreißig-«

»... zunächst unterirdisch, dann auf gedeckten Steinrinnen, die sich in der oberen Hälfte der Steinbögen befanden. Achtundfünfzig der Pfeiler sind bis heute erhalten geblieben.«

»Was zum ... woher zum Teufel willst du das alles wissen?« Gereizt drehte sich Passfeller um.

»Instinkt«, antwortete Grosch. Er stand vor einer modern aussehenden, mannshohen Aluminiumtafel, und als er sich von dem Schild abwandte, beleuchtete das Mondlicht ein breites Grinsen im Dickicht seines Vollbartes. Passfeller trat heran und erkannte über der skizzierten Darstellung eines rundbogigen Bauwerkes einen längerer Textblock. Als er die Augen zusammenkniff, konnte er im Zwielicht nach und nach exakt jene Informationen entziffern, die sein Kollege eben vorgelesen hatte.

Grosch entließ ein glucksendes Geräusch in die klare Nachtluft und legte den alten Holzkoffer neben dem Schild auf den Boden. Er klappte ihn auf und griff nach einer der silbern glänzenden Kugeln, die in den Vertiefungen im Innern ruhten.

»Boule- oder Bocciaregeln?« fragte er.

Passfeller verdrehte die Augen himmelwärts. »Was?«

»Boule oder Boccia? Das sind zwei grundverschiedene Spiele, wie du fraglos weißt.«

»Zwei grund- … ja, ja. Schon recht.« Kopfschüttelnd trat Passfeller zu dem zunächst stehenden Brocken ruinösen Mauerwerks, das sich an einem alten, verkrüppelten Baum abzustützen schien. Er entledigte sich seines Sakkos und warf es achtlos über den Pfeilerrest, an dessen Fuß sich braunes Herbstlaub sammelte.

»Ist mir egal.«

Er bückte sich und griff sich ebenfalls eine Kugel aus dem Koffer.

»Boule oder Boccia?« wiederholte Grosch unbeirrt. »Wir müssen uns vorher einig sein. Sonst spielt einer plötzlich die eine, einer die andere Variante.«

»Ach, zum Teufel mit dir, Tillmann!« Passfeller bückte sich erneut und zog eine kleinere Kugel aus einem seitlichen Fach des Kastens. Er richtete sich ruckartig auf und pfefferte den Ball quer über den Weg davon. »Wer am nächsten an die kleine Kugel rankommt, okay? Einfach nur an die verdammte Kugel ran!«

Grosch verzog ob der banausenhaften Antwort widerwillig das Gesicht, sagte aber nichts. Langsam und umständlich brachte er sich mit seiner Kugel in Positur und holte in einer völlig übertrieben wirkenden Geste aus.

»Sag mal«, begann Passfeller langsam, dessen Blick sich in der Finsternis zwischen den Büschen und Mauerresten am Rand des Weges verloren hatte. »Wir haben vorhin nicht explizit drüber gesprochen, aber … du glaubst doch auch, daß Karl Rosser anno 1900 etwas mit unserer Sekte am Hut hatte, oder?«

»Wie meinen? Willst du meine Konzentration stören?«

»Nein, mal im Ernst. Eigentlich liegt es ja auf der Hand, oder? Der Mord, den dieser Irre vor hundert Jahren begangen hat … sagtest du nicht, man hätte später in seinem Besitz Bücher und Dokumente okkulten Inhalts gefunden?«

Grosch ließ den ausgestreckten Arm wieder sinken und sah Passfeller an. »Das sagte ich.«

Passfeller kratzte sich am Kinn und versuchte, mit den Augen die Dunkelheit im Wipfel des einzelnen verkrüppelten Baums zu durchdringen.

»Die letzten Erwähnungen der Morgáthoaniden, die ich in den

Archiven gefunden habe, stammten ziemlich genau aus der Zeit, in der Rosser lebte. Einer ihrer Treffpunkte soll sich im Mainzer Umland befunden haben – Oppenheim? Irgendwo am Rhein jedenfalls. Nehmen wir mal an, er war tatsächlich einer von ihnen ...«

»Dann hätten seine ›sechs Pforten der Wiederkunft‹ etwas mit der Beschwörung dieses keltischen Obermotzes zu tun«, vollendete Grosch.

Passfeller sah auf. »Sie hätten nicht nur etwas damit zu tun – ich wette, es handelte sich um exakt diejenige zeremonielle Beschwörung, mit der der Götze wieder in die hiesige Sphäre gebracht werden sollte! Durch die Verewigung einer archaischen Anrufung im Schädelknochen der Opfer ...« Er überlegte kurz. »Dann könnte die Wiederaufnahme des Wiederkunft-Rituals in der Gegenwart darauf hindeuten, daß der oder die Täter selbst Morgáthoaniden ... also, daß diese Sekte auch heute noch existiert!« Seine Augen weiteten sich.

»Wir hätten es dann mit einem oder mehreren Geisteskranken zu tun«, führte Grosch den Gedanken weiter, »die es sich in den Kopf gesetzt haben, durch die Fortsetzung von Rossers unappetitlichen Mordpraktiken diese uralte Gottheit wieder zum Leben zu erwecken. Meinst du das?« Der Rückschluß schien ihm einzuleuchten, und wie um sich selbst beizupflichten, nickte er mehrmals mit dem Kopf.

»Nicht zum Leben erwecken ...« murmelte Passfeller abwesend. »Aus der Verbannung zurückholen. Ein Gefängnis jenseits von Zeit und Raum ...« Seine Hände spielten rastlos mit der Bocciakugel, während sein Blick hinauf in den sternklaren Himmel gerichtet war.

Für Grosch war der Zusammenhang offensichtlich. Er ließ ein Grunzen vernehmen und brachte sich und seine Kugel wieder in Positur. Passfeller schüttelte irritert den Kopf, als seine Gedanken abrupt ins Hier und Jetzt zurückgerissen wurden. Zweifelnd beobachtete er die Verrenkungen, die sein Kollege beim Ausholen vollführte.

»Willst du nicht lieber den Mantel ausziehen?« Passfeller deutete matt auf das Kleidungsstück aus fingerdickem Lodenstoff, daß

Groschs massiven Körper umhüllte wie eine Rüstung. »Du wirst dich schon nicht erkälten, es ist total mild. Du kannst dich doch kaum bewegen in dem Ding!«

Grosch stieß ein verächtliches Schnauben aus. »Ich spiele *nie* ohne meinen Mantel!« zischte er, dann blitzte seine Kugel im Mondlicht auf und segelte in hohem Bogen davon.

»Nicht schlecht«, kommentierte Passfeller trocken. »Immerhin eine ähnliche Himmelsrichtung wie die Zielkugel.« Schlurfend begab er sich hinter die Abwurflinie, die Grosch mit der Fußspitze in den Kies gezogen hatte. Kurz spähte er in Richtung des kleinen Balles, doch sein Blick schweifte wieder ab und strich hügelabwärts, wo der monströse Schatten eines gewaltigen schwarzen Gebäudes mit hunderten erleuchteten Fenstern in die Nacht aufragte.

Die Hand, die seine Kugel hielt, blieb gesenkt.

»Mir geht das nicht aus dem Kopf«, entschuldigte er sich, trat einige Schritte auf die Seite und lehnte sich nachdenklich an das Mauerstück, über das er seine Jacke gehängt hatte. Grosch sah seine Chance gekommen und schritt unauffällig über den Kies davon, um seine fehlplazierte Kugel wieder einzusammeln.

»Laß uns doch mal sehen, was wir haben: Da ist ein Irrer, der jungen, genauer: dreiundzwanzigjährigen Menschen den Schädel mit lateinischen Beschwörungsformeln perforiert.«

»Genau wie es Karl Rosser vor exakt hundert Jahren getan hat«, warf Grosch ein, der zur Abwurflinie zurückkehrte. »Ganz recht. Mein Wurf war übrigens ungültig. Du hast mich abgelenkt.« Mit professioneller Miene wog er die Kugel in seiner Hand.

»Rosser tötete aus rituellen Gründen einen Mann – Friedhelm Knecht. Ein historischer Kollege von der Mainzer Streife überraschte ihn dabei, und er mußte dran glauben.«

Ein dumpfes »Knrrrtsch« ertönte, als Groschs Kugel wiederum auf dem Kies des Weges aufschlug. »Und öffnete damit, laut eigenen Worten, die erste von ›sechs Pforten der Wiederkunft‹. *Scheiße.*« Letzteres galt der Position, in die die Kugel dieses Mal gerollt war.

»Hmmm.« Passfeller überlegte. »Und ein unbekannter Fanatiker, höchstwahrscheinlich ebenfalls Anhänger des längst vergessenen Kultes um den Götzen Morgáthoan, hat es sich in den Kopf gesetzt, Rossers Werk in der Gegenwart fortzuführen.« Für eine Moment betrachtete er die Kugel in seiner Hand, als handele es sich um eine fremdartige, außerirdische Kreatur. Als er aufblickte, sah sein Gesicht ungewohnt alt und faltig aus. »Schade, daß wir nichts über diese sechs komischen Pforten erfahren haben. Wenn wir genau wüßten, wie dieses Ritual aussieht ...«

»Entschuldige bitte, aber das wissen wir doch!« sagte Grosch, während er zurück zum Koffer ging und sich eine zweite Kugel holte. »Man hämmert sechs Leuten, die aus einem bisher ungeklärten Grund dreiundzwanzig sein müssen, einen Teil eines bestimmten lateinischen Spruches in den Kopf ...«

»Was?« Passfellers Miene straffte sich, sein Blick wurde starrend. »Sag das noch mal!«

»Was?«

»Was du eben gesagt hast.«

Grosch überlegte. »Ich sagte: hämmert ihnen einen Teil eines bestimmten lateinischen Spruches in den Kopf ...«

Passfeller ließ seine Kugel fallen und machte einen unvermittelten Satz auf seinen Kollegen zu. »Aber das *ist* es doch! Daß ich nicht selbst drauf gekommen bin ...«

Groschs Augen, die für einen kurzen Moment erstaunt aufgerissen gewesen waren, verengten sich zu schmalen Sicheln, als er seinem Freund einen sehr skeptischen Blick zuwarf. »Spinnst du jetzt, Pass? Wieso *ist* es das? Wir wissen doch schon lange, daß ...«

»Nichts wußten wir! Du hast mich eben drauf gebracht. Das ist die Verbindung zu den exhumierten Toten vom Friedhof!«

Grosch legte die Kugel bedächtig in den Koffer zurück. Als er sich wieder aufrichtete, trug sein Gesicht einen halb fragenden, halb besorgten Ausdruck. »Könntest du mir bitte sagen, was du meinst?« fragte er sehr langsam.

Passfeller machte einige rasche Schritte im Kreis. »Denk doch mal nach! Wir gingen automatisch davon aus, daß jedes der Opfer den gleichen Spruch eintypographiert bekommt. Aber das ist falsch! Evers selbst sagte uns, daß es sich um jeweils unterschiedliche Bruchstücke aus einem wesentlich längeren Kontext handelt, oder?«

»Das ... hat er wohl gesagt. Und weiter?«

»Na, die sechs Pforten!« Passfellers Gesicht strahlte, ein Bild, dem der weißliche Glanz des Mondes etwas Fanatisches, beinahe Unheimliches verlieh.

Grosch runzelte die Stirn. »Bist du sicher, daß dir die Rigatoni vorhin bekommen sind? Ich habe gleich gesagt, die Qualität des Servierten erfüllt mich mit Mißtrauen, weswegen ...«

»Um das Ritual der sechs Pforten abzuhalten, müssen sechs *unterschiedliche* Teile eines *gemeinsamen* Beschwörungsspruches auf sechs dreiundzwanzigjährige Schädel verteilt werden!«

»Tut mir leid, ich hab's immer noch nicht«, sagte Grosch und zuckte entschuldigend mit den Achseln.

»Dabei ist es so einfach: Keines der Fragmente darf in der Beschwörung doppelt auftauchen! Wenn wir nun annehmen, daß der Mörder den im Jahre 1900 von Karl Rosser begonnenen Ritus nicht einfach wiederholen, sondern tatsächlich ein bereits begonnenes Zeremoniell *vollenden* will ...«

Groschs Augen weiteten sich, als er den Zusammenhang erkannte. »... dann muß er sich zuerst vergewissern, *welchen* Teil der Formel Rosser damals dem ersten Opfer in den Knochen geschlagen hat!«

Passfeller kam mit erhobener Hand auf ihn zu. »Schlag ein, Kollege!«

Sie klatschten sich gegenseitig ab.

Grosch kraulte seinen borstigen Vollbart, während er den Gedanken im Kopf fortspann. »Nachdem er sich im Museum die Werkzeuge für die Ausführung seiner Tat besorgt hat ...«

»Wobei noch zu klären wäre, wieso er sich ausgerechnet die Originaltypen Gutenbergs dazu ausgesucht hat – Karl Rosser hatte sich ja damals mit profanen zeitgenössischen Typen beholfen.«

»Er begibt sich jedenfalls in der folgenden Nacht auf den Friedhof und gräbt, vermutlich mit mindestens einem kräftigen Helfer, den Leichnam von Friedhelm Knecht aus und raubt seinen Kopf, um sich zu vergewissern, welche Worte sich in seinem Schädelknochen befinden!« vollendete Grosch die Überlegung. »Da er über das Phänomen der Wachsleichen Bescheid weiß, hofft er, daß genug von dem Toten übrig ist, um ihm die benötigte Auskunft zu geben.«

»Womit er ja auch Glück hatte, wie wir wissen.« Passfeller nickte langsam. »Leider grenzt die Kenntnis um diese physikalische Gegebenheit das Feld der Verdächtigen kaum ein; wie du selbst neulich sagtest, handelt es sich um ein stadtbekanntes Phänomen.«

»Ja, so könnte es sich abgespielt haben …« Grosch zog fragend die Brauen hoch. »Aber wieso grub er *sechs* Leichen aus? Glaubst du, er wußte eventuell gar nicht genau, wie Rossers Opfer damals hieß?«

»Du meinst, die Tatsache, daß er lauter Leichen wählte, die im selben Jahr und im selben Lebensalter umgekommen waren, könnte darauf hindeuten, daß ihm der genaue Name des Gesuchten fehlte? Hmm, das könnte sein … Auf der anderen Seite scheint es mir unrealistisch, daß er einerseits zwar exakt Todesjahr und -alter, andererseits aber nicht den Namen des Getöteten gewußt haben soll. Unser Mann ist kein Idiot, das dürfen wir nicht vergessen. Ich denke eher, er grub die anderen aus, um vom eigentlichen Objekt seiner Suche abzulenken.«

Grosch schaute zweifelnd. »Dann hätte er ihnen aber auch die Köpfe abhacken müssen, oder?«

»Vielleicht blieb dafür keine Zeit mehr. Bedenke, daß die ganze Aktion viele Stunden gedauert haben muß. Vielleicht graute schon der Morgen, als die Kulisse mit den zu Verschleierungszwecken ausgegrabenen Leichen endlich präpariert war? Wer weiß, vielleicht hat deine betagte Freundin, Frau Luftschmied, den Killer nur um Minuten verpaßt?«

Grosch erwiderte nichts.

»Es sei denn … glaubst du, sie könnte unter Umständen *selbst* etwas damit zu tun haben?«

Grosch sah ihn überrascht an, woraufhin Passfeller abwehrend die Hände hob. »Ich kenne die Frau nicht, du hast mit ihr gesprochen. Wie war dein Eindruck?«

Grosch stemmte seine silberne Bocciakugel in die Höhe und betrachtete sein Gesicht, das sich verzerrt darin spiegelte. »Offen gestanden bin ich an einem Punkt angelangt, an dem für mich theoretisch jeder als Täter in Frage kommt«, erklärte er. »Diese alte Dame war schon etwas konfus.«

»Konfus? Inwiefern?«

»Naja, ihr Wohnzimmer war nicht gerade das Zentrum der Hygiene der westlichen Welt. Ursula Luftschmied wohnt in einer kleinen Einzimmerwohnung, zusammen mit ihren riesigen Bernhardinern und ...«

»Das dürfte dich doch entzücken.«

Grosch schnaubte verächtlich durch die Nase. »Du kennst diesen bedauernswerten Menschenschlag, Pass. Leute auf dem Abstellgleis. Einsam. Ihr Mann ist vor ein paar Jahren gestorben, sie schreibt ihm immer noch Liebesbriefe und hängt sie an seinen Grabstein. Blutschnabelweber, diese Friedhofsratte, stiehlt sie dann.«

»Hast du bereits erwähnt.« Passfeller schleuderte endlich seine Kugel über den Schotterweg. Sie traf auf Groschs und beförderte sie in das Buschwerk zwischen den Pfeilerresten.

»Klar, daß das Mütterchen ein bißchen verstört ist«, fuhr Grosch fort und zauberte eine Tüte Caprisonne aus seiner Manteltasche. Er schlug seine Zähne in die zähe Folie und saugte sie wie ein Vampir binnen fünf Sekunden restlos aus. »Sie erzählte mir von Alpträumen, die sie seit dem Auffinden der Leichen heimsuchen. Und da gibt es so einen Satz – du weißt ja, ich bleibe immer an einzelnen Sätzen hängen ...« Er zerknüllte die Tüte und schob sie in seine Manteltasche. »Also, da gab es einen Satz, der mich doch ein wenig stutzig gemacht hat.«

»Und der wäre?« erkundigte sich Passfeller und signalisierte seinem Kollegen mit zwei vor die Lippen gehaltenen Fingern sein Interesse an etwas Rauchbarem. Grosch griff in seine Manteltasche und reichte ihm einen einzelnen Zigarillo.

»Sie sagte, daß die Alpträume nicht das Schlimmste seien. Das Schlimmste sei der Gedanke, der sie nach jedem Aufwachen befiele, daß sie selbst die Leichen ausgegraben haben könnte.« Grosch grinste humorlos.

Passfeller inhalierte. »Das ist in der Tat bemerkenswert.«

»Allerdings. Ich meine, wir gehen doch davon aus, daß wir es eventuell mit zwei Tätern zu tun haben. Nehmen wir an, unser liebes Mütterlein hat einen Sohn … sie begeben sich nachts auf den Friedhof. Ursula Luftschmied steht Schmiere, ihr Sohn hebt die Gräber aus, sie suchen den beschrifteten Schädel …«

»Und dann spielt die gute Frau Luftschild …«

»Luft*schmied*, Pass, Luft*schmied*. Großer Unterschied.«

»Also, diese Luftschmied spielt dann die Hysterische, faselt etwas von Todesengeln, die ihr nachstellen und schreit die halbe Stadt zusammen – weil Leute, die gerade sechs Gräber geschändet haben, bekanntlich ganz versessen auf allgemeine Aufmerksamkeit sind? Außerdem: Wo wäre das Motiv, wo die Verbindung zu dem kultistischen Hintergrund, auf den wir uns eben geeinigt haben?«

Grosch winkte ab. »Du hast mich, vergiß es. Gehen wir die Liste einfach mal weiter durch. Bleiben wir auf dem Friedhof: Blutschnabelweber.«

Passfeller lachte und verschluckte sich am Rauch seines Zigarillos. »Ein Name, den ich wahrscheinlich nie wieder vergessen werde.«

»Ich sowieso nicht. Also, Blutschnabelweber könnte ohne weiteres die Leichen ausgegraben haben, schließlich arbeitet er ja auf dem Friedhof. Niemand dürfte sich daran stören, wenn er sich an einem Grab zu schaffen macht. Er ist zwar ein kleiner Giftzwerg, aber gewiß kräftig genug, um alleine Gräber auszuheben. Und er kennt sich mit der Bodenbeschaffenheit aus.«

»Das beweist einen Dreck.«

»Er könnte mir den Idioten nur vorgespielt haben. Er könnte wissen, wo Friedhelm Knecht beerdigt war. Also, wenn du mich fragst, ist der Kerl reichlich verdächtig. Er könnte doch den Morgáthoaniden angehören, oder? Er könnte die Rückkehr des Götzen anstreben, um mit seiner Hilfe die Welt von all den ›Wahnsinnigen‹ zu befreien, die ständig seinen Friedhof bevölkern!«

Passfeller schüttelte entschieden den Kopf. »Ich hasse es, dir ans Bein zu pinkeln, aber ich habe das ungute Gefühl, daß du Blutschnabelweber einzig und allein deshalb verdächtigst, weil er die Liebesbriefe von Frau Luftschild klaut.«

»Luft*schmied*, Pass! Bin eigentlich ich dran?«

»Du weißt doch, man muß neutral an die Sache herangehen. Du darfst dich bei der Einstufung der Verdächtigen nicht nur von persönlichem Gutdünken leiten lassen. Ja, du bist dran.«

Grosch holte schwungvoll aus und warf die Kugel kilometerweit in die Büsche. »Knapp«, sagte Passfeller mit halb geschlossenen Augen. »Womit es jetzt ja wohl endgültig eins zu Null für mich steht.«

Sie schickten sich an, die Bocciakugeln wieder einzusammeln. Grosch brauchte fast zehn Minuten, bis er seine im Unkraut wiedergefunden hatte. »Noch 'ne Runde?« Es war mehr eine Feststellung als eine Frage.

»Von mir aus.«

Die kleine Kugel wurde erneut geworfen, diesmal von Grosch, der zwei Anläufe brauchte, um sie auf dem Kiesweg und nicht im umgebenden Gebüsch zu deponieren.

»Also, Blutschnabelweber mit einem dicken Fragezeichen!« beschloß er.

»Ich weiß nicht recht, Tillmann. Mal ernsthaft: Würde das Sinn machen?«

»Unverdächtig ist er nicht! Er stiehlt Liebesbriefe von traurigen Witwen!«

»Das macht ihn doch noch lange nicht zum Serienmörder. Und du sagtest selbst, daß er nicht besonders intelligent zu sein scheint.«

»Kann alles gespielt sein.«

»Wir sind doch zu der Überzeugung gelangt, daß unser Mann schon ein bißchen was auf dem Kasten haben muß. Traust du Schnabelblutheimer soviel Raffinesse zu? Wenn du dich nur von Antipathien leiten lassen willst, können wir gleich noch ein paar ganz andere Gestalten mit auf die Liste setzen. Wie wäre es zum Beispiel mit unserem lieben Freund, Kriminalrat Evers?« Er begann, schallend zu lachen, aber Groschs Miene verzog sich nicht im Geringsten. Er hob eine Hand und deutete mit dem Zeigefinger in die Höhe. »Ich finde die Idee gut«, schloß er sich dem Vorschlag an.

»Wie bitte?« Passfeller verstummte. »Hey, das war ein Spaß. Ich meine …«

»Überleg mal! Evers tut die ganze Zeit so unbeholfen, scheint auffällig wenig Durchblick zu haben, obwohl er als Mainzer Bulle doch direkt an der Quelle der Informationen sitzt. Er hatte angeblich keine Ahnung von dem Wachsleichenphänomen, obwohl das eine bekannte Geschichte ist. Er versorgt uns bewußt nur unzureichend mit Informationen ...«

Passfeller nickte besänftigend. »Das stimmt ja alles irgendwo. Aber Evers ist doch Bulle!«

Grosch schmunzelte. »Du schlägst dich mit deinen eigenen Argumenten. Du hast selbst gesagt, daß man das persönliche Empfinden außen vor lassen muß. Du willst bloß nicht, daß ein schlechtes Licht auf einen Angehörigen unserer Zunft fällt, gib's zu!«

»Kein schlechter Punkt, Groschomat«, meinte Passfeller nachdenklich. »Aber wenn du so vorgehst, ist nun wirklich *jeder* verdächtig. Wie wär's zum Beispiel mit Trauerwein?«

Grosch kramte sich einen Zigarillo aus der Tasche. »Ich habe diesen Namen in meinem ganzen Leben noch nie gehört«, behauptete er.

»Tillmann, jetzt aber! Der Arzt, der den Toten vom Fastnachtsbrunnen obduziert hat.«

»Ach der!« Grosch paffte blaue Wolken in die Luft, versuchte, Rauchkringel zu kreieren, aber es gelang ihm nicht. »Du sprichst von *Doktor* Trauerwein. Ein armer Mensch. Denk nur mal dran, wie er von Evers vor dem Theater zusammengestaucht wurde.«

»Die beiden scheinen ein merkwürdiges Verhältnis zu haben. Hmm, eine Theorie beginnt sich in meinem Hirn zu formen – aber gib mir vorher bitte noch einen von deinen komischen Stumpen, meine Lungen verlangen nach Genuß.«

»Und sie erhalten Krebs«, sagte Grosch und fummelte in seiner Tasche herum. Als er keine einzelnen Zigarillos mehr fand, griff er in die Innentasche des Mantels und warf seinem Kollegen ein brandneues Päckchen *Moods* zu.

»Also, wie wär's hiermit: Trauerwein führt eine einsame Existenz am Rande der Gesellschaft. Täglich ist er von Leichen umgeben, und die sind bekanntlich keine guten Gesprächspartner.«

»Einverstanden. Klingt wie eine schöne Gutenachtgeschichte.«

»Er haßt Evers, mit dem er immer wieder zusammenstößt. Irgendwie initiiert er eine möglichst obskure und öffentlichkeitswirksame Mordserie – damit Evers sich die Zähne daran ausbeißt! Capito?«

Grosch grinste, nickte und sagte: »Überhaupt nicht.«

»Bist du denn schwer von Begriff? Trauerwein könnte die Morde begangen haben, um …«

»Um Evers zu *ärgern*?«

Passfeller atmete grunzend durch die Nase ein. »Sozusagen. Fakt ist, daß die beiden sich nicht ausstehen können. Trauerwein rächt sich an Evers, indem er ihm rituell verstümmelte Leichen und einen extra vertrackten, fast unlösbaren Fall serviert, an dem er ihn scheitern sehen will.«

»Ein Fragezeichen hinter seinen Namen?«

»Eher einen Mittelfinger!« Passfeller lachte müde.

Grosch warf seine Kugel, sie landete noch vor der von Passfeller und berührte mit einem leisen Klicken die kleine. Erstaunt blickte er auf. »Ich hab gewonnen«, flüsterte er. »Ich hab tatsächlich gewonnen.«

Passfeller sah verwirrt über den Weg. »Wie? Das kann nicht …« Zügig schritt er über den Kies. »Wieso …?«

Grosch begann, im Kreis zu tanzen und auf- und abzuhüpfen, wobei aus seinem Mantel klirrende Geräusche ertönten.

»Revanche!« zischte Passfeller mit dem Tonfall eines Preisboxers. »Ich verlange sofort Revanche!«

»Küss mich, Pass! Ich hab gewonnen!«

Sie lachten gemeinsam, aber Passfeller zog es vor, die von Grosch angebotene Hand nicht abzuklatschen.

»Bei allem Rumgeblödele gibt es eine Person, auf die wir im Zuge der Ermittlungen gestoßen sind, die mir tatsächlich Kopfzerbrechen bereitet«, sagte Grosch, als er sich wieder unter Kontrolle hatte. »Du weißt, von wem ich spreche. Von Herbert Nord, unserem Stadtarchivar. Seine Feindseligkeit mir gegenüber ist nicht normal. Und er verbirgt etwas. Behindert das Ermittlungsverfahren. Versucht, mir falsche Informationen zuzuschanzen. Und er beschäftigt sich offenbar in seiner Freizeit mit unserem Fall. Ich habe dir doch erzählt, daß er die Akte von Friedhelm Knecht schon parat hatte, als ich ihn heute nachmittag besuchte.«

Passfeller sah ihn aufmerksam an. »Das klingt ohne Zweifel merkwürdig. Ich denke, wir sollten diesen Herrn im Auge behalten.«

»Denke ich auch. Er wußte auffallend gut Bescheid, spielte aber den Idioten. Verdammt, mein Magen rumpelt. Dieser elende Uni-Italiener.«

»Hättest du noch Lust auf ein gepflegtes Bierchen zum Abschluß dieses verwirrenden Tages? Ich muß all die umeinanderwirbelnden Puzzleteilchen in meinen Kopf irgendwie zur Räson bringen.«

Grosch nickte. »Auch vier gepflegte Bierchen. Brechen wir also ins Horn.«

Passfeller sammelte die eingestaubten Bocciakugeln ein, wischte sie oberflächlich sauber und plazierte sie in dem dazu gehörigen Holzköfferchen. Grosch begab sich mit großen Schritten zu dem Römerstein, über dem Passfellers Jacke hing.

»Von Nord mal abgesehen: Ich denke, wir sind uns einig, wer ansonsten der einzige anständige Verdächtige in diesem Fall ist, oder?« erkundigte sich Passfeller halblaut. »Dieser blinde Okkultismusfreak Krafft. Sollte sich herausstellen, daß er tatsächlich identisch ist mit dem Blinden, den wir an den bisherigen Leichenfundorten gesehen haben, dann hat er ein ernstes Problem. Wenn wir einmal annehmen, daß Krafft als Experte für abseitige Glaubenssysteme, der er angeblich sein soll, natürlich von den Morgáthoaniden weiß, könnte er dann nicht beschlossen haben, diesem quasi vergessenen Kult wieder etwas Leben einzuhauchen, um ... na, was weiß ich, vielleicht schreibt er gerade ein Buch über keltische Opferriten oder so und will durch die immense Öffentlichkeitswirkung, die seine Morde haben ...«

Passfeller hielt inne, als er seinen Kollegen drei Meter entfernt regungslos mit dem Sakko in der Hand auf dem Weg stehen sah. Das milde Grinsen, das sich meistens hinter Groschs Vollbart versteckte, war verschwunden, und sein Teint hatte die Farbe des staubigen Kieswegs angenommen. Er sah aus, als müßte er sich gleich übergeben.

»Tillmann? Hey, alles in Ordnung? Was ...?«

Grosch drehte sich zur Seite und deutete zwischen den niedrigen Römerstein und den verwachsenen Baum, der neben ihm aus der Erde sproß.

Im Gestrüpp lag ein verdrehter, menschlicher Körper! Das Gesicht des Toten war blau angelaufen, ein hysterischer Ausdruck des Schmerzes hatte sich in seiner Physiognomie verewigt. Die obere Hälfte seines Schädels war ein rotes Schlachtfeld, Blutrinnsale verliefen wie Flüsse kreuz und quer über seine Wangen. Passfeller hatte seine Jacke bei ihrer Ankunft direkt über die Leiche geworfen, ohne sie im fahlen Mondlicht zu bemerken.

»Oh Scheiße. Tillmann, das … das …«

Groschs Hände zitterten kaum merklich. »Ich will ja nicht vorweg greifen«, sagte er, bemüht, seine Stimme fest klingen zu lassen, »aber findest du nicht auch, daß der ungefähr dreiundzwanzig Jahre alt sein könnte?«

Kapitel 12

Nach Hagen!

»Der frühe Morgen offenbart das wahre Wesen der Menschen!« rief Tillmann Grosch, als sich eine Gestalt, die entfernt an Sonderkommissar Frank Passfeller erinnerte, unsicheren Schrittes dem kleinen, runden Tisch im Frühstückssaal des Dorinth-Hotels näherte.

»*Was*?« Mehr ein Geräusch als eine Frage.

»Eine alte Weisheit meiner Mutter«, erklärte Grosch und biß in ein Hörnchen, das daumendick mit goldgelbem Honig bestrichen war. Träge löste sich ein amöbenhaftes Rinnsal und kletterte wie in Zeitlupe über sein haariges Kinn gen Boden.

Ungelenk ließ sich Passfeller auf der anderen Seite des Tisches nieder. Seine Augen hingen für Sekunden gebannt an dem Hörnchen, das tropfend in Groschs Mundöffnung verschwand. Benommen schüttelte er den Kopf und wandte den Blick ab.

»Pflecht geschlafm?« vermutete Grosch kauend.

»Kann man so sagen«, nickte Passfeller und sah sich über die Schulter nach der Bedienung um, die wahlweise Kaffee- oder Teekännchen an die Tische brachte.

Er sah nicht besonders ansehnlich aus. Dunkle Ringe verunzierten die Haut unter seinen Augen, und ein stoppeliges Flies heller Härchen sproß aus den Poren von Hals und Wangen. Strähnen blonden Haars, das normalerweise penibel gekämmt und mit kosmetischen Produkten geglättet war, hingen ihm in die Stirn.

Grosch verzichtete wohlweislich auf einen Kommentar.

»Zu kurz und zu schlecht«, erklärte Passfeller, nachdem die Bedienung ihm mit zweifelndem Blick eine stählerne Kanne Kaffee vorgesetzt hatte. Unsicher goß er seine Tasse bis zum Rand voll und stürzte den Inhalt schwarz und heiß hinunter.

»Aahh«, stöhnte er. »Der gute Schmerz ...«

Grosch, der die Prozedur nicht zum ersten Mal miterlebte, widmete sich seinem nächsten Hörnchen. Als es seine Bestimmung erfüllt und den Inhalt von vier Wegwerfdöschen besten Waldhonigs auf eine lange Reise ohne Wiederkehr in die Tiefen seines Verdauungstrakts befördert hatte, war Passfeller mit dem Inhalt seines Kännchens durch.

»Jetzt geht's wieder«, sagte er, zog einen kleinen Kamm aus der Innentasche seines Sakkos und brachte etwas Ordnung in sein Haupthaar. Als er ihn wieder fortsteckte, warf er seinem Kollegen einen fragenden Blick zu. »Sag mal, hast du eigentlich keine Ausfallerscheinungen?«

Grosch schüttelte den schweren Kopf und griff sich ein weiteres Hörnchen von einem Teller, den er zuvor am Buffet in weiser Voraussicht bis zum Rand mit Backwaren beladen hatte. Mittlerweile war er fast geleert. »Hält sich in Grenzen«, konstatierte er. »Aber ich habe auch an der Bar etwas früher Feierabend gemacht, wenn du dich erinnerst?«

Das entsprach den Tatsachen. Es hatte Stunden gedauert, bis die Spurensicherung in der vergangenen Nacht endlich mit dem Leichnam abgezogen war und Kriminalrat Evers mit verquollenem Gesicht seinen Befragungsmarathon für beendet erklärt hatte. Zwar war er nach wie vor skeptisch, daß das vierte Opfer des Schädeltypographen ausgerechnet dort auftauchte, wo die beiden Sonderkommissare ihren obskuren nächtlichen Beschäftigungen nachkamen, doch letztlich blieb ihm nichts anderes übrig, als sich ihrer Verblüffung über den grotesken Zufall anzuschließen.

Als sie im Hotel ankamen, waren Passfeller und Grosch noch so aufgedreht, daß sie ihre ursprüngliche Planung wahrmachten und sich an der durchgängig geöffneten Hotelbar ein paar gemeinsame Drinks verordneten. Grosch strich relativ bald die Segel und lief in den Hafen seines Bettes ein. Passfeller dagegen war zu diesem Zeitpunkt bereits in ein angeregtes Gespräch mit dem weiblichen Barkeeper verstrickt, und es dauerte eine ganze Weile und mehrere doppelstöckige Whisky-sour, bis auch er zu etwas wohlverdientem Schlaf kam.

»Hab Mist geträumt«, murmelte er, während er angewidert beobachtete, wie Grosch im Akkord kleine Honigdöschen öffnete.

»Der Tote von gestern Nacht folgte mir, egal wohin ich ging. In die Kneipe, zum Einkaufen, nach Hause … immer stand er plötzlich mit seinem zermatschten Schädel an irgendeiner Ecke und hielt mir Jacke und Hut hin!«

»Daf ift übel«, bestätigte Grosch und schluckte. »Du trägst doch nie einen Hut!«

Bevor Passfeller etwas erwidern konnte, war plötzlich Tumult am Eingang des Frühstückssaales zu vernehmen. Sie wandten die Köpfe und erkannten, daß eine junge Frau sich lautstark mit dem befrackten Eingangskontrolleur auseinandersetzte, dessen Aufgabe es war, ausschließlich Gäste des Hauses in die Räumlichkeit einzulassen. Es dauerte nur Sekunden, bis Passfeller erkannte, um wen es sich handelte.

»Sylvia!«

»Wie kommt die denn hierher?«

»Keine Ahnung. Aber dafür weiß ich, wo sie jetzt hingeht!«

Passfeller erhob sich und zog bereits im Aufstehen den Dienstausweis aus seinem Sakko hervor. Wenige Augenblicke später kehrte er zusammen mit der schwarzhaarigen Studentin an den Tisch zurück. Sie nahmen Platz, und Passfeller fuchtelte einmal quer über den Resten von Groschs Frühstück in der Luft herum. »Tillmann – Sylvia, Sylvia – Tillmann … was rede ich? Ihr kennt euch ja.«

»Sehr angenehm«, brummelte Grosch und kratzte mit dem Messer Honigreste aus einem der Schälchen.

Ohne ihn eines Blickes zu würdigen, wandte sich Sylvia an Passfeller. »Es tut mir leid, wenn ich Sie belästige, aber ich habe heute früh am Institut gehört, was mit Christoph passiert ist! Ich mußte einfach herkommen, verstehen Sie?« Sie schien aufgeregt, ihre ansonsten eher blassen Wangen waren gerötet, und mit Händen, die leicht zitterten, kramte sie in ihrer schwarzen Umhängetasche nach Zigaretten.

»Moment, Moment … ganz langsam.« Passfeller gab ihr Feuer und runzelte verwirrt die Stirn. »Heute *früh*?« Er warf einen Blick auf seine Taucheruhr. »Oh, verdammt! Tillmann, wieso hast du mich nicht früher geweckt?«

»Sie hatten mir ja gesagt, wo Sie abgestiegen sind, und als ich hörte, daß Christoph das nächste Opfer des Serienmörders geworden ist, fiel mir ein, was Sie mir über Ihren aktuellen Fall erzählt haben. War es ... sehr schlimm?«

Passfeller hob die Hand und gebot dem Schwall ihrer Worte Einhalt. »Wer zum Teufel ist Christoph?« wollte er wissen.

»Nettersheim«, half Grosch von der anderen Seite des Tisches aus. »Student der Buchwissenschaft, wohnhaft in einem Vorort namens Bretzenheim. Wir ... äh, lernten den jungen Mann gestern auf recht unkonventionelle Weise kennen, Pass.«

Endlich fiel der Groschen.

»Die Leiche!« entfuhr es Passfeller, als die unter Zuhilfenahme des Alkohols aus seiner Erinnerung gelöschten Kenntnisse vom Vorabend schlagartig zurückkehrten. Mit fragend hochgezogenen Brauen wandte er sich an Sylvia. »Du *kanntest* den Toten?«

Das Mädchen sah zu Boden und druckste ein wenig herum. »Ja ... also, ... klar kannte ich ihn.« Sie blickte auf und sah Passfeller mit großen, fast schwarzen Augen an. »Ich ... ich hatte mal was mit ihm. Ist aber schon über ein halbes Jahr her!« fügte sie rasch hinzu. »Ging nicht lange, die Geschichte, vielleicht drei, vier Wochen.« Sie sog an ihrer Zigarette und inhalierte tief. »Trotzdem hat's mich irgendwie getroffen, als ich heute morgen an die Uni komme und erfahre ...«

»Halt noch mal«, unterbrach Passfeller von neuem. »Von wem hast du denn ... ich meine, wie konnte die Information so schnell dorthin gelangen?«

Sylvia sah ihn überrascht an. »Ich hab's im Sekretariat gehört. Frau Kretschmann hatte herumtelefoniert, als er nicht um halb neun auf der Matte stand.«

Passfeller warf Grosch einen irritierten Blick zu, den dieser achselzuckend erwiderte. »Wieso schert sich das Sekretariat darum, wenn einer von zigtausend Studenten nicht pünktlich erscheint?«

»Ja, wissen Sie das denn nicht? Christoph Nettersheim war der wissenschaftliche Assistent von Doktor Krafft! Als er heute früh nicht zur Vorbereitung von Kraffts Seminar erschien, bat dieser das Sekretariat, bei ihm zuhause nachzufragen, wo er bliebe.« Sie drückte ihre Zigarette im Aschenbecher aus.

Grosch hob in schuljungenhafter Manier die rechte Hand, um eine Wortmeldung anzukündigen. »Verbessere mich, wenn ich da jetzt was durcheinanderwerfe, Pass, aber ... Doktor Krafft war doch ...«

»... der blinde Okkultismusexperte mit dem Gehstock!« beendete Passfeller. »Ich glaube, es wird allerhöchste Zeit, daß wir uns diesen Herrn mal etwas genauer vorknöpfen.«

»Warte du hier draußen auf dem Gang. Ich gehe rasch hinein und bringe in Erfahrung, wo wir Krafft finden können.«

»Wieso darf ich nicht mit rein?« wollte Grosch wissen.

»Weil ich es sage. Deshalb.« Passfeller klopfte rasch an die Tür zum Sekretariat und verschwand darin. Grosch blieb allein auf dem muffigen Flur zurück. Er stand etwa eine halbe Minute herum, dann begann er, leise vor sich hinzupfeifen und näherte sich interessiert einer Klappstuhlreihe, die an der Wand neben der Tür befestigt war.

Sie hatten das Hotel verlassen, sobald Passfeller sicher war, Sylvia fürs Erste beruhigt zu haben. Das Mädchen entschuldigte sich für die Störung und ließ sich von den Sonderkommissaren einen Orangensaft und ein halbes Hörnchen einflößen. Schließlich brachen sie auf, um Sylvia zunächst zuhause abzusetzen. Wie sich herausstellte, hatte sie ein Zimmer in einem Studentenwohnheim in unmittelbarer Nähe des Campus, und Passfeller erklärte sich selbstlos bereit, im weiteren Verlauf des Tages noch einmal nach ihr zu sehen. Dann ging es umgehend zum Institut für Buchwissenschaft.

Als Passfeller etwa fünf Minuten später wieder aus der Tür trat, stand Grosch am anderen Ende des Flurs und starrte angestrengt in die entgegengesetzte Richtung.

»Was zum Henker treibst du da, Tillmann?« rief Passfeller, den die Erkenntnisse, die er im Sekretariat gewonnen hatte, wenig zufriedenstellten.

»Dachte, ich hätte hier etwas gesehen«, nuschelte Grosch.

Mit skeptischem Blick passierte Passfeller einen Haufen zersplitterten Holzes, der offenbar zu einer Reihe aus der Wand gebrochener Sitzgelegenheiten gehörte. »Was ist das denn? War das eben schon hier?«

Betont desinteressiert warf Grosch einen Blick in den Flur. »Äh, keine Ahnung. Instabil, das ... Ich war's nicht!« Mit der Hand winkte er Passfeller näher. »Hast du etwas erfahren?«

»Fehlanzeige«, erklärte Passfeller im Näherkommen. »Krafft hat, nachdem er vom Tod seines Assistenten erfuhr, das Seminar und eine spätere Vorlesung abgesagt und ist nach Hause gefahren.«

»Ja und? Wo liegt das Problem? Dann besuchen wir ihn eben dort.« Grosch schien bestrebt, das Gebäude möglichst schnell zu verlassen.

»So einfach ist das nicht«, entgegnete Passfeller und hielt seinem Freund die Glastür zum Treppenhaus auf. »Doktor Krafft wohnt nicht in Mainz.«

»Ach was?«

»Er wohnt nicht einmal in der näheren Umgebung.«

»Wie geht das denn?«

»Sylvia hatte mir schon erzählt, daß er Gastdozent von einer fremden Universität ist. Sie hat nur nicht erwähnt, von welcher ...«

»Nun rück schon endlich raus damit. Wohin müssen wir?«

»Nach Hagen«, sagte Passfeller und trat hinter seinem Kollegen in den breiten Hauptkorridor des Philosophicums. »Doktor Krafft wohnt in Hagen. Er kommt nur einmal die Woche mit dem Zug hierher und hält seine beiden Lehrveranstaltungen.«

»Hmm. Hagen. Das kompliziert die Lage natürlich!« Beiläufig fügte er nach einigen Augenblicken hinzu: »Wo liegt eigentlich Hagen?«

Träger Mood-Jazz waberte aus den Boxen des Legend, während sich das graue Asphaltband der Autobahn unter den Breitreifen von Passfellers Gefährt weiter und weiter gen Norden reckte. Ein sphärisches Vibraphon klingelte eine zarte Melodie in Moll über einen Klangteppich unaufgeregter Begleitinstrumente, und nur dem versierten Ohr des Kenners offenbarte sich hie und da das verhaltene Knurren des Kontrabasses oder der versteckte Schlag einer unverzerrten elektrischen Gitarre.

Tillmann Grosch lag als unästhetischer Haufen auf dem Beifahrersitz und zersägte Wälder.

Passfeller seufzte. Er seufzte nochmals. Doch so laut er seiner Verzweiflung auch Ausdruck verlieh, seine Absicht, Grosch aus dessen Koma zu reißen, blieb so unerfüllt wie die Gewinnhoffnungen seines Onkels väterlicherseits, Heinz-Gunzelin Passfeller, der seit vierunddreißig Jahren beim Samstagslotto immer auf die gleichen Zahlen setzte: eins, zwei, drei, vier, fünf, sechs.

Nur zu gerne wäre Passfeller, wie er es zunächst vorgehabt hatte, mit Sylvia als Kraffts Studentin, als die sie bestimmt über beträchtliche fachliche Kompetenzen verfügte, nach Hagen gereist, um sich den mysteriösen Sehbehinderten vorzunehmen. Allein die glänzenden Augen der Studentin, wenn er ihr gestattet hätte, ihn bei einer polizeilichen Ermittlung zu begleiten, hätten ihn für sämtliche Entbehrungen dieses undurchsichtigen Falles entschädigt ... Grosch hätte in dieser Zeit dem Archivar Nord einen erneuten Besuch abstatten oder ein wenig in der Vergangenheit der bestialisch getöteten Studenten forschen können.

Am frühen Nachmittag hatte jedoch zunächst das Schlafdefizit der vorangegangenen Nacht seinen Tribut gefordert und ihn für mehrere Stunden ins Hotelbett gezwungen. Anschließend hatte er sich beeilt, seinen grandiosen Einfall in die Tat umzusetzen, und sich umgehend zu dem Studentenwohnheim begeben, von dem er wußte, daß Sylvia darin wohnte. Aus unerfindlichem Grund hatte das Mädchen jedoch nicht geöffnet, und als er sie auch bei einer raschen Stippvisite im Café-Restaurant ›Zum Heiliggeist‹ nicht antraf, mußte er sich allmählich mit dem Gedanken anfreunden, die mindestens dreistündige Fahrt nach Hagen gemeinsam mit Grosch anzutreten – sofern er nicht allein in einer wildfremden Stadt bei einem wildfremden, des Mordes verdächtigen Akademiker klingeln wollte.

Und das wollte er keineswegs.

Seit Stunden rollten sie nun in alles andere als halsbrecherischem Tempo über die sich gemächlich mit Feierabendverkehr verstopfende Autobahn. Passfellers ursprüngliche Hoffnung, die nordöstlich von Köln gelegene Stadt eventuell innerhalb von drei Stunden oder weniger zu erreichen, hatte sich aufgrund des zähflüssigen Verkehrsaufkommens längst in Rauch aufgelöst.

Grosch, der nur Hundertstelsekunden nach ihrem Aufbruch in tiefen Schlaf gesunken war, schien es selbst in seinem jenseitigen Bewußtseinszustand darauf anzulegen, Passfellers mühsam unterhalb des Siedepunkts gehaltene Laune zu beeinträchtigen. Die Geräusche, die er mit seinem Nasen-Rachenraum erzeugte, wären in einem Zirkus fraglos als sicheres Anzeichen für das baldige Ableben eines dressierten Elefanten gedeutet worden.

Passfeller seufzte erneut. Sein Blick fiel auf die Tankanzeige des Honda, deren Zeiger sich bereits wieder bedrohlich dem unteren Rand näherte. Als sich die nächste Gelegenheit bot, setzte er den Blinker und fädelte sich in den Ausfahrtstreifen einer Autobahntankstelle ein.

Als er nach dem Zahlen zum Wagen zurückkehrte und einstieg, war Grosch wach.

»Das hat ja Jahre gedauert. Wieviel hast du denn nachgekippt?«

»Knapp siebzig Liter.«

»Ah.« Grosch machte ein sachkundiges Gesicht. Dann sagte er: »Und was verbraucht der Wagen?«

»Fünfzehn Liter mindestens. Manchmal schaffe ich auch zwanzig. Je nach Fahrweise.«

»Ist das viel?«

»Für ein Auto dieser Grö–«

»Also ist es viel. Weißt du was?« Er lächelte. »Dein Auto ist mir sympathisch!« Seine Hand tastete nach dem Griff und er öffnete die Beifahrertür.

»Eh, Tillmann … wo willst du hin?«

»Mir was zu Essen kaufen. Ich nehme nicht an, daß du so selbstlos warst, mir was mitzubringen?«

Passfeller war nicht selbstlos gewesen.

»Sadowastraße. Hier muß es sein.«

Passfeller bog rechts ab und steuerte den Legend in eine stille, von alten Bäumen gesäumte Einbahnstraße. Neben ihm kämpfte sich Grosch aus dem papiernen Gebirge der Hagener Straßenkarte, den sie an einer Tankstelle vor den Toren der Stadt erworben hatten, und begann, den Plan mit ungelenken Bewegungen wieder zusammenzufalten.

Kurz darauf gab er auf, stopfte das Gebilde knisternd unter seine Kehrseite und walzte es platt. »Das hast du jetzt davon, du Bestie!« murmelte er. »Wieso lassen sich diese Dinger eigentlich nie in ihren Urzustand zurückversetzen, kannst du mir das mal sagen?«

Passfeller konnte es nicht, aber es interessierte ihn im Augenblick auch nicht wirklich. »Könntest du vielleicht mal nach der Hausnummer Ausschau halten? Krafft wohnt in Vierundsechzig.«

»Vierundsechzig, vierundsechzig soll's sein ... du, ich glaube, wir sind schon vorbei!«

Ruckartig zog Passfeller rechts raus und parkte gekonnt eine Reihe von Fahrzeugen zu, die nebeneinander in Parkbuchten am Straßenrand standen. Er schaltete Radio und Motor ab und stieg aus.

»Bist du sicher, daß wir hier gut ...«

»Los komm, wir haben nicht die ganze Nacht Zeit!«

Tatsächlich hatte es während ihrer Odyssee durch zahlreiche Stadtteile von Hagen bereits längst zu dämmern begonnen. Die historischen Straßenlaternen, die die kleine Allee in regelmäßigem Abstand säumten, verbreiteten ein lauschiges, orangefarbenes Licht, das an frühere, bessere Zeiten erinnerte.

Nebeneinander marschierten sie an einer Reihe aufwendig restaurierter, mehrstöckiger Altbauten entlang, bis sie schließlich vor der Eingangstür des Hauses mit der Nummer vierundsechzig standen. Passfeller stieg drei kleine Stufen hinauf und kontrollierte das Namensschild.

»Krafft, Dr.« Er nickte zufrieden mit dem Kopf. »Jetzt aber ran. Hast du deine Knarre entsichert?«

»Klar«, sagte Grosch und zog zur Bestätigung einen halb ausgepackten Snickers-Riegel aus der Manteltasche. »Kann losgehen.«

Passfeller drückte mehrmals auf den runden Knopf aus Messing. Aus den Tiefen des Hauses erscholl ein altmodisches ›Ding-Dong‹.

Nichts geschah.

Sie warteten. Dann drückte Passfeller erneut auf den Knopf.

Nach einer weiteren Minute sagte Grosch: »Äh, Pass ... sag mal, was machen wir eigentlich, wenn er nicht da ist?«

Passfeller sah ihn an wie ein fliegendes Krokodil. Dann nahm sein Gesicht einen entschlossenen Ausdruck an, und er drückte zum dritten Mal auf die Klingel. »Quatsch. Er *muß* da sein!«

Sie warteten weiter. Grosch begann, ungeduldig mit seinen Schuhspitzen auf dem Gehsteig herumzuscharren. »Wenn wir normale Bullen wären, hätten wir einfach die Kollegen hier vor Ort anrufen können, und die hätten die Lage gecheckt ...« nörgelte er.

»Wir sind aber keine normalen Bullen. Und du weißt so gut wie ich, wie versessen die normalen Bullen darauf sind, solchen privilegierten Spinnern wie uns zur Hand zu gehen. Die hätten uns was gepfiffen!«

Noch immer tat sich nichts, und Passfeller wollte schon zum vierten Mal zur Klingel greifen, als hinter der Tür plötzlich Schritte ertönten, die sich über knarrende Holzbohlen bewegten. »Obacht jetzt«, flüsterte Passfeller, dann wurden mehrere Riegel zurückgeschoben, mindestens zwei Schlösser klirrend entsichert, und die Tür öffnete sich eine Handbreit, bis sie von zwei fingerdicken Sicherungsketten aufgehalten wurde.

Im Türspalt stand eine häßliche, alte Frau. Sie war mindestens einen Meter neunzig groß.

»Sie wünschen?« Ihre Stimme klang wie das Schaben einer Fleischgabel auf dem Boden einer unbeschichteten Kasserolle.

»Ähh«, machte Passfeller. »Frau ... Frau Krafft?«

»Nu werdense mal nich frech, junger Mann!« keifte das Weib und schenkte dem Sonderkommissar einen Blick, den andere Leute üblicherweise für unerwartet auf dem Gehsteig auftauchende Ansammlungen von Hundekot parathielten.

Passfeller war verwirrt. Doch dann übernahm automatisch eine über lange Jahre erworbene Routine sein Handeln. Rasch fuhr er mit der Hand in sein Sakko, zückte den Dienstausweis und hielt ihn der Alten vor die zusammengekniffenen Augen.

»Kriminalpolizei, gute Frau. Ich wäre Ihnen dankbar, wenn Sie mir verraten würden, wer Sie sind. Und wenn Sie vielleicht diese Tür etwas weiter öffnen könnten.«

Eine verkrümmte Hand mit spinnenartigen Fingern erschien im Türrahmen und entwand Passfeller das Dokument. Es verschwand im Innern der Öffnung.

Etwa eine halbe Minute später schloß sich die Tür, und scheppernde Geräusche ertönten aus dem Innern. Als daraufhin erneut geöffnet wurde, waren die Sicherungsketten verschwunden.

Die alte Frau trat auf den Treppenvorsprung hinaus und reichte Passfeller seinen Ausweis. Grosch stieß hinter seinem Rücken ein verhaltenes Schnaufen aus, als er im gelblichen Licht der Straßenlaternen erkannte, *wie* häßlich die Frau tatsächlich war.

Auf ihrem Kopf, der von einem ledrig-faltigen Hexengesicht beherrscht wurde, türmte sich ein aus borstigem, schwarzem Haar und unzähligen bunten Kunststoffklämmerchen gefertigtes Gebilde, das vermutlich eine Art Steckfrisur darstellen sollte. Der viel zu große, fast männlich wirkende Körper steckte in einem violetten Hausmantel, unter dem dürre, schwarz behaarte Waden sichtbar waren. An den Füßen trug sie riesige Hasenpantoffeln aus Plüsch.

Als die Frau merkte, daß Passfeller und Grosch sie mehr oder weniger entgeistert ansahen, zuckte sie entschuldigend die breiten Schultern und sagte krächzend: »War schon fertig fürs Bett. Der Doktor ist aus, hat gesagt, er braucht mich heut nich mehr.«

Passfeller schüttelte verwirrt den Kopf. »Moment, Moment! Eins nach dem anderen. Wieso ist er *aus*? Und wer sind Sie?«

Ihre Hand fuhr in die Brusttasche des Hausmantels und holte eine zerknautschte Packung Gauloises ohne Filter hervor. Nachdem sie sich eine angezündet und den ersten Zug mit einem verschleimten Hustenanfall kommentiert hatte, ließ sie sich dazu herab, die Frage zu beantworten. »Grillmeister ist mein Name. Marie-Sophie Grillmeister. Bin die Haushälterin vom Herrn Doktor. Seit elf Jahren.« Wieder zog sie an ihrem Sargnagel und hustete den Rauch Passfeller ins Gesicht. »Er kam hier gegen Mittag an und ist am Abend dann mit der Taxe wieder zum Bahnhof. Vor …« Sie warf einen Blick auf eine schmale Armbanduhr mit rosafarbenem Zifferblatt. »… vor etwa 'ner halben Stunde. Müßte gerade losgefahren sein, der ICE …«

Passfeller fixierte die Haushälterin mit starrem Blick. Irgendwo in seinem Hinterkopf begann es unheilvoll zu pochen. Hinter seinem Rücken hörte er das Knistern von Groschs Schokoriegelpapierchen.

Ganz langsam sagte er: »Wohin. Ist. Doktor. Krafft. Denn. Gefahren?«

Die Alte sah ihn verständnislos an. »Na, nach Mainz. Wo er seit Anfang der Woche jeden Tag zugebracht hat.«

Die Pause dauerte mindestens drei Minuten.

Dann hatte Marie-Sophie Grillmeister ihre Zigarette beendet und machte Anstalten, sich ins Innere des Gebäudes zurückzuziehen.

Mühsam fand Passfeller zur Sprache zurück. »Nach ... *Mainz*? Aber von da kommen wir doch gerade ... und er war die ganze Woche dort? Nicht nur an dem Tag, da er seine Lehrveranstaltungen hielt? Auch ... *gestern* abend?«

Die Alte verzog genervt das Gesicht. »Hab ich doch eben gesagt. Jeden Tag. Er hat sich dort ein Hotelzimmer genommen, um nicht jeden Abend die weite Strecke zurückfahren zu müssen. Ein Symposium, das die ganze Woche dauert, hat er gesagt. Das ist so eine Art Tagung!« fügte sie oberlehrerhaft hinzu.

»Jetzt tun Sie mal nicht so, als hätten Sie es hier mit Hauptschülern zu tun!« konterte Grosch aus dem Hintergrund. Die alte Frau verzog unwillig den Mund, als bemerke sie erst jetzt, daß sich hinter Passfellers Rücken noch jemand befand. Kopfschüttelnd schob sie ihren massiven Körper in den Hauseingang zurück. »Wenn es das dann wohl gewesen wäre ...?«

»Sagen Sie – wissen Sie zufällig, wie lange der Zug von hier nach Mainz braucht?«

»Natürlich weiß ich das. Der Doktor fährt die Strecke ja normalerweise jede Woche.«

»Und?«

»Was und?«

»Na, wie lange braucht er?«

»Etwas über drei Stunden.«

»Er braucht nur drei Stunden?« entfuhr es Passfeller. Er sah auf seine Uhr und rechnete kurz. »Dann ist er etwa um Mitternacht in

Mainz!« Er überlegte kurz. »Sagen Sie, Frau Grillmeister – dürften wir uns wohl kurz im Haus umsehen?«

Hatten die Freunde zunächst geglaubt, das Antlitz der alten Frau sei unansehnlich, dann erfuhren sie nun, was *wahre* Häßlichkeit war. Tiefe Furchen gruben sich in das lose Fleisch des Haushälterinnengesichts, während sich der Mund auf eine Art und Weise verzog, die einen ausgewachsenen Dachs würgen gemacht hätte. Ihre Augen verengten sich in einem erbärmlichen Versuch, Gewitztheit und Schläue auszudrücken, als sie grinsend einen einzelnen Satz artikulierte – jenen verhängnisvollen Satz, der die einzige Schnittmenge zwischen der völlig fiktiven Handlung von Fernsehkrimis und realer Polizeiarbeit darstellt.

»Haben Sie 'nen Haussuchungsbefehl?«

Als sie Passfellers Gesicht haltlos in sich zusammenfallen sah, wartete sie keine weitere Antwort mehr ab. Sie murmelte etwas, das ebensogut »Gute Nacht« wie »Verpißt euch« heißen konnte, dann fiel die hohe, mit Schnitzwerk verzierte Tür krachend ins Schloß. Das klickende und klimpernde Konzert der Riegel und Ketten wurde hörbar, dann trat bedrückende Stille ein.

Nach einer Weile sagte Grosch: »Du, Pass?« Als keine Antwort erfolgte, wiederholte er die Anrede. »Hey? Hey du, Pass?«

»Er ist nach Mainz gefahren ...« murmelte Passfeller, den Blick nach wie vor auf die geschlossene Tür gerichtet.

»So sieht's mal aus«, bestätigte Grosch in mildem Ton. »Und wird dort gegen Mitternacht – oder auch etwas später, wenn man die obligatorische Verspätung der Deutschen Bahn einbezieht – ankommen. Ich frage mich nur ... was will er um diese Zeit noch dort? Ich kenne mich zwar in Unifragen nicht besonders aus, aber ich hätte jetzt einfach mal behauptet, so spät finden gar keine Vorlesung mehr statt ...«

Als Passfeller sich auf dem Treppenabsatz umdrehte, war sein Gesicht eine steinerne Maske der Entschlossenheit.

»Zum Wagen, Tillmann!«

Kapitel 13

Der Schädeltypograph

Das Quietschen von Reifen, die über den Asphalt rieben, durchschnitt die nächtliche Stille über dem Campus wie ein Messer. Schlitternd kam der große Wagen vor der kantigen Silhouette der Philologischen Fakultät zum Stehen. Mit beachtlicher Synchronizität sprangen zwei Gestalten heraus und schlugen die Türen hinter sich zu. Während die kleinere bereits in Richtung des düster und verlassen daliegenden Gebäudes davoneilte, verharrte die größere in unmittelbarer Nähe des Fahrzeugs und schien verzweifelt an etwas zu zerren.

»Wo bleibst du denn, Tillmann? Mach hin, verdammt!«

»Ich, äh ... du mußt noch mal aufschließen, Pass. Ich bin irgendwie mit dem Mantel in der Tür ...«

Schnaubend kehrte Passfeller zum Wagen zurück und entriegelte ihn. Grosch befreite seinen Lodenmantel und atmete erleichtert auf.

»Und dafür bricht man nun sämtliche Geschwindigkeitsrekorde. Wahrscheinlich hat unser Mann in der Zwischenzeit schon längst eine neue Pforte der Wiederkunft in irgendein Studentenhirn gemeißelt. Nun komm endlich!«

Passfeller war nach der zurückliegenden Höllenfahrt ziemlich aufgedreht und gab sich keine Mühe, dies zu verbergen. Wenigstens hatte die spontane Idee, die ihm kurz vor der Einfahrt in die Stadt gekommen war, Früchte getragen und ihnen die entscheidende Information verschafft, wo sie weiter nach dem verdächtigen Wissenschaftler zu suchen hatten. Während Passfeller noch damit beschäftigt war, Geschwindigkeitsbegrenzungen zu ignorieren und nächtlichen Linksfahrern Lichthupe und Mittelfinger zu zeigen, hatte Grosch auf sein Geheiß der Reihe nach sämtliche Mainzer Taxiunternehmen abtelefoniert, um zu erfahren, ob sie gegen Mitternacht Fahrzeuge am Hauptbahnhof stationiert hatten. Bis sie die

Autobahn verließen und sich in Richtung Innenstadt einordneten, gelang es Grosch tatsächlich, einen Fahrer ausfindig zu machen, der zwischen zwölf und halb eins einen Fahrgast an Bord genommen hatte, auf den die relativ markante Beschreibung Doktor Kraffts zutraf. Er ließ sich von der Taxizentrale direkt mit dem Fahrzeug des Mannes verbinden und erfragte, wohin der Akademiker gebracht worden war. Nachdem das Gespräch beendet und das Mobiltelefon wieder in den Tiefen seines Mantels verstaut war, warf er Passfeller einen verwirrten Blick zu.

»Na, mach schon den Mund auf, Mann! Wohin ist er gefahren?«

»Ich würde nur ungern zugeben, daß ich mich getäuscht habe«, begann Grosch. »Aber könnte es eventuell sein, daß an der Mainzer Universität *doch* mitten in der Nacht Vorlesungen gehalten werden?«

Passfeller schüttelte ärgerlich den Kopf und schnauzte ihn an: »Was redest du denn da für einen Mist, Tillmann? Nun sag endlich, wo der Blinde sich hat absetzen lassen!«

»Also, es ist ja irgendwie komisch. Aber der Fahrer hat klipp und klar erklärt, daß er seinen offensichtlich sehbehinderten Fahrgast, einen vollbärtigen, stämmigen Mann mit Hut und Stock ... also daß er diesen Herrn keineswegs zu seinem Hotel gebracht hat, wie vielleicht anzunehmen gewesen wäre, sondern daß er ihn vor dem Philosophicum auf dem Uni-Campus abgesetzt hat!«

Der Rest war Schweigen. Und Rasen.

Hastig erklommen sie die Stufen, die vom Vorplatz des Philosophicums mit seinen verwaisten Fahrradständern unter dem Überbau des vorderen Gebäudeflügels hindurch in den Innenhof führten.

»Sag mal, Pass ... glaubst du, Krafft ist unser Mann?« schnaufte Grosch, der sich bemühte, mit seinem drahtigen Kollegen Schritt zu halten.

Passfeller drehte sich um. Im Licht des Mondes, der mittlerweile sein vollstes Stadium erreicht hatte, glitzerten seine Augen wie in einem schlechten Gruselstreifen. »Sagen wir mal so, Tillmann: Es gibt gewisse Faktoren, die verdammt noch mal nahelegen, daß er es ist – wenn ich mich mal so ausdrücken darf.« Er grinste freudlos.

»Aber vielleicht kannst du mir ja verraten, was er hier um viertel vor eins in der Nacht verloren hat, wenn er *nicht* der Schädeltypograph ist?«

»Vielleicht hat er ja heute morgen bloß etwas in seinem Büro vergessen?« vermutete Grosch ohne großen Enthusiasmus. »Seinen Regenschirm oder so?«

»Und fährt mitten in der Nacht drei Stunden mit dem Zug, um ihn zu holen? Nein, Tillmann. Da steckt irgendwas anderes dahinter. Und ich hoffe, wir werden bald wissen, was!«

»Eine geheime Versuchsreihe vielleicht? Man weiß ja aus Filmen, daß Wissenschaftler gerne mal an etwas herumdoktern, was sie keinem verraten, bis die Forschungen abgeschlossen sind. Von wegen Nobelpreis und so ...«

Passfeller trat neben ihn und legte ihm die Hand auf die Schulter. »Der Mann ist *Buch*wissenschaftler, Tillmann. Kein Physiker oder Biologe oder sonstwas. Was soll der hier für Versuche anstellen, die er nicht auch zuhause am Schreibtisch erledigen könnte? Und warum fährt er zwischendurch nach Hagen, wenn er zum Forschen auch gleich hierbleiben könnte? Nein, nein. Deinen Glauben an die Menschheit in allen Ehren, aber irgendwer *muß* es ja schließlich sein, oder?« Er tätschelte Grosch den Arm. »Jetzt laß uns mal sehen, ob wir den Kerl hier irgendwo finden. Ich habe das ungute Gefühl, daß die Zeit drängt! Vergiß nicht – wenn wir mit unserer Theorie richtig liegen und Friedhelm Knecht als erstes Opfer in der Reihe mitzählen, dann fehlt diesem Irren nur noch ein Mord, um seine ›sechs Pforten‹ vollzumachen!«

»Na und? Glaubst du etwa, wir kriegen dann ein Problem mit einem wiedererwachten vorzeitlichen Götzen?« Groschs bärtiges Gesicht trug einen Ausdruck, der irgendwo zwischen Amüsement und Skepsis lag.

»Oh, du unverbesserlicher Spinner! Klar, die Welt wird untergehen, Tod und Verderben werden über uns kommen – und nirgendwo wird es mehr etwas zu fressen für dich geben! Eine fürchterliche Vorstellung, nicht wahr?«

»Jetzt bleib doch mal auf dem Boden, Pass. Was denkst du, würde geschehen?«

»Ich denke, außer dem nicht ganz unerheblichen Umstand, daß ein weiterer Mensch, vermutlich gegen seinen ausdrücklichen Willen, von diesem Irren ins Jenseits befördert wird, könnte es passieren, daß der Mörder sich nach der Vollendung seines Rituals einfach für immer zurückzieht. Daß er so unauffällig weiterlebt, wie er es bisher wahrscheinlich getan hat, und daß ihm seine verdammten Bluttaten nie nachgewiesen werden können!«

Grosch sah ihn für einen Moment an, dann nickte er einlenkend mit dem Kopf. »Das wäre mit Verlaub weniger schön.«

»Eben. Und darum würde ich es wirklich begrüßen, wenn wir uns jetzt endlich auf die Suche nach unserem ominösen Freund begeben könnten. Okay?«

»Okay.«

Passfeller wandte sich ab und hielt zügig auf den Haupteingang zu, der sich auf der gegenüberliegenden Seite des Innenhofes befand. Als Grosch sich anschickte, ihm zu folgen, knirschte etwas unter seinem riesigen Fuß.

»Holla! Was bist du denn?« Er bückte sich und hob einen kleinen, silbernen Anhänger auf.

»Was ist denn jetzt schon wieder? Kommst du?« hallte Passfellers Stimme über den stillen Platz.

»Ich ... bin auf was getreten«, murmelte Grosch und hielt den Fund an einem dünnen, zerrissenen Kettchen in die Höhe.

»Was zur Hölle ... kannst du denn nicht *ein*mal ...« Passfellers Stimme verstummte, als er im Näherkommen die Form des Modeschmucks erkannte, der im fahlen Mondlicht aufblitzte.

Es war ein Drudenfuß aus dünnen, silbernen Balken.

Grosch blieb die Veränderung im Gesicht seines Freundes nicht verborgen. Es schien im Zwielicht plötzlich eine kränkliche Färbung anzunehmen. »Kennst du dieses Ding, Pass? Mir kommt es vor, als hätte ich es schon mal irgendwo gesehen, aber ich bin mir nicht sicher ...«

Passfeller schwieg einen Augenblick, dann nahm er Grosch den Anhänger behutsam aus der Hand. Er nickte kaum merklich mit dem Kopf. »Er gehört Sylvia.«

»Sicher?«

»Ganz sicher.«

»Oh.« Grosch überlegte kurz. »Trug sie ihn denn noch, als wir sie heute mittag im Hotel sahen? Oder hat sie ihn vielleicht schon früher hier verloren?«

»Nein, heute mittag hatte sie ihn noch an, definitiv!«

»Hmm. Dann war sie wahrscheinlich am Nachmittag, während wir schon gen Hagen gegurkt sind, noch mal hier. Sie wird eine Vorlesung besucht haben oder vielleicht mit ein paar ...«

Passfeller hob ruckartig den Blick von dem Amulett und sah Grosch ernst an. »Halt die Luft an, Tillmann. Du weißt so gut wie ich, wie unwahrscheinlich das ist. Sie war gar nicht in der Stimmung, sich unter Menschen zu begeben. Nein, hier geht irgendeine verdammt perverse Sache ab, und ...« Plötzlich weiteten sich seine Augen merklich, und einige kleine, runde Schweißtröpfchen traten auf seine Stirn.

»Pass? Geht's dir gut?«

»Mir ist gerade was eingefallen. Ich habe Sylvia bei unserem ersten Treffen im Café spaßeshalber gefragt, wie alt sie ist ...«

Groschs Miene versteinerte. »Jetzt sag bloß nicht, sie ist auch ...«

Passfeller nickte nur.

Unruhig strich Grosch durch den Innenhof. Ihm war so ganz allein in der Finsternis nicht sonderlich wohl, aber er sah ein, daß getrenntes Vorgehen der beste Weg war, möglichst rasch einen Überblick zu gewinnen. Er verstand auch, daß Passfeller sich zunächst in der Etage umsehen wollte, wo sich die Räumlichkeiten des Instituts für Buchwissenschaft befanden, und er war sich sicher, daß das Schloß der Haupteingangstür seinem elektrischen Dietrich, den jeder Beamte der SK 66 zu seiner Ausrüstung zählte, keinen nennenswerten Widerstand entgegengesetzt hatte.

Er selbst hatte sich zunächst ein wenig im Innenhof umgesehen, wo es allerdings außer einigen baufälligen, leerstehenden Zierbrunnen und etwas Buschwerk nicht viel zu entdecken gab. Schließlich war er zur Tür des Seitenflügels zurückgekehrt, der sich ganz in der Nähe der vorderen Außentreppe und damit jener Stelle befand, wo er Sylvias Anhänger gefunden hatte.

Zweifelnd stand er vor dem gläsernen Gebilde, hinter dem sich düster der Verlauf eines breiten, unerleuchteten Korridors abzeichnete. Während er mit einer Hand in seinen Manteltaschen nach dem elektrischen Türöffner suchte, legte er die andere auf den rechteckigen, metallenen Knauf, in den das Wort ›Drücken‹ eingraviert war.

Schlagartig hielt er mit seiner Suche inne.

Die Tür hatte sich unter seiner Hand bewegt!

Ein unangenehmes Stechen entfaltete sich in Groschs Magen, hangelte sich schwungvoll durch seine Gedärme bis in seine Brust. Es dauerte einen Moment, bis er erkannte, daß es Nervosität war. Er senkte den Blick und betrachtete seine behaarten Finger, die plötzlich feucht geworden waren.

Reiß dich zusammen, dachte er. *Ganz ruhig, du bist ein Profi! Verhalte dich auch dementsprechend. Verlier nicht die Nerven!*

Aber sein Herz, das immer schneller schlug, überhörte die Aufforderung.

Grosch ließ die Tür los und rieb sich die Augen, hinter denen Bilder aufblitzten: Die Fotos der exhumierten Leichen vom Friedhof; Blutschnabelweber; die alte Frau Luftschmied in ihrer heruntergekommenen Wohnung; die entstellte, starrende Leiche von Christoph Nettersheim bei den Römersteinen …

Das ist ein Spiel, flüsterte Herbert Nord, der Stadtarchivar, irgendwo in den Tiefen seines Gehirns. *Ein Spiel, das Sie definitiv nicht gewinnen können, mein Lieber!*

»Immer sachlich bleiben«, flüsterte Grosch, um eine menschliche Stimme in der ihn einhüllende Stille zu vernehmen, auch wenn es nur die eigene war. »Jetzt bleiben wir mal schön sachlich. Ich bin kein Anfänger!«

Oh doch, lachte Nord. *Sie sind ein blutiger Anfänger! Haben in den letzten Tagen ein umfassendes Chaos veranstaltet, oder nicht? Nennen Sie das etwa ein polizeiliches Ermittlungsverfahren? Ich sag Ihnen jetzt was, Herr Frosch: Man kann Sie völlig problemlos auf eine falsche Fährte locken, SK 66 hin oder her! Sie sind nicht besser als der Rest. Vielleicht nicht der Schlechteste, aber bestimmt nicht der Beste. Ausschußware, ein Bulle vom Wühltisch.*

Eine neue Szene blendete sich in Groschs Gedanken ein: Er sah

Nord, der hinter seinem großen Schreibtisch kauerte und diabolisch grinste. Der Archivar hob eine Hand, griff sich an den Scheitel und zog sich mit einem Ruck die langen, grauen Haare vom Schädel. Dann nahm er eine schwarze Sonnenbrille, die neben dem eingestaubten Telefon auf dem Tisch lag, setzte sie sich auf die Nase und entledigte sich des grauen Jacketts, das er trug. Darunter kam ein schwarzer Wollpullover zum Vorschein, um dessen rechten Oberarm sich eine gelbe Binde mit drei schwarzen Punkten zog. *Ich habe einen wichtigen Termin*, flüsterte er und hob einen schweren Metallhammer. *Einen wichtigen Termin mit Ihrem Gehirn.* Er lachte schrill und unmenschlich. *Möchten Sie vielleicht noch einen Kaffee trinken, bevor ich Sie durch die sechste Pforte typographiere, Herr Frosch?*

»Grosch.« Grosch blickte durch die schmierige Glastür den dunklen Korridor des Seitenflügels entlang. »Mein Name sei Grosch.«

Blutschnabelweber erschien vor seinem inneren Auge. Auf seiner Runkelnase saß eine schwarze Sonnenbrille. *Manchmal war ich der Blinde, manchmal meine Freundin Frau Luftschmied*, krächzte er. *Sie haben Sie auf dem Friedhof gesehen, als Sie mich besucht haben, erinnern Sie sich, Herr Poe? Sie haben gedacht, der Blinde sei ein Mann! Ihr Denken verläuft wirklich in zu engen Bahnen.*

Grosch schluckte. »Alles Blödsinn.« Seine Stimme prallte am Glas der Tür ab und fiel zu Boden. »Reiß dich zusammen!«

Ja, reißen Sie sich zusammen, bemerkte Kommissar Evers, der in seinen Gedanken mit einem weißen Stock in der Luft herumfuchtelte. *Ihre verfressene, aufgesetzte Lässigkeit ging mir von Anfang an auf den Zeiger! Hätten Sie sich zusammengerissen und nachgedacht, hätten Sie längst bemerkt, daß Doktor Krafft und ich …*

»Halten Sie Ihren häßlichen Mund«, flüsterte Grosch und griff mit der rechten Hand in die tiefe Innentasche seines Mantels, wo seine Dienstpistole ein vergessenes Dasein fristete. Mit einem Schaudern umklammerte er den Schaft. Grosch mochte keine Waffen. Aus den Scheißwaffen kamen Scheißkugeln! Er hatte das Ding schon oft gezogen, auf jemanden geschossen hatte er jedoch noch nie. Das Metall der Waffe fühlte sich kühl und kompakt an, suggerierte ihm die Lüge der Sicherheit, baute einen Schutzschild um ihn herum auf.

Schutz ist etwas Feines, bemerkte Nord in seinem Kopf und hielt ihm eine Hand, auf der blutverschmierte Bleilettern ruhten, unter die Nase.

Grosch stieß die Tür auf.

Der Korridor, den er betrat, offenbarte ihm die ungewollte Möglichkeit einer Zeitreise, und verantwortlich dafür war sein Geruch. Es war ein Aroma, das möglicherweise jeder Lehrstätte dieser Welt anhaftet: Eine Mischung aus Schweiß, Kreide und etwas Elektrischem, das die Luft zum Knistern bringt. Grosch atmete durch die Nase ein und erlebte ein Déjà-vu, während die Jahre von ihm abfielen. Der Duft erinnerte ihn an die alte Turnhalle, in der er Teile seiner Schulzeit zugebracht hatte.

Langsam setzte Grosch einen Fuß vor den anderen, versuchte, sich auf die Gegenwart zu konzentrieren. Zu seiner Rechten führte eine Treppe in den oberen Bereich des Gebäudes. Eine verschmierte Glasfront ließ Umrisse der Büsche und Zierbrunnen im Innenhof erahnen. Seine Schritte hallten unglaublich laut auf dem glatten Boden wider. Er blieb stehen, spürte seinen rebellierenden Herzschlag, umfaßte den Griff seiner Pistole fester. Seine Hand zitterte.

»Reiß dich zusammen.« Seine Lippen formten tonlos Worte. »Immer cool bleiben. Was soll das denn? Professionell, immer schön professionell.«

Zu seiner Linken befand sich eine Reihe von Türen, die in Vorlesungsräume führten. An der ersten Tür war ein Plastikschild angebracht, das den dahinterliegenden Raum als Saal P2 auszeichnete. Die Tür stand offen und gestattete einen Blick in undurchdringliche Dunkelheit.

Grosch lief weiter, vorbei an einer meterlangen Pinnwand, die mit Millionen bunter Zettel übersät war.

Auch aus Saal P3 strömten Dunkelheit, Stille und Vergangenheit.

Die flimmernde Atmosphäre war erdrückend. Grosch zog seine Waffe ganz hervor und entsicherte sie. Das Blut pochte in seinen Ohren.

Ein beißender Geruch traf ihn so hart und überraschend, daß er abrupt stehenblieb, als wäre er gegen eine unsichtbare Barriere gelaufen.

Schwefel. In der Luft hing eindeutig der Geschmack von Schwefel, übertünchte die Schulgerüche.

Groschs Blick fiel zur Seite, wo Dutzende von Holzstühlen kreuz und quer auf dem Gang standen. Plakate mit anatomischen Zeichnungen von Leonardo da Vinci schmückten die Wand zwischen Saal P3 und P4.

Der Schwefel kroch in seine Nase und von dort aus weiter in sein Gehirn. Grosch verspürte plötzlich das Bedürfnis, seinen Mantel zuzuknöpfen, um seinen Leib vor den unsichtbaren Gasen zu schützen. Er blickte an sich hinab und sah auf seine Schuhspitzen. In seinem Kopf hatte ein Karussell angefangen, sich wild zu drehen.

Und plötzlich – Grosch wußte nicht wieso – verspürte er eine ungeheure Sehnsucht nach seinem Schal. Es war ein selbstgestrickter, und er hatte ihn vor zehn Jahren von seiner Mutter geschenkt bekommen, ein furchtbares, kratziges Ding, das ihm Hals und Nacken wundscheuerte. Dennoch trug er ihn jeden Winter.

Obwohl er sich der eigenen Lächerlichkeit bewußt war, wünschte er sich in dem Moment, da er die Tür von Saal P4 passierte, nichts sehnlicher, als diesen Schal bei sich zu haben. Er könnte sich an ihm festhalten. Er würde die Spannung in seinem Inneren damit zusammenschnüren, unter Kontrolle halten, und der Pegel seiner inneren Warnstation, die unter Hochdruck stand, würde sich merklich senken. Er wußte, der Gedanke war vollkommen idiotisch, aber er konnte ihn nicht verdrängen, er war gefangen in einem Flur, der ihn jünger und weicher machte. Der Schwefel, der in der Luft hing, unterstützte den Vorgang des Professionalitätsverlustes, beförderte ihn in einen infantilen Zustand der Unsicherheit. Ihm war, als könnte er Schwaden von gelben Wolken sehen, die schlangengleich durch die Luft schwebten, sich auf seinen Schultern niederließen und ihn einlullten.

Verdammt, warum hatten sie sich vor dem Gebäude eigentlich getrennt? Passfeller würde die feinen Nuancen, die die Luft schwängerten, zwar höchstens am Rande wahrnehmen, aber immerhin wären sie zusammen!

Ursula Luftschmied, Blutschnabelweber, Kommissar Evers, Doktor Trauerwein, Herbert Nord sowie der seltsame Blinde erschienen vor seinem inneren Auge. Allesamt schwarz gekleidet, saßen sie in einem großen, nicht weniger schwarzen Mercedes, der mitten auf dem Mainzer Zentralfriedhof zwischen umgestürzten Grabsteinen parkte. Ein rundes Dutzend abgetrennter Köpfe lag auf der Motorhaube und dem Dach des Gefährts verteilt. Die Insassen grinsten breit, offenbarten mehr Zähne, als es von anatomischer Warte aus hätten sein dürfen. *Etwas geschieht*, rief Evers und streckte tentakelähnliche Arme aus dem Fenster.

Ursula Luftschmied hob den schweren, abgehackten Kopf eines Bernhardiners. *He's back.* Sie lächelte. *That's Baldrian from England.*

Blutschnabelweber griff sich an die Schläfen und schraubte sich den Schädel wie den Verschluß einer Sprudelflasche vom Hals.

Grosch langte in seine Manteltasche und holte einen Zigarillo hervor, den er sich unangezündet zwischen die Lippen schob. »Hör mit diesem Unsinn auf, Till«, flüsterte er. »Du führst dich auf wie ein kleiner Junge, der Angst vor dem ersten Schultag hat.« Es beunruhigte ihn, wie hoch seine Stimme klang.

Zu seiner Linken befand sich eine Tür, hinter der sich laut Plastikschild Hörsaal P5 befand. Gelbliches Licht sickerte dickflüssig zwischen Rahmen und Tür hindurch. Der Geruch von Schwefel wurde intensiver, verklebte Groschs Bronchien. Er spuckte den Zigarillo aus, hob die Waffe und berührte vorsichtig das Holz der Tür, die sich seufzend nach innen öffnete.

Der Saal, der sich hinter der Tür erstreckte, führte in die Tiefe. Grosch erinnerte der Anblick an ein Kino, obwohl der Raum dafür viel zu klein war. Klappsitzreihen, die nach unten hin abfielen; dämmriges Licht; keine Fenster; dünne Rauchschwaden, die in der Luft hingen.

Weit unterhalb der Tür befand sich ein langes Vortragspult, hinter dem eine breite Schiefertafel an der Wand hing, auf die jemand mit weißer Kreide unleserliche Schriftzeichen gekritzelt hatte.

Etwa ein Dutzend flackernde, schwarze Kerzen standen um den Tisch herum auf dem Boden. Der Geruch, der Grosch in die Nase fuhr, war obszön – Schwefel, Paraffin und etwas, das ihn an Eingeweide erinnerte. Einen kurzen Moment lang dachte er, er wäre in eine obskure medizinische Vorlesung gestolpert.

»Pass.« Seine Lippen formten das Wort lautlos, er versuchte, telepathischen Kontakt zu seinem Kollegen herzustellen. »Pass, komm sofort hierher …«

Auf dem Rednerpult lag eine schwarzgekleidete Person mit kahlgeschorenem Kopf. Sie hatte die Augen verdreht und schnappte verzweifelt nach Luft. Ihre Arme waren nach hinten gebogen, so daß sich ihre Hände, die offensichtlich gefesselt waren, unter dem Rücken befanden.

Grosch kannte die Person! Er hatte sie zwar erst zweimal gesehen, und zu diesem Zeitpunkt war ihr schwarzes Haar noch lang und schön gewesen. Das Gesicht jedoch hatte er sich eingeprägt.

Es war Sylvia, die kellnernde Studentin aus dem Café.

Hinter dem Tisch stand ein grinsendes Monstrum, das einen stählernen Hammer in der Klaue hielt!

Es war nicht Blutschnabelweber, das erkannte Grosch auf den ersten Blick, das Ungetüm war viel zu stämmig. Es war auch keine Frau. Und auch Herbert Nord wäre viel schlanker gewesen als die Gestalt.

Eine Maske! Grosch konnte seinen Herzschlag bis in die Zehen spüren. *Das ist nur eine Maske, sei professionell, mach dich nicht zum Idioten …*

Das Ding, das hinter dem Tisch stand, war über einsachtzig groß und trug einen langen schwarzen Mantel. Seine Hände steckten in weißen Latexhandschuhen. Der hölzerne Kopf schien viel zu groß für den Torso, eine aggressiv grinsende Fratze; riesige Augenhöhlen, hinter denen unergründliche Teiche lauerten; kantige Züge; ein irres Grinsen, das angereichert war mit zwei Reihen spitzer Zähne.

Nur eine Maske! Grosch hielt sich an dem Gedanken fest wie ein Ertrinkender an einem Rettungsring. *Das ist eine Scheißholzmaske, und das weißt du …*

Sylvia stöhnte und verdrehte ihren Körper. Ihr Oberteil war zerrissen, so daß Grosch einen schwarzen Spitzen-BH erkennen konnte. Schaumiger Speichel rann über ihre Lippen.

Die Dämpfe der Kerzen schienen sich zu verdichten. Das Monstrum streckte eine Hand aus und streichelte Sylvia über den rasierten Schädel. Sylvia zuckte wie unter Schmerzen zusammen und wand sich wie ein Fisch auf dem Trockenen.

Grosch hob die Pistole und nahm das Ungetüm ins Visier. Es hatte ihn offensichtlich nicht bemerkt, obwohl er die Tür des Vorlesungssaales nicht gerade leise aufgestoßen hatte.

Er mußte Passfeller irgendwie kontaktieren! Aber wie konnte er das anstellen, ohne den Raum zu verlassen?

Langsam und lautlos fuhr seine linke Hand in seine Manteltasche, während seine rechte nach wie vor die Waffe hielt, die unsicher in Richtung des Monstrums zielte. Er ertastete sein Mobiltelefon und fuhr mit den Fingerkuppen über das Zahlenfeld. Einen schlimmen Moment lang fürchtete er, den falschen Knopf zu erwischen, und das Ding könnte fröhlich anfangen, *Oh Susanna* zu piepsen. Er schaffte es, geräuschlos die Kurzwahltaste zu Passfellers Nummer zu drücken. Verstohlen warf er einen Blick in seine Tasche, wo auf dem Display die Nummer seines Kollegens blinkte.

Nimm ab, dachte er. *Gott verdammt, nimm jetzt ab …*

Das Monstrum drehte seinen Schädel in Groschs Richtung.

Tief in ihrer Kehle fabrizierte Sylvia ein gurgelndes Geräusch. Ein kaum vernehmbares Knacken aus seiner Manteltasche drang Grosch an die Ohren.

Passfeller hatte den Anruf entgegengenommen!

Und Grosch lauschte gebannt den Worten, die seiner eigenen Kehle entströmten, während der die Treppen neben den Stuhlreihen hinabzugehen begann.

Passfeller eilte lautlos durch dunkle Korridore dahin. Sein Herzschlag ging schnell, aber er bemühte sich, ruhig und gleichmäßig zu atmen. Er konnte regelrecht körperlich spüren, daß hier etwas ganz und gar nicht in Ordnung war, aber die langjährige Ausbildung zum Sondereinsatzbeamten hatte ihm die Fähigkeit verliehen, die eigene, innere Beunruhigung so weit in den Hintergrund zu drängen, daß sie seine objektive Wahrnehmung nicht beeinflußte. Wachsam durchbohrte er mit Blicken das Zwielicht. Er war dankbar für die großzügige Verglasung des Bauwerkes, die genügend Mondlicht einließ, um ihm die Orientierung auch ohne das Aktivieren der kilometerlangen Neonbeleuchtung zu ermöglichen.

Schließlich hatte er einen der vier Treppenaufgänge erreicht, die auf der Längsseite des Gebäudes in die Obergeschosse und durch Verbindungskorridore in die rückwärtigen Teile des Gebäudes führten. Auf Zehenspitzen nahm er mehrere Stufen auf einmal, federnd und behutsam, um sich einem möglichen Widersacher nicht zu früh zu verraten. Schritt für Schritt näherte er sich seinem Ziel.

Den Büros des Instituts für Buchwissenschaft.

Er wußte selbst nicht genau, welcher Instinkt ihn veranlaßte, von allen möglichen Orten ausgerechnet diesen zuerst zu überprüfen, aber er vertraute seiner Eingebung. Außerdem war der Flur, der die Sprechzimmer Professor Genschels, Edda von Bovensiepens und das Institutssekretariat beheimatete, der einzige Ort, den er in dem riesigen, verwinkelten Gebäude überhaupt kannte und den er sich zutraute, auf Anhieb wiederzufinden.

Er verließ das Treppenhaus im dritten Obergeschoß und sah sich in dem dunklen Flur um. Nirgendwo war ein Licht zu sehen, das auf die Anwesenheit eines Unbefugten hingedeutet hätte. Kurz kam Passfeller der Gedanke, nach dem Büro Doktor Kraffts zu suchen, doch dann fiel ihm ein, daß dieser als auswärtiger Gastangestellter wohl kaum über eine eigene Räumlichkeit in diesen Mauern verfügte. Er schlich an den Türen des Sekretariats vorbei, lauschte kurz an der Tür zu Professor Genschels Zimmer und folgte dem Gang schließlich weiter, bis er das Büro der freundlichen Buchwissenschaftlerin mit dem schwer zu merkenden Namen erreicht hatte.

Ein Geruch nach Staub lag in der schalen Luft des Flurs, ein Staub, der sich nach den hektischen Aktivitäten eines Unitages nur langsam gesetzt hatte und nun durch seine vorsichtigen Schritte wieder aufgewirbelt wurde.

Auch hinter der Tür zu Edda von Bovensiepens Büro herrschte Stille.

Natürlich! Was hatte er erwartet? Daß die Belegschaft des Instituts eine nächtliche Orgie feierte, deren letzter, von weither angereister Gast Doktor Krafft war? Er zerbiß einen Fluch zwischen den Zähnen und überlegte, nach welcher Taktik nun weiter vorzugehen war. Irgendwo in oder um das Gebäude mußte sich der mysteriöse Wissenschaftler doch aufhalten …

In diesem Moment ertönte ein schrilles, quäkendes Geräusch!

Es dauerte nur Sekundenbruchteile, bis Passfeller den fiependen, irgendwie melodischen Klang als das identifizierte, was er war. Seinem hypernervösen Verstand jedoch kam es vor, als gelle die schräge Fanfare, die aus der Innentasche seines eigenen Sakkos tönte und jeden im Umkreis dutzender Meter auf ihn aufmerksam machen mußte, minutenlang ungehindert durch die leeren Flure.

Dann endlich hatte er mit hektischen Fingern das Mobiltelefon hervorgezogen. Ein rascher Blick auf das Display verriet ihm, daß es sich um einen Anruf von Grosch handelte. Er drückte den Annahmeknopf und lauschte gespannt in den Hörer.

Eine Sekunde später hatte Passfeller seinen Körper bereits in Bewegung gesetzt und flog die Stufen des Treppenhauses hinunter, als sei der Leibhaftige hinter ihm her.

Es war tatsächlich Groschs Stimme auf der anderen Seite der Verbindung gewesen, und auch wenn seine Worte offenkundig nicht an ihn, Passfeller, gerichtet waren, ließ ihr Inhalt dennoch höchste Eile angeraten erscheinen.

Grosch hatte laut und erregt gerufen: *»Hände hoch, Doktor Krafft! Legen Sie den Hammer auf den Tisch von Saal P5 und treten Sie zurück!«*

Grosch stützte sich beim Hinuntersteigen an den Klappstuhlreihen ab und brachte seine wankende Waffe wieder unter Kontrolle. »Legen Sie den Scheißhammer hin, Doktor Krafft!« schrie er. »Und nehmen Sie die Maske ab!«

Eine Sekunde lang war ihm fast nach Lachen zumute, und nur mit Mühe konnte er die hysterische Reaktion unterdrücken. Sollte er einen Warnschuß gegen die Decke abgeben? Nein, das war keine gute Idee. Er würde den Maskierten für Sekundenbruchteile aus den Augen verlieren, wertvolle Sekundenbruchteile, während denen er seinen Hammer auf Sylvias Schädel fallen lassen konnte.

Was war, wenn Passfeller ihn nicht gehört hatte? Wenn er sich verwählt hatte? Wenn ...

Ein Geräusch kam aus der Richtung, wo der Fremde stand, ein heiseres Kichern.

»Es hat sich austypographiert«, rief Grosch und sprang die letzten Stufen hinab. »Das Spiel ist vorbei.«

Nein, flüsterte Nord, der in seinem Kopf am Steuer des schwarzen Mercedes saß. *Das Spiel hat gerade erst angefangen. Haben Sie das noch immer nicht gemerkt?*

Langsam, sehr langsam, ließ das Monstrum den Hammer sinken und legte ihn behutsam auf den Tisch neben eine Reihe bleierner Drucktypen, die dort penibel geordnet auf ihren Einsatz warteten.

»Ich hab gesagt, Sie sollen die Scheißmaske abnehmen! Sind Sie taub?«

Er ist nicht taub, flüsterte Nord. *Er ist blind.*

Immer noch war Groschs Denken von den ätherischen Dämpfen benebelt, die den Vorlesungssaal schwängerten, aber allmählich kehrte die Klarheit zurück. In seinem Gehirn wurde der Motor des schwarzen Mercedes angelassen. Seine Insassen winkten fröhlich zum Abschied.

Erneut schielte Grosch in seine Manteltasche. Das grün leuchtende Display seines Handys flackerte, aber es behauptete nach wie vor, mit Passfeller in Kontakt zu stehen. *Beweg deinen Arsch hierher*, dachte er. *Aber zügig!*

Wortlos wankte das Monstrum gegen die Schiefertafel zurück. Sylvia sabberte, rollte sich auf die Seite, verdrehte die Augen. Ihre Lider flatterten.

»Bewegen Sie sich nicht, Doktor Krafft! Ich ziele direkt auf Ihren Kopf. Wenn Sie Dummheiten machen, werde ich nicht zögern zu schießen, verstehen Sie?«

Das Monstrum nickte.

»Dann ist es gut. Nehmen Sie jetzt die Scheißmaske ab.«

Wieder nickte das Ungetüm, regte sich jedoch keinen Millimeter. Grosch sog einen tiefen Atemzug Realität in die Lungen.

Verdammt, wo blieb Passfeller?

»Sylvia? Sylvia, können Sie mich hören?«

Das Mädchen auf dem Tisch warf wie in einem spastischen Krampf den Kopf hin und her.

Grosch bahnte sich einen Weg durch die Kerzen, vorbei an mehreren Keramik- und Glasschälchen, in denen schwarze, pulvrige Substanzen kokelten und qualmten.

»Groß ist er ja nicht, dieser P5«, rief Grosch in Richtung seiner Manteltasche. *»P5!* Er befindet sich am Ende des Seitenflügels, im Erdgeschoß!«

War Passfeller schwerhörig?

Das Monstrum hinter dem Tisch ließ die Arme sinken und schob sie in die Taschen seiner schwarzen Hose.

»Hey, hey, hey!« Grosch machte einige schnelle Schritte vorwärts und erreichte das Rednerpult. »Ich hab gesagt Pfoten hoch!« Er war nur noch wenige Meter von dem Maskierten entfernt. Lediglich der Tisch mit dem Mädchen befand sich zwischen ihnen. Für eine Hundertstelsekunde schielte Grosch zu ihr hinunter. Ihre Haut hatte eine bläuliche Färbung angenommen. Neben ihrem Kopf blubberte eine Flüssigkeit in einer durchsichtigen Schüssel. Instinktiv streckte er seine freie Hand aus und suchte nach ihren Fingern. Sie fühlten sich eiskalt und feucht an.

Grosch blickte wieder in die schwarzen Augenhöhlen der grinsenden Dämonenmaske. »Es ist aus«, wiederholte er leise. Der Schweiß rann ihm aus den Achselhöhlen und an seiner Seite hinab. »Nehmen Sie jetzt endlich das Ding runter, Doktor Krafft. Wenn Sie verdammt noch mal gestatten!«

Gut so, dachte er. *Immer schön die Oberhand behalten, dann kann dir nichts passieren.*

Das Monstrum zeigte sich kooperativ. Einen Moment lang stand es noch stocksteif da, dann zuckte es die Achseln und seufzte. Unendlich langsam hob es beide Arme, griff sich an die Schläfen und nahm das schwere Gebilde herunter.

Doch der Mann, der darunter zum Vorschein kam, war nicht der Blinde vom Friedhof!

Statt dessen stand ein älterer, unscheinbarer Herr vor Grosch. Das weiße Haar klebte ihm feucht an der Stirn. Er war blaß, und um seine Augen lag ein milder Zug. »Ich glaube nicht«, sagte er, »daß Sie sich im Klaren darüber sind, was Sie tun.« Seine Stimme hatte einen fast angenehm tiefen Klang.

Grosch war verwirrt. Ganz offensichtlich handelte es sich bei Doktor Krafft doch nicht um den Blinden, den er auf dem Friedhof und beim Theater beobachtet hatte. Oder war er dort vielleicht ebenfalls maskiert gewesen? Er schob seine Waffe unter die Nase des weißhaarigen Mannes. »Wenn Sie sich da mal nicht täuschen, Doktor Krafft.« Er sah in die Augen des Fremden und erwartete irgendwie, ein milchiges Häutchen über der Iris zu sehen, doch sie waren klar und blau. Sie erinnerten Grosch an Herbert Nord. »Wagen Sie es nicht, sich zu bewegen! Ich meine es ernst!« Grosch berührte mit der Waffe die Wange des Mannes – und plötzlich spürte er, wie eine unfaßbare Welle der Wut über ihm zusammenschlug. Dieser unauffällige Mann hatte vier unschuldige junge Menschen ermordet! Sicher, er mochte geisteskrank sein, aber das entschuldigte nichts. Von dieser Warte aus konnte man jede Grausamkeit entschuldigen, sogar die Taten Hitlers.

»Treten Sie an die Wand zurück! Aber ein bißchen dalli-dalli!«

Der Mann bewegte sich nicht. Ein haßerfülltes Lächeln umspielte seine Mundwinkel.

»Ich habe gesagt, zurück an die Scheißwand!«

Der Mörder trat einen tänzelnden Schritt zurück.

»Gut so. Nehmen Sie jetzt die Hände wieder hoch.«

Langsam hob der Mann seine Arme.

Irgendwie mußte Grosch ihn fesseln. Obwohl der Wahnsinnige lächelte und alles tat, was er von ihm verlangte, war ihm unwohl bei dem Gedanken, daß er sich noch frei bewegen konnte. Er brauchte einen Gürtel oder etwas Ähnliches.

Gottverflucht, wo blieb Passfeller?

»Also schön, immer der Reihe nach.« Grosch kaute sich die Unterlippe blutig. »Sie sind also der ominöse Doktor Krafft. Wieso …«

Eine Stimme erscholl von der Tür, durch die Grosch den Vorlesungssaal betreten hatte. Sie gehörte Passfeller.

»Ich fürchte, das ist definitiv *nicht* Doktor Krafft!« sagte er.

Benommen schritt Passfeller am Rand der Klappsitzreihen die Stufen des Lesesaals hinunter. Seine Augen registrierten klar und deutlich den Anblick, der sich in dem verräucherten Raum vor ihm bot, dennoch war er nicht gewillt zu glauben, was er sah.

In der rechten hinteren Ecke, bedroht von seinem Freund und Kollegen Grosch, der mit zweifelndem Blick seine Handfeuerwaffe auf ihn angelegt hatte, stand ein Mann in schwarzem Mantel. In seiner Hand hielt er eine furchteinflössende Holzmaske. Doch erschreckend war weniger die Maske als vielmehr die Erkenntnis, daß es sich bei dem Mann, der darunter zum Vorschein gekommen war, keineswegs um Doktor Krafft handelte – ganz gleich, wie dieser aussehen mochte. Vielmehr war es jemand, den Passfeller nur zu gut kannte, aber im Leben nicht unter diesen Umständen wiederzusehen erwartet hatte.

Vor ihnen stand Josef Genschel, Professor der Buchwissenschaft!

Wie im Traum nahm Passfeller die letzten Stufen und erreichte die tief unter dem Erdboden gelegene Fläche zwischen Vortragspult und Tafel. Seine Hand, die während des Spurts die Pistole aus dem Schulterhalfter gezogen hatte, war schweißnaß.

Was hatte das zu bedeuten?

Aus dem Augenwinkel nahm er eine kahlrasierte, offenbar gefesselte Gestalt wahr, die auf dem breiten Pult lag, daneben einen Hammer und zwei penibel angeordnete Reihen würfelförmiger Gegenstände, die er erst bei genauerem Hinsehen als Drucktypen erkannte. In seinem Hinterkopf regte sich Wiedererkennen, als sein Blick über das Gesicht der Person strich. Mit plötzlicher Klarheit erkannte er das Mädchen wieder, trotz der entstellenden Frisur, die man ihr verpaßt hatte.

»Sylvia!« Mit zwei raschen Schritten war er neben ihr. Ihre Augen waren geschlossen, sie schien bewußtlos zu sein. Als Passfeller einen Finger an ihre Halsschlagader legte, registrierte er einen stabilen, regelmäßigen Puls. Er trat neben seinen Kollegen und versuchte, seine Gedanken zu ordnen.

»Gut, daß du da bist«, hörte er Groschs Stimme wie durch eine dicke Watteschicht an seine Ohren dringen. »Kennst du diesen Typ?«

Passfeller sah den Professor an. Er konnte nur nicken. Blanker Haß glomm in den intelligenten, eisig blauen Augen des Akademikers, dessen rundem Gesicht nichts Freundliches mehr inne war. Eine unterschwellige, diabolische Boshaftigkeit entstellte die eulenhaften Züge mehr, als jede Grimasse es vermocht hätte.

»Es ... ist Professor Genschel«, brachte Passfeller hervor.

»Der Buchwissenschaftler?«

Wieder konnte Passfeller nur nicken. Genschels durchdringender Blick schien ihm Zunge und Verstand zu lähmen.

»Was hat der denn mit der Sache zu tun?«

Passfeller zwang sich gewaltsam, den Blick abzuwenden, und wischte sich mit der Hand über die Stirn. »Ich habe nicht die geringste Ahnung. Aber ich denke, wir werden es bald erfahren.« Er trat an einen Overheadprojektor, der neben der Tafel auf einem Stuhl stand, packte das Netzkabel und riß es mit einem Ruck aus dem Gehäuse. Mit der provisorischen Fessel in der Hand näherte er sich dem Wissenschaftler.

»Schön die Arme vom Körper weg, Professor! So ist es gut.« Auf alles gefaßt trat er neben den stämmigen Mann und nahm ihm die große Ebenholzmaske aus der Hand. Genschel machte keine Anstalten, sich zur Wehr zu setzen. Nur seine Augen versprühten eisige Blitze.

Als Passfeller die Maske achtlos in die Ecke warf und sich anschickte, das Kabel zum Einsatz zu bringen, bewegten sich plötzlich seine dicken Lippen. Sehr leise sagte er: »Das werdet ihr bereuen.«

Passfeller sah überrascht auf. »*Wir*? Oh, wenn Sie sich da mal nicht täuschen, Professor! Ich fürchte eher, *Sie* werden für Ihre aberwitzigen Verbrechen in kürzester Zeit nachhaltig zur Rechenschaft gezogen werden. Mir ist zwar nicht ganz klar, wie dieser okkulte Schnickschnack auf einen angesehenen, intelligenten Mensch wie Sie einen solchen Reiz ausüben kann, daß er dafür sogar bereit ist, seine Karriere aufs Spiel zu setzen, aber ...«

»Sie verstehen gar nichts!« flüsterte Genschel tonlos. Sein Gesicht war eine bewegungslose Larve bar jeder Emotion. Es gehörte nicht viel dazu, sich vorzustellen, wie es hinter dieser Fassade brodelte.

Doch Passfeller war auf der Hut. »Da stimme ich Ihnen sogar ausnahmsweise zu. Ich verstehe nicht mal im Ansatz, was Sie geritten hat, diesen jungen Menschen auf bestialische Art und Weise das Leben zu nehmen. Aber das werden wir schon noch klären. Jetzt drehen Sie sich um und kreuzen Sie die Hände auf dem Rücken. Aber langsam!«

Als der Akademiker der Aufforderung nachkam, warf Passfeller Grosch seine Pistole zu und machte sich daran, die Hände des Professors fest auf dessen Rücken zu verschnüren. Nachdem dies erledigt war, tastete er den Gefangenen mit routinierten Bewegungen nach versteckten Waffen ab. Doch Genschel schien keine bei sich zu tragen.

»Sie können sich wieder umdrehen. Aber nach wie vor schön langsam.« Passfeller trat einen Schritt zurück und bezog Stellung neben Grosch, der erleichtert seine eigene Pistole sinken ließ.

»Und jetzt?« Groschs Stimme hatte wieder etwas an Zuversicht gewonnen, wenngleich ihm nach wie vor anzumerken war, daß er nicht recht wußte, wie er mit der Situation umgehen sollte.

»Wir verständigen Evers und lassen diesen feinen Wissenschaftler zunächst mal einbuchten.« Ohne sich umzudrehen, deutete er auf die sorgfältig arrangierten Tatwerkzeuge hinter seinem Rücken. »Ich denke, in Anbetracht dieser Indizienlage werden wir dem Kriminalrat zur Abwechslung nicht sonderlich unter die Arme greifen müssen.«

Während Grosch die Pistolen auf dem Pult ablegte und in seinen Taschen nach dem Mobiltelefon zu kramen begann, trat Passfeller wieder einen Schritt nach vorne, auf Genschel zu. »Lediglich mit dem Motiv wird Evers wahrscheinlich das eine oder andere Problem haben. Wir sollten ihm ein paar Tips in bezug auf unsere Freunde, die Morgáthoaniden, mit auf den Weg geben ...« fügte er bewußt provokativ hinzu, wobei er aufmerksam die Miene des gefesselten Buchwissenschaftlers beobachtete. Doch die Reaktion des dickleibigen Mannes fiel anders aus, als er erwartet hatte.

Denn Professor Genschels Mundwinkel schienen sich mit einem Mal zu einem hämischen Grinsen zu verziehen.

Passfeller baute sich vor dem weißhaarigen Akademiker auf und herrschte ihn an: »Sparen Sie sich Ihr debiles Grinsen, Mann! Sie haben weißgott keinen Grund mehr zum Lachen. Ihr Spiel ist aus, und ich bezweifle ernsthaft, daß Sie Ihre langjährige universitäre Wirkungsstätte je wieder sehen werden!«

Doch als hätte er das Gesagte gar nicht vernommen, verbreiterte sich das Grinsen des Mannes weiter, und es dauerte einige Sekunden, bis Passfeller realisierte, daß es gar nicht ihm galt, sondern etwas, das sich hinter seinem Rücken abspielte!

Bevor er sich umdrehen konnte, ertönte die Stimme von Grosch, der leise sagte: »Äh, Pass …«

Da schnitt ihm plötzlich eine zitternde, weibliche Stimme das Wort ab: »Keine Bewegung! Hände hoch und zurückreten!«

Während er ganz langsam beide Hände in die Luft streckte, drehte sich Passfeller um. Was er sah, ließ ihn nach Luft schnappen.

Bei der Person, die unbemerkt sowohl seine als auch Groschs Pistole von der Kante des Vortragspultes genommen hatte und die mit der einen nun auf dessen Kopf, mit der anderen auf Passfellers Gesicht zielte, handelte es sich um niemand anders als Sylvia!

»Nimm ihm die Fesseln ab!«

Passfeller glaubte seinen Ohren kaum zu trauen, doch die unnatürlich geweiteten, dunkel geränderten Augen in dem krankhaft weißen Gesicht sowie die nervös unter der Last der Handfeuerwaffen zitternden Hände ließen es ihm klüger erscheinen, der Aufforderung nachzukommen. Vorsichtig machte er einen Schritt rückwärts, auf den Akademiker zu.

»Sie … sie war gar nicht gefesselt«, stammelte Grosch, der in einer seiner erhobenen Hände noch das Mobiltelefon hielt, das er im Moment der unerwarteten Bedrohung aus seinem Mantel gefischt hatte. Ruckartig zischte der kahle Kopf der Studentin in seine Richtung, die auf ihn gerichtete Waffe zuckte bedrohlich.

»Halt die Schnauze! Wieso sollte ich gefesselt sein?«

»Ja, wieso sollte ich sie fesseln, meine Herren?« ließ sich Genschel mit einem sardonischen Grinsen vernehmen, während das von Passfeller gelöste Stromkabel zu Boden glitt. Erstaunlich flink bückte er sich danach und begann, Passfellers Hände damit zusammenzubinden. »Erzähl ihnen, wieso es ganz in deinem Interesse ist, daß die große Aufgabe erfüllt wird, meine Liebe!«

Die riesigen Augen des Mädchens nahmen einen glasigen Schimmer an, als sie undeutlich anfing zu stammeln: »Das große Werk … Forcas und Marcochias … Theutus und Astaroth … der Weg ist bereitet … die Pforte wird aufgestoßen werden …«

Passfeller hatte bereits zahlreiche Menschen unter der Wirkung verstandeszerrüttender Drogen erlebt, und binnen Sekunden wurde ihm klar, daß die Studentin, mit der er sich am Vortag noch bei einem gemeinsamen Kaffee trefflich unterhalten hatte, nicht mehr Herrin ihrer Sinne war. Das unstete Flackern in ihrem Blick, das Zittern ihres Körpers, ihr völlig unmotivierter Einsatz für den Mörder ihres Ex-Liebhabers – alles ließ auf die Verwendung eines überdosierten Psychopharmakons schließen.

Auch Grosch schien begriffen zu haben, wie die Dinge lagen, und mehr noch: Aus dem Augenwinkel nahm Passfeller wahr, daß sein Kollege, auf die herabgesetzte Aufnahmefähigkeit des Mädchens hoffend, begonnen hatte, mit dem Daumen seiner rechten Hand die Zifferntasten seines in die Luft gestreckten Handys zu drücken!

Doch Grosch hatte die Rechnung ohne die nervös umherzuckenden Eisaugen Genschels gemacht. Im selben Moment, da der Akademiker mit einem Ruck den Knoten hinter Passfellers Rücken strammzog, schoß sein linker Arm in die Höhe, der ausgestreckte Zeigefinger auf Groschs Hände gerichtet.

»Achtung! Das Telefon!«

Es blieb unklar, was der Professor mit seinem Schrei bezweckt hatte, im drogenumnebelten Hirn Sylvias löste er jedoch den einzig denkbaren Impuls aus: Wie in Zeitlupe sah Passfeller, wie sich ihr Finger um den Abzug der Waffe in ihrer rechten Hand krümmte. Eine donnernde Explosion warf ihren Arm ruckartig in die Höhe, ein greller Mündungsblitz raubte Passfeller für Sekundenbruchteile die Sicht. Dann kippte Groschs mächtige Gestalt hintenüber und ging wie ein gefällter Baum zu Boden.

»*Nein!*« Instinktiv wollte sich Passfeller vorwärtswerfen. Doch er kam nicht weit. Bevor noch das Mädchen sich von seinem Schrecken über die unvermutete Detonation erholt hatte und eine der beiden Waffen auf ihn anlegen konnte, spürte er, wie jemand die Fessel um seine Hände packte und ihn daran zurückriß. Dann traf etwas unnachgiebig Hartes krachend seinen Hinterkopf, und alles wurde schwarz.

Für einen kurzen Augenblick war Grosch verwirrt, wußte nicht, wo er war und was geschehen war. Für einen Moment hatte er tatsächlich gedacht, jemand hätte ihm eine verdammte Kugel in den verdammten Bauch gejagt. Köstlich! Was für eine absurde Illusion!

Aber er war nicht angeschossen worden, Sylvia hatte nicht die Waffe auf ihn gerichtet und abgedrückt. Und auch der explodierende Schmerz war nicht echt. Er träumte. Er hatte bloß sein Gleichgewicht verloren, nichts weiter. Alles war okay (obwohl er sich nicht des Wunsches erwehren konnte, auf eine Taste zu drücken und die Ereignisse zurückzuspulen, um sich die rasanten Geschehnisse noch einmal anzusehen und sie gegebenenfalls zu löschen).

Grosch setzte sich auf, blickte verwirrt um sich.

Sein Haar war naß, und etwas Krümeliges, Stinkendes überzog sein Gesicht. Er war mit dem Hinterkopf gegen eine der Schalen gefallen, die mit der benebelnden Schwefelsubstanz angefüllt war. Schwefel in den Augen, Schwefel auf der Zunge, Schwefel in den Ohren.

»Ich ... hab mich schmutzig gemacht«, brachte er hervor und blinzelte Tränen fort.

Schwarze Kerzen brannten neben seinem Kopf, flüssiges Wachs berührte seine Fingerkuppen. Er versuchte, die Hand wegzuziehen, aber es ging nicht, sie wog Tonnen. Im Schneckentempo kroch sie über den Linoleumboden.

Er blickte an sich hinab.

Ein dunkler Fleck hatte sich über seinem Bauch ausgebreitet, von wo aus sich eine nicht unangenehme Wärme entfaltete. Neugierig betastete er ihn.

Wieso zum Teufel war es dort so feucht?

Der Mann, den Passfeller als Professor Genschel identifiziert hatte, stand plötzlich über ihm. Gemächlich lehnte er sich zu ihm herab. »Würden Sie sich bitte umdrehen«, sagte er mit einer Sanftheit, die Panik in Groschs Gehirn auslöste. »Ich möchte Ihnen gerne die Hände zusammenbinden, wenn es Ihnen nichts ausmacht. Damit Sie sich beim Sterben nicht bewegen und irgendwelche überflüssigen Anrufe tätigen.«

Damit Sie sich beim Sterben nicht bewegen? Wovon faselte der Kerl?

»Wenn ... Sie ... gestatten ...« Scheiße, das Atmen fiel ihm schwer. Er mußte dringend an die frische Luft und die jüngsten Ereignisse sortieren, sich Übersicht verschaffen. »Ich würde ... lieber so ... liegenbleiben ... nur einen Moment noch ...«

»Ich gestatte nicht!« Eine Sekunde lang nahm Genschels Gesicht die Züge der monströsen Maske an, die er getragen hatte. Die Augen in seinem Schädel schienen zu zittern wie pochierte Eier. Dann sprang er hinter Groschs Rücken und riß seine Arme brutal herum.

Ein scheußlicher Schmerz fuhr durch Groschs Leib, sein Magen hob sich, verdrehte, verknotete sich, während Genschel ihm mit einem Gürtel, den er als Passfellers wiedererkannte, die Hände auf den Rücken band.

»Das ... tut weh ...« Grosch landete wieder in der schwefelhaltigen Schale. »Das tut ... doch weh ... ich kann ... so nicht ... atmen ...«

(Ich möchte zu meinem Schal ...)

»Sie brauchen bald gar nicht mehr zu atmen.« Das Gesicht des Buchwissenschaftlers schob sich zentimeternah vor Groschs Vollbart. »Das einzige, was Sie noch müssen, ist verrotten. Mehr wird von Ihnen nicht erwartet.«

»Damit ... kann ich ... mich nicht anfreunden ...« Grosch hörte seinen eigenen rasselnden Atem überlaut in den Ohren. Seine Lungen taten weh. Sein Kopf schmerzte. In seinem Gehirn fuhr der schwarze Mercedes über den Friedhof. Diesmal saß Genschel am Steuer. *Bin ich zu schnell gefahren?* rief er und grinste aus dem heruntergekurbelten Fenster. *Entschuldigen Sie bitte, wie unhöflich von mir. Komm ich mit dreißig Mark davon?*

»Strafzettel«, flüsterte Grosch. »Ich verpasse Ihnen einen Strafzettel für zu schnelles Morden ...« Ein Kichern stieg in seiner Kehle empor. Er ahnte, daß er sich um seinen letzten Satz Sorgen machen sollte, irgend etwas stimmte damit nicht, aber er kam nicht darauf, was es war.

»Entschuldigen ... Sie bitte ...« Grosch hob den Kopf, und eine saure Flüssigkeit schoß ihm in die Kehle. »Verzeihen Sie bitte ... aber ich würde gerne ... meinen Schal holen ... ich bin nämlich ... noch nie angeschossen worden.« Er versuchte, den Satz laut zu formulieren, um das Buchmonstrum auf diesen essentiellen Umstand hinzuweisen, aber ihm fehlte die Luft zum Sprechen.

Sylvia trat neben Genschel, blickte benebelt auf Grosch herab und schob ihre Unterlippe nach vorne wie ein kleines, schmollendes Mädchen, dem man ein Spielzeug weggenommen hat. »Sie rufen niemanden an«, sagte sie. Genschel nickte bestätigend und legte ihr eine Hand auf die Schulter.

Grosch schaffte ein Lächeln. Ein dünner Blutstrom floß über seine Lippen. »Danke ... daß Sie mich ... erschossen haben ... das war sehr ... umsichtig von Ihnen.« Verflixt, wo kam das schon wieder her? Hatte er den Gedanken laut ausgesprochen? Hoffentlich nicht, was würde man bloß von ihm denken? Mit seiner Konversationsfähigkeit ging es wirklich den Bach runter.

Sylvia stolperte an den Kerzen vorbei und brachte einige zu Fall, deren Flammen zischend in einer dunklen Pfütze erloschen, die sich rund um Grosch gebildet hatte. Sie legte sich wieder auf das Rednerpult, neben den wartenden Hammer, die wartenden Drucktypen. Genschel streichelte ihr über die Schultern und den rasierten Schädel. Sein Lächeln wirkte, als ob Angelhaken ihm die Mundwinkel nach oben zögen.

»Seid ihr ... bescheuert«, röchelte Grosch. Sein Blick wanderte zu Passfeller, der mit auf dem Rücken gefesselten Händen und halb geschlossenen Augen neben ihm an der Wand lehnte. »Pass ...«

Grosch spuckte einen Klumpen blutigen Speichel aus, so groß wie ein Taubenei. »Hey, Pass … wir sollten dringend … an unserer Strategie arbeiten … was hältst du … von schußsicheren … Westen …«

Genschel ergriff den Stahlhammer und eine Drucktype, die er auf Sylvias kahlem Hinterkopf plazierte. Er hob das massive Schlagwerkzeug.

»Lassen Sie … doch …« Für Sekunden wurde Grosch schwarz vor Augen. »Lassen Sie … den Unsinn …«

Und dann wich mit einem Mal die Zeitlupe, der Hammer sauste mit Lichtgeschwindigkeit herab und traf mit voller Wucht die Rückseite der Drucktype! Deutlich konnte Grosch ein häßliches Knacken vernehmen. Sylvias Kopf wurde zur Seite geschleudert. Ein luftloser Ton sprang über ihre Lippen – und dann schrie jemand auf.

Aber es war nicht Sylvia.

Es war Passfeller!

Und mit diesem Schrei schien in Groschs schmerzendem Schädel etwas zu detonieren, und er versank unter die Oberfläche, wo man ihm versprach, daß man seine Fesseln sofort lösen würde, wenn er bloß Ruhe bewahrte.

Er mußte sich nur fallenlassen.

Der Schrei half, die Nebel zu zerreißen, die träge wie Melasse in seinem Schädel auf- und niederwallten. Mit einem Schlag konnte Passfeller wieder klar sehen, doch was er sah, hätte ebensogut einem komatösen Alptraum entsprungen sein können.

»Hören Sie auf!« schrie er mit sich überschlagender Stimme.

Ungerührt legte der Professor die blutige Type beiseite und glitt mit suchend erhobenem Zeigefinger über die Reihe der noch unbenutzten. Sylvias Körper lag bewegungslos auf dem Pult, ein dunkles Rinnsal floß über ihre Stirn auf die glatte Oberfläche des großen Tisches. Passfeller hoffte inständig, daß das Mädchen nur bewußtlos war.

»Was wollen Sie eigentlich, verdammt? Es kann Ihnen doch nicht wirklich um die Wiedererweckung dieses keltischen Götzen gehen! Das nehme ich Ihnen nicht ab! Wollen Sie Geld? Wir können uns darüber unterhalten wie zivilisierte Menschen! Es sind genug unschuldige Menschen gestorben. Hören Sie auf mit diesem Irrsinn!«

Genschels Hand, die einen weiteren der würfelförmigen Blöcke ausgewählt hatte, verharrte in der Bewegung. Langsam wandte er sich zu den beiden am Boden liegenden Sonderkommissaren um. In seinen blauen Augen blitzte es. Schweißperlen hatten sich auf seiner breiten Stirn gebildet.

»Es geht mir *nicht* um die Wiederkehr Morgáthoans des Fängers?« fragte er lauernd. »Wie kommen Sie darauf?«

Wie zuvor überraschte Passfeller die unerwartete Reaktion des Wissenschaftlers, und er beschloß, einen Versuch zu wagen. Er warf einen raschen Seitenblick zu Grosch hinüber, der zitternd, aber bei Bewußtsein einen knappen Meter entfernt lag. Unter seinem Oberkörper hatte sich eine dunkle Lache von der Größe eines Bettvorlegers gebildet. Passfeller ahnte, daß ihm nicht viel Zeit blieb.

»Die Indizien waren zu eindeutig«, gab er einen Schuß ins Blaue ab. »All die Übereinstimmungen ... die nahtlose Anknüpfung an das Mordritual des Morgáthoaniden Karl Rosser ... die lateinische Anrufungsformel ... die mysteriöse Übereinstimmung im Lebensalter aller Opfer ... viel zu dick aufgetragen! Wir sollten auf eine falsche Fährte gelockt werden, habe ich recht?« Vergeblich bemühte er sich, seine Stimme nicht zittrig klingen zu lassen, doch die Nachwirkungen des Schlags auf den Kopf und seine Nervosität in der Gegenwart des unberechenbaren Killers ließen sich nicht einfach ausknipsen.

Genschel machte einen federnden Schritt auf ihn zu. In seiner rechten Hand befand sich nach wie vor der schwere Stahlhammer. Die ausgewählte Drucktype hatte er auf dem Pult zurückgelassen.

Ein irres Grinsen zuckte für einen Moment über sein bebendes Gesicht. »Ich sehe, ich habe Sie unterschätzt, Herr Passfeller. Bis vorhin glaubte ich tatsächlich, Sie hätten mir die Geschichte abgenommen, die ich so sorgfältig inszeniert habe. Die Wiederkunft des Fängers – ha!« Er stieß ein gackerndes Lachen aus, das Passfeller Übelkeit verursachte. »Wann haben Sie gemerkt, daß es nicht um ein rituelles Motiv geht, eh?« Er kam einen weiteren Schritt näher. Passfeller spürte, wie er zu schwitzen begann.

»In dem Moment … da ich Ihr Gesicht erkannte«, improvisierte er. »Ihre Person paßte nicht in das Puzzle, das wir aus den bisherigen Vorfällen zusammengesetzt hatten. Ein Universitätsprofessor von internationalem Ruf, der an die Existenz dämonischer Wesenheiten glaubt!« Während er sprach, stellte Passfeller fest, daß seine Worte Sinn machten. Die bisher gesammelten Indizien und die Person Genschels waren bei genauer Betrachtung eigentlich unvereinbar …

»Sie hätten mir nicht unter diesen Umständen begegnen sollen«, zischte Genschel. Ein haßerfüllter Unterton hatte sich seiner salbungsvollen Baßstimme bemächtigt, als er Passfeller erreichte und sich breitbeinig vor ihm aufbaute. »Lediglich die sechste Pforte hätte noch geöffnet werden müssen – um im Jargon der Morgáthoaniden zu bleiben. Sie hätten dann bis an Ihr Lebensende nach einem armen Irren suchen können, der verblendet genug ist, Menschenleben auszulöschen für die Erweckung einer mythischen Entität!« Er hielt einen Moment inne. »Aber das ändert nichts. Die sechste Pforte *wird* geöffnet werden, und Sie …« Er deutete auf Passfeller und Grosch. »… Sie werden – *verschwinden*! Auf Nimmerwiedersehen, in Ausübung Ihrer Pflicht. Im Zuge der Ermittlungen zu der geheimnisvollsten Mordserie, die diese Stadt je gesehen hat!« Wieder ertönte sein meckerndes Lachen. »Mal unter uns: Glauben Sie, die lokale Polizei wird binnen der nächsten zehn Jahre auch nur *eine* brauchbare Schlußfolgerung ziehen?«

Ein gehässiger Ausdruck machte sich auf dem feisten Gesicht breit, und Passfeller beschloß, die Gnade des Augenblicks für eine weitere Frage auszunutzen. »Was haben Sie mit Sylvia gemacht? Wieso ausgerechnet sie? Was hat sie Ihnen getan?«

Genschel sah ihn überrascht an. »Was sie mir *getan* hat? Nichts hat sie mir getan! Wie alle anderen auch. Nichts!« Er stieß ein schnaubendes Geräusch aus, das sich anhörte wie das Zuziehen eines rostigen Reißverschlusses. »Die Kleine studierte bei mir, es kostete mich nur einen Anruf, sie heute nachmittag zu mir ins Büro zu bestellen. Dann ein wenig von einem ganz bestimmten Pülverchen, unbemerkt in ihren Kaffee gegeben …«

»Was ist mit Forcas und Marcochias, Theutus und Astaroth –

den ganzen dämonischen Namen, die Sylvia vorhin herunterleierte? Alles Namen, die nicht im Entferntesten mit keltischer Mythologie zu tun haben. Was haben Sie ihr weisgemacht?«

Genschels Augen weiteten sich spöttisch. »Oh, ich sehe, wir haben es hier mit einem wahren Experten in diesen Dingen zu tun! Wahrhaftig, all diese Gestalten haben mit der Figur des Morgáthoan nichts zu tun. Es ging vielmehr darum ...« Er trat neben das Pult und hob mit spitzen Fingern eines der Amulette von der Brust der bewußtlosen Studentin. »Sehen Sie sich das Mädchen doch an! Ein hoffnungslos naives, verblendetes Geschöpf, das in seiner eigenen Welt aus schwarzen Rosen, Spinnweben und unerfüllter Liebe lebt! Ich habe mich, als die Droge anfing zu wirken, der von ihr goutierten Bildwelten bedient. Wir hatten ein langes, ausführliches Gespräch über fremde Sphären und ferne Dimensionen. Gegen Ende zeigte sie sich so begeistert von der Aussicht, einem Ritual zu Ehren ihrer dämonischen Idole beizuwohnen, daß ich fast den Eindruck hatte, ich hätte ebensogut auf die Droge verzichten können. Dankbar harrte sie den ganzen Abend in einem Hinterzimmer in der Nähe meines Büros aus, rasierte sich sogar widerspruchslos den Schädel, als ich beiläufig erwähnte, es könne der Intensität des Rituals vielleicht zuträglich sein, ha, ha! Sehen Sie nur, wie liebevoll sie später noch die Stätte ihres eigenen Ablebens – von dem sie selbst natürlich nicht das Geringste ahnte – dekoriert hat, all diese kitschigen Duftschälchen, die Kerzen und so weiter. Ich machte mir einen Spaß daraus, mir aus dem Büro eines Kollegen aus der Völkerkunde diese bemerkenswert unansehnliche Maske mitzubringen, und dann begannen wir mit unserer kleinen Zeremonie. Alles wäre wunderbar glatt gelaufen, wären nicht *Sie* ...« – sein Finger deutete auf Passfellers Gesicht – »... plötzlich als Störfaktor aufgetaucht!«

Genschels Kichern ging in ein wütendes Schnauben über.

»Sie Schwein! Sie haben die Schwäche dieses Mädchens ausgenutzt, um sie in ihr Verderben rennen zu lassen, dabei hat sie Ihnen nichts getan!« Passfellers Stimme bebte vor Fassungslosigkeit und Abscheu. »Warum?«

»Nun, vielleicht weil sie dreiundzwanzig Jahre alt ist.« Der Professor breitete die Arme aus und machte eine weitschweifige Geste durch die abgestandene Luft des Lesesaals. »Ein amüsantes Steinchen, das ich dem Mosaik hinzuzufügen beschloß, um ein wenig Verwirrung zu stiften. Und das ist mir auch trefflich gelungen, finden Sie nicht? Ich hoffte, daß man auch dieser Spur in den historischen Aufzeichnungen nachgehen würde – und natürlich hätte man nicht das Geringste gefunden!« Er richtete sich auf, seine Schultern strafften sich. »Eine glorreiche Idee, die uns auf dem Friedhof kam, als wir feststellten, daß Friedhelm Knecht zum Zeitpunkt seines Todes dreiundzwanzig gewesen war. Spontan gruben wir weitere dreiundzwanzigjährige Leichen aus. Mit dem Resultat, daß die Tat umso gräßlicher wirkte ...«

»*Wir*?« Passfellers Hände, die hinter seinem Rücken verzweifelt damit beschäftigt waren, seine Fesseln zu lockern, hielten inne. »Wen meinen Sie mit ›wir‹?«

»Es fiel mir leicht, mir über die Unterlagen der universitären Administration Zugang zu den persönlichen Daten von Studenten jeder Fachrichtung zu verschaffen«, fuhr Genschel unbeirrt fort. »Es war ein Kinderspiel, einige Dreiundzwanzigjährige zu ermitteln, die wir in der Nacht abpaßten und anschließend an strategisch wirksamen Punkten zurückließen. Wie fanden Sie beispielsweise unsere Dekorierung des geschmacklosen Fastnachstbrunnens, heh?« Er brach in wildes Gelächter aus. Einige der Kerzen, die den Saal in schummriges Halbdunkel tauchten, begannen zu flackern, was der Szenerie etwas zunehmend Surreales verlieh. Passfeller hörte, wie Grosch neben ihm leise stöhnte.

»Wer ist ›wir‹?« wiederholte er, während seine Hände ihre Aktivität hinter seinem Rücken von neuem aufnahmen.

Genschel verstummte und richtete seinen starren Blick auf den Hammer in seiner Hand. »*Nettersheim*!« Er stieß das Wort hervor, als bereite ihm der bloße Gedanke an den Träger des Namens körperlichen Ekel. Ungehalten wirbelte er herum und begann, mit ausgreifenden Schritten vor den Polizisten auf und ab zu marschieren. »Dieser Kretin! Dachte, er könnte mittendrin alles hinschmeißen! Wochen hat es mich gekostet, ihn von der Wichtigkeit der Aktion zu überzeugen, vom guten Zweck, der der wissenschaftlichen Welt daraus erwachsen würde. Und dann kam er an, am Tag, nachdem wir diesen Pseudobuchhändler am Theater niedergemacht hatten, und sagte, er wolle aussteigen, er hätte genug, die Sache sei ihm zu riskant geworden und außerdem ›abwegig‹. Pah!« Die Schritte des Wissenschaftlers wurden energischer, während seine Stimme immer mehr an Lautstärke gewann. Passfeller zerrte verzweifelt an dem Kabel um seine Handgelenke.

»Er hatte nur etwas übersehen …« Ein gefährlicher, amüsiert wirkender Unterton stahl sich in Genschels schneidendes Organ, als er stehenblieb und mit dem Rücken zu den Polizisten fortfuhr. »Denn zu seinem Pech war *er* ebenfalls dreiundzwanzig … alles paßte hervorragend! Ich bestellte ihn abends in mein Büro und erledigte die Angelegenheit gleich dort. Die Römersteine lagen ohnehin auf meinem Heimweg, und so brauchte ich später nur rasch anzuhalten und …«

»Aber wozu?« Passfeller gab sich Mühe, seine Stimme mutlos und resigniert klingen zu lassen. Er wollte den Redefluß des Verrückten aufrecht erhalten. Wenn es ihm gelang, seine Hände freizubekommen …

»Wozu?« Genschel drehte sich auf dem Absatz um und starrte ihn an. Erschrocken hielt Passfeller inne. »*Wozu*?« Ganz langsam kam der schwergewichtige Akademiker auf ihn zu. In seinen Augen irrlichterte es, nicht nur aufgrund der kümmerlichen Beleuchtung, und in seinen Mundwinkeln hatten sich gelbliche Speichelbläschen gebildet. Er blieb einen halben Meter von Passfellers Füßen entfernt stehen.

Für einen Augenblick herrschte Stille. Genschel schien zu überlegen.

Dann griff er urplötzlich hinter sich. Als er Passfeller wieder ansah, hielt er anstatt des Hammers eine der beiden Dienstpistolen in der breiten Hand. Versonnen betrachtete Genschel die Waffe, und kurz fürchtete Passfeller, er könnte die Frage einfach vergessen haben und unangekündigt dazu übergehen, ihnen den Garaus zu machen.

Doch er täuschte sich.

Der Professor ließ die Pistole sinken, trat einen Schritt zurück und richtete seinen Blick gegen die Decke hoch über sich. Scheinbar zusammenhanglos fragte er: »Kennen Sie Ewald Herwarth?«

Passfeller brauchte einen Moment, bis er den Namen zuordnen konnte. Dann sagte er: »Ihren Kollegen, der ein Buch über Gutenbergs bisher unbekannte Nebenbeschäftigung geschrieben hat?«

»Sogar *Sie* haben schon von ihm gehört!« fuhr Genschel auf und schüttelte hektisch den Kopf. Er sah Passfeller böse an. »Er ist nicht mein Kollege, merken Sie sich das! Er ist ein … ein elender, diffamierender …«

»Was ist so schlimm daran, das Bild Gutenbergs in unserer modernen Zeit ein wenig zu erweitern?« fragte Passfeller, in dessen Hinterkopf sich ganz allmählich ein vager Zusammenhang abzuzeichnen begann. Die Idee an sich schien aberwitzig – aber nicht weniger aberwitzig als der durchgedrehte Akademiker, der vor ihm in die Höhe ragte!

Genschel sah ihn mit einer Mischung aus Fassungslosigkeit und Wut an. Ganz langsam beugte er sich wieder zu Passfeller herunter, bis ihre Gesichter nur noch wenige Zentimeter voneinander entfernt waren. Der Duft von Eisbonbons, vermischt mit dem säuerlichen Geruch von Schweiß, stieg Passfeller in die Nase.

Kaum hörbar sagte Genschel: »Gutenberg war eines der größten Genies der Menschheit!«

»Das … äh … stellt niemand in Abrede, Herr Professor. Ich frage mich nur, inwiefern …«

Der Akademiker legte den Kopf schief und sah ihm tief in die Augen. Noch leiser flüsterte er: »Haben Sie eine Vorstellung, wie Ihre ›moderne Welt‹ auf die Offenbarungen Herwarths reagiert hätte?«

Ein einzelner Speicheltropfen spritzte Passfeller ins Gesicht. Er versuchte, ihn unauffällig fortzublinzeln und entgegnete vorsichtig: »Ich nehme an, man hätte die neuen Informationen interessiert zur Kenntnis genommen und …«

Ruckartig entfernte sich Genschels Gesicht von seinem, der Professor wirbelte herum und ließ den Knauf der Waffe krachend auf die Platte des Vortragspultes hinabsausen, nur wenige Zentimeter neben Sylvias Kopf. »*Gutenberg wäre zu einer Witzfigur gewor-*

den!« brüllte er so laut, daß der Saal von seiner Stimme widerhallte. »Man hätte ihn ausgelacht, den ›Geisterjäger‹, weil sich heute niemand mehr vorstellen kann, wieso es ihm als gutem Christen wichtig war, gegen die Bedrohung der Morgáthoan-Sekte vorzugehen!« Seine Stimme überschlug sich, und er verstummte abrupt. Passfeller, der seinen unvorstellbaren Verdacht bestätigt sah, war so aus der Fassung gebracht, daß er für einen Augenblick völlig vergaß, an seinen Fesseln zu rütteln.

»Aber wie ... warum ... die ganzen Morde? Warum den Anschein erwecken, jemand habe sich die Durchführung des ›revocatio‹-Rituals zum Ziel gesetzt? Wenn Ihnen doch nur daran gelegen war, den Ruf Ihres großen Idols unbefleckt zu halten – wieso brachten Sie nicht einfach diesen Doktor Herwarth um, bevor er ... also ... wäre es nicht viel naheliegender gewesen, diese *eine* Person ...?«

Genschel näherte sich ihm mit unbeherrschten Schritten. Weiße, verschwitzte Haarbüschel standen von seinem Kopf ab wie die Krone eines wahnsinnigen Königs, und in seinen Augen funkelte animalischer Zorn. Passfeller dämmerte zu spät, daß logische Argumente in der Situation, in der er sich gerade befand, vielleicht nicht die empfehlenswerteste Vorgehensweise waren. Doch er konnte seine Worte nicht mehr zurückziehen.

Der erwartete Ausbruch blieb aus.

Statt dessen sagte Genschel ganz ernst: »Das hatte ich erwogen. Selbstverständlich hatte ich das erwogen. Aber so einfach ist es nicht ...« Er starrte die Waffe in seiner Hand an, als sähe er sie zum ersten Mal. Dann wandte er den Kopf wieder Passfeller zu, der für den Bruchteil von Sekunden etwas gänzlich Neues in den blauen Augen des Mannes zu erkennen glaubte – Traurigkeit?

»Sie müssen wissen – Herwarth hat recht! Selbst wenn ich die Publikation seines Buches hätte verhindern, selbst wenn ich ihn für immer zum Verstummen hätte bringen können – nach ihm wären andere gekommen!« Er richtete sich zu seiner vollen, imposanten Größe auf und trat vor die Tafel, als beabsichtige er, ein Referat zu halten. Weit holte er mit dem Arm aus, fuhrwerkte mit der Pistole in der Luft herum wie mit einem Zeigestock. Nur der dünne Speichelfaden, der sich von seinem Kinn gelöst hatte und als Anker glitzernder Nässe von seinem Kinn baumelte, wollte nicht ganz zum Bild des seriösen Dozenten passen. »In den dreißiger Jahren dieses Jahrhunderts wurden Grabungen im ehemaligen Kirchenschiff der Franziskanerkirche zu Mainz angestellt. Bereits damals, im Zuge dieser Untersuchungen, stieß der Gutenbergforscher Aloys Ruppel auf Anzeichen, die für eine Involvierung Gutenbergs in der Brüderschaft der ›bewarer des freyen seyns‹ sprachen. Und wissen Sie, was er tat?«

Der schwergewichtige Körper des Buchwissenschaflers wirbelte erschreckend leichtfüßig herum, so daß Passfeller erneut innehalten mußte.

»Er hielt sie geheim!«

Neben Passfellers Ohr ertönte von neuem Groschs leises Stöhnen, und als er den Blick kurz von dem im Halbdunkel gestikulierenden Akademiker abwandte, erkannte er schockiert, daß die Blutlache um den Körper seines Freundes sich erheblich vergrößert hatte. Grosch lag in einer riesigen, fast schwarzen Pfütze, deren Ränder bereits Passfellers Schulter berührten.

»Ruppel hatte herausgefunden, daß Gutenberg nicht nur Mitglied, sondern gegen Ende seiner Straßburger Zeit sogar aktiver Anführer der ›bewarer‹ war! Er ahnte voraus, wie schadhaft das Bekanntwerden dieses Umstandes dem Ruf eines der größten Geister der Menschheitsgeschichte werden könnte, und unterdrückte die Information.« Er eilte hinter das Pult zurück und griff mit seiner freien Hand nach dem Hammer. »Das ist jetzt leider nicht mehr möglich!« bellte er. »Zu offensichtlich sind die schon bekannt gewordenen Beweise. Es besteht also nur noch die Möglichkeit, den Menschen zu verdeutlichen, welche löblichen und ehrenwerten Absichten jener große Mann in der Verfolgung der blutrünstigen und gemeingefährlichen Morgáthoan-Sekte verfolgte – *indem die Sekte umso blutrünstiger und gemeingefährlicher wieder aufersteht!*«

Passfeller klappte die Kinnlade herunter, als er schlagartig das ganze Ausmaß des Wahnsinns erkannt, der den Wissenschaftler umtrieb! Mit einer Kraft, die aus Verzweiflung geboren war, zerrte er an seinen Fesseln, die sich allmählich zu lockern schienen.

Doch er ahnte, daß es nicht mehr reichen würde!

»Die Welt muß erneut erbeben unter der Grausamkeit der Morgáthoaniden, um die Größe und Güte eines Menschen zu erkennen, der das Gesicht dieser Welt auf ewig verändert hat!« kreischte Genschel und wühlte mit einer hektisch umhertastenden Hand die Drucktypen durcheinander, die vor ihm auf dem Pult ausgebreitet lagen. Er packte eine davon, setzte sie auf Sylvias kahlgeschorenen Schädel und riß den Hammer in die Höhe.

Passfeller wälzte sich verzweifelt in Groschs Blut umher und riß mit aller Macht an dem Kabel, das seine Hände zusammenhielt. Aber es war zu spät.

»DIE SECHSTE PFORTE SOLL GEÖFFNET SEIN!« brüllte Genschel und ließ die Hand mit dem Hammer herunterschnellen.

Und die Welt explodierte, gebar sich selbst, flog auseinander.

Die Töne waren Scherben aus Schmerz, schallgewordenes Leiden, das durch den Vorlesungssaal flog, sich pfeilgerade auf Groschs Körper stürzte und ihn ins Linoleum drückte. Er wollte schreien, aber die lähmende Zeitlupe hatte ihn wieder eingehüllt, mehr noch, der Verlauf der Zeit selbst hatte sich verdreht, verwandelt.

Eben noch hatte Passfeller erregt mit Genschel diskutiert. Sie hatten jedoch eine Sprache verwendet, die er noch nie im Leben gehört hatte. Genschel hatte etwas Außerirdisches gebrüllt und den Stahlhammer in die Höhe gerissen. Der Vorlesungssaal P5 wurde lebendig und begann, vor Freude zu schreien. Gerne hätte Grosch jetzt seinen Schal bei sich gehabt, er hatte Lust, ein wenig mit ihm zu schmusen.

Du stirbst, rief der Insasse des schwarzen Mercedes. Es überraschte Grosch nicht, daß es sich bei der Person um Doktor Trauerwein handelte. Ein Arzt konnte den Unterschied zwischen Leben und Tod leicht feststellen, das war schließlich sein Job. *Tja, mein Guter, das war's dann wohl. Adieu. Du wirst nie wieder gehen, laufen, sitzen, lachen, weinen, sprechen, essen, du wirst überhaupt nie wieder etwas tun! Jetzt erkaltest du. Ja, ja.*

Warum duzte ihn Doktor Trauerwein? Kannten sie sich von früher?

In der wahren Welt öffnete Grosch die Augen und blinzelte Tränen fort. »Mein Name ... sei Gantenbein ...« flüsterte er.

Das Buchmonster stand hinter dem Rednerpult und brüllte etwas Unverständliches. Seine Augen funkelten fanatisch. Die Hand mit dem Hammer fiel zum zweiten Mal ...

... und dann – scheinbar ohne äußere Einwirkung – explodierte sein Kopf in einer gewaltigen roten Wolke! Knochensplitter flogen durch die Luft und prasselten um Grosch herum auf den Boden. Eine Fontäne spritzte geysirartig aus dem Rumpf des Buchwissenschaftlers, da sein nach wie vor entschlossenes Herz noch nicht begriffen hatte, daß es kein Gehirn mehr mit Sauerstoff zu versorgen galt. Ein immenser Schwall Lebenssaft ergoß sich über Sylvias Leib. Der Hammer fiel ihm aus der Hand und landete krachend auf dem Boden, während sein Restkörper geräuschlos in sich zusammensackte. Arme und Beine schlugen konvulsivisch aus, verspritzten Blut in alle Richtungen.

»Mein ... Name ... sei ... Gantenbein ...«

Der bärtige Blinde, den Grosch auf dem Friedhof gesehen hatte, kam die Stufen des Vorlesungssaales heruntergeeilt. In seiner Hand hielt er eine riesige, rauchende Pistole.

Er muß sich bei seinem Schuß ganz auf sein Gehör verlassen haben, dachte Grosch noch, dann schloß er die Augen und stieg in den schwarzen Mercedes, der die ganze Zeit auf ihn gewartet hatte.

»Das ... *Doktor Krafft*?« Im selben Augenblick, da Passfeller die Frage in den Raum schleuderte, gelang es ihm endlich, die Fessel hinter seinem Rücken abzustreifen. Taumelnd kam er auf die Füße, wobei er sich mit beiden Händen den Schädel hielt, der den kürzlichen Schlag nicht so ohne weiteres weggesteckt hatte. Angewidert stellte er fest, daß sein Gesicht von einem feinen Sprühnebel aus Blut und kleinen, weißen Bröckchen bedeckt war, deren Herkunft er lieber nicht ergründen wollte.

Der Fremde mit dem Vollbart hatte ihn in der Zwischenzeit erreicht. Wenngleich diesmal keine dunkle Brille seine Augen verschattete und er den weißen Gehstock gegen eine rauchende Luger 100 mit Schalldämpfer eingetauscht hatte, erkannte Passfeller ihn doch einwandfrei als jenen Mann wieder, dem er an zweien der bisherigen Leichenfundorte begegnet war. Mißtrauisch ging er neben dem Körper Genschels in die Hocke. Doch man benötigte keine medizinischen Fachkenntnisse, um auf den ersten Blick zu erkennen, daß von dem Wissenschaftler keine Gefahr mehr ausging. Der Fremde erhob sich wieder und warf einen raschen Blick auf den Körper Sylvias. Als ihm klarwurde, daß sie offensichtlich nur leicht verletzt war, trat er auf Passfeller zu.

»Leonid Krafft ist mein Name. Ich habe den Eindruck, als sei ich genau im richtigen Augenblick aufgetaucht.«

»Eher ein paar Minuten zu spät!« gab Passfeller grimmig zurück und ließ sich neben dem zitternden Körper von Grosch auf die Knie nieder. Behutsam löste er dessen Fesseln. Als er Grosch mit der Hand über die schweißverklebte Stirn strich, stellte er entsetzt fest, wie kalt der Körper seines Freundes war. »Wo auch immer Sie herkommen, rufen Sie einen Notarztwagen! Rasch!«

Leonid Krafft kniete sich neben ihm auf den blutverschmierten Linoleumboden und griff nach Groschs Handgelenk. »Das habe ich bereits getan. Nachdem mir klar war, wohin Genschel sich mit dem Mädchen verzogen hatte, verständigte ich telefonisch Polizei und Rettungssanitäter. Sie müssen jede Minute eintreffen.«

Passfeller zog sein Sakko aus, knüllte es zusammen und schob es Grosch vorsichtig unter den schweren Kopf. Dann drehte er sich zu Krafft um und musterte ihn zweifelnd. »Wer sind Sie wirklich? Was treiben Sie für ein Spiel? Wieso haben Sie getan, als seien Sie blind?«

Ein betretenes Lächeln umspielte für einen Moment Kraffts dunkle Züge. Er blickte am Arm seiner Jacke herunter, an der nach wie vor eine gelbe Binde mit drei schwarzen Punkten prangte. »Tja, da bin ich Ihnen wohl eine kleine Erklärung schuldig«, murmelte er. »Mein Name ist wirklich Leonid Krafft, ich bin Historiker. Nur blind bin ich nicht, und in Anbetracht dieser Szenerie hier möchte ich fast sagen: gottseidank.«

Ein leises Stöhnen entrang sich Groschs Lippen, und als Passfeller den Blick senkte, erkannte er ein dünnes Blutrinnsal, das sich aus seinem Mundwinkel löste und träge durch den stachligen Bart davonrollte.

»Der … der Blinde schießt … schießt gut …« murmelte er kaum hörbar.

Bevor Passfeller reagieren konnte, hatte sich Doktor Krafft vornübergebeugt und begonnen, Groschs Mantel aufzuknöpfen. Passfeller ging ihm zur Hand, so gut es ging, doch als darunter ein über und über mit Blut durchtränktes Hemd zum Vorschein kam, hielt er schockiert inne. Wortlos sah er zu, wie Krafft auch das Hemd öffnete und das darunterliegende, durchnäßte T-Shirt aufriß.

Die Schußwunde war fast handtellergroß.

»Er hat die Kugel aus nächster Nähe empfangen«, kommentierte Krafft tonlos. »Steckschuß. Wenn er über eine gute Kondition verfügt, kann er es schaffen.« Rasch schlüpfte er aus seiner eigenen Jacke und formte ein straff gewickeltes Kissen daraus. »Hier. Drücken Sie das fest auf die Wunde. Der Blutfluß muß zum Stocken kommen, bis die Ärzte hier sind.«

Passfeller tat wie geheißen. Als er mit dem Stoff die Verletzung berührte, wimmerte Grosch vor Schmerz auf wie ein waidwundes Tier, und es kostete Passfeller einige Überwindung, die Presse dort zu lassen.

»Seit einigen Jahren widme ich mich verstärkt der Inkunabelforschung und dem Leben und Wirken Gutenbergs«, fuhr Krafft ungefragt fort und wischte sich die Hände an der Hose sauber. »Ich besuchte Kongresse und Symposien, wo ich regelmäßig in Kontakt mit Professor Genschel kam. Ich war nicht der einzige, dem während des letzten halben Jahres gewisse Veränderungen in seinem Verhalten auffiel. Ich erinnere mich besonders an eine Vortragsveranstaltung in Leipzig, wo er sich vehement und mit für seine Verhältnisse erstaunlich haltlosen Argumenten gegen unseren Kollegen Herwarth wandte. Er schien in seiner Ablehnung von Herwarths Forschungsergebnissen regelrecht fanatisch, und nur mit Mühe konnte er davon abgehalten werden, körperlich auf den Mann loszugehen! In der Folge nahmen einige Kollegen und ich uns vor, ihn und seine Arbeit prophylaktisch im Auge zu behalten. Als dann vor einigen Monaten die Originaldrucktypen Gutenbergs auftauchten, nutzte ich die Gelegenheit und bewarb mich hier um ein Gastsemester.«

»Sie traten als Blinder auf?« Während er sprach, warf Passfeller immer wieder hastige Blicke über die Schulter zum Eingang des Lesungssaals. Doch niemand kam herein.

»Eine Eingebung, mehr nicht. Genschel kannte mich zu diesem Zeitpunkt noch nicht persönlich, hatte mich höchstens auf der einen oder anderen Veranstaltung am Rande gesehen. Zu diesem Zeitpunkt hatten bereits die Untersuchungen am historischen Drucktypenmaterial begonnen, und auch hier erweckte Genschels zuweilen recht seltsames Benehmen Mißtrauen. Die vorgetäuschte Blindheit, für einen Sehenden relativ leicht zu simulieren, solange man eine Sonnenbrille verwendet, ermöglichte mir unauffällige Beobachtungen. Jetzt ist diese Tarnung obsolet geworden ...«

Er warf einen undeutbaren Blick auf die Leiche des Buchwissenschaftlers, unter der sich allmählich ein dunkler See ausbreitete.

»Woher haben Sie die Waffe?« fragte Passfeller.

Krafft erhob sich und verstaute die Luger, die er beim Näherkommen auf dem Rednerpult abgelegt hatte, in einer speziellen Gürteltasche. »Um dieses Baby jetzt im entscheidenden Moment zur Hand zu haben, habe ich heute über sechs Stunden Zugfahrt auf mich genommen. Aber ich fürchte, dazu werde ich später Ihren geschätzten Kollegen von der hiesigen Polizei noch die eine oder andere Auskunft geben müssen.« Er fuhr sich nervös durch den dunklen Kinnbart und spähte nun ebenfalls in Richtung des Saaleingangs. »Ich hatte jedenfalls gerade meine Stelle angetreten, da kam es zum Diebstahl der Drucktypen. Genschel war, zusammen mit einigen Angestellten des Museums, einer meiner ersten Verdächtigen. Sie müssen wissen, es war ihm ein Leichtes, als Mitglied der wissenschaftlichen Untersuchungskommission an sämtliche Schlüssel zu den Aufbewahrungsräumlichkeiten der Ausstellungsstücke zu kommen ...«

Grosch hustete, und sein massiver Körper erbebte in spasmischen Zuckungen. Passfeller wartete, bis der Anfall vorüber war, dann hob er vorsichtig den Stoffballen von der Wunde. Er war komplett durchgeblutet.

»Hier, nehmen Sie das!« Krafft reichte ihm ein Kleidungsstück aus schwarzem, dünnem Stoff. Es war die Jacke, die Sylvia getragen hatte, als sie ihn am Morgen im Hotel besuchte.

Passfeller preßte damit von neuem auf die Wunde. Er spürte durch den Stoff hindurch, wie Groschs Körper unter seiner Hand immer stärker zu zittern begann. Rote Bläschen zerplatzten auf seinen Lippen, als er zwischen den einzelnen Hustenstößen versuchte, Worte zu artikulieren.

»Ruhig, mein Alter, nicht aufregen. Hilfe ist schon unterwegs …« Es fiel Passfeller zunehmend schwer, seine Stimme ruhig zu halten. Zu groß war die Lache aus dunklem Blut, in der er kniete, zu weiß war das Gesicht seines langjährigen Kollegen binnen der letzten Minuten geworden.

Tief in seinem Innern ahnte Passfeller, daß die Hilfe zu spät kommen würde. Mit einer Gewißheit, die ihn plötzlicher und härter traf als der Schlag auf den Hinterkopf wenige Minuten zuvor, wurde er sich des unumstößlichen Umstandes bewußt.

Tillmann Grosch starb!

Der gesamte Boden des Vorlesungssaales war mit einem dickflüssigen, roten Film überzogen.

Was für eine Riesensauerei, dachte Grosch, der durch das Fenster des Mercedes auf die Bescherung blickte. Er suchte nach Passfeller, aber dann explodierten die Schmerzen in seinem Körper, zwangen ihn in einen Brunnenschacht voller verlockender Versprechungen hinab.

Wenn die Schmerzen so schlimm werden, als gäbe es kein Morgen mehr, sagte Doktor Trauerwein auf dem Vordersitz, *dann gibt es auch kein Morgen mehr. Wußtest du das?*

Kein Morgen mehr? Aber das geht nicht! Ich wollte noch das ZDF besuchen, wo ich doch gerade in Mainz bin …

Tja, ich befürchte, daraus wird wohl nichts, denn du bist leider tot. Ja, ja.

In Ihren Worten steckt eine gewisse Logik, Herr Doktor, aber da ich seit Neuestem wahnsinnig bin, kann ich sie nicht begreifen.

Grosch hatte die Wahl, und er entschied sich für den bequemen Weg. Zu sterben blieb dennoch scheiße, er konnte dem nichts abgewinnen. Langsam öffnete er seinen Mund, der eigentlich gar nicht mehr existierte, und ließ die Luft über seine geschwollene Zunge streifen. Alle Spannung fiel von ihm ab, sein Körper wurde wunderbar warm, wunderbar kalt, er schwamm in rotem und blauem Licht, Kerzen in der Brust. Die Knochen in ihm stellten merkwürdige Dinge an, sie rutschten hin und her, tauschten die Plätze. Er wollte nicht aufwachen, versuchte, tiefer in das tröstende Dunkel zu versinken.

Doktor Trauerwein startete den Motor und gab Gas.

Mit einem Mal ging alles ganz schnell. Grell flammten die Deckenleuchten von P5 auf, die harten Tritte unzähliger Stiefel polterten die Stufen hinunter, und wenige Sekunden später war Passfeller von einem Heer helfender Hände umgeben. Er sah Männer in grünen Polizeiuniformen, erkannte das grelle Rot von Sanitäterwesten, kräftige Arme zogen ihn vom Boden hoch. Er sah, wie man Tillmann eine Sauerstoffmaske überstülpte und Schläuche mit flüssigkeitsgefüllten Beuteln an seinen Körper anschloß. Dann wurde er auf eine Bahre gehievt und die Treppe hinaufgetragen.

Passfeller bekam eine kratzige, aber warme Decke um die Schultern gelegt und wurde unter sanftem, aber stetigem Druck die Treppe hinauf und durch den gläsernen Korridor aus dem Gebäude geschoben.

Der Platz vor dem Philosophicum war vom grellen Flackern Dutzender von Blaulichtlampen erhellt. Überall vor der Haupttreppe parkten Rettungswagen und Einsatzfahrzeuge der Polizei. Es herrschte Gedränge. Beamte liefen hierhin und dorthin, jemand drückte ihm einen Becher mit etwas Warmem in die Hand.

Es kam weißgott nicht häufig vor, aber in diesem Moment seines Lebens war Passfeller wirklich froh, das immense Beamtenaufgebot zu sehen.

Er versuchte, sich einen Überblick zu verschaffen. Die Türen eines der beiden Krankenwagen standen offen, und als er sich auf die Zehenspitzen stellte, erkannte er im Innern den massigen Körper Groschs. Mit einigen raschen Schritten war er hinter dem Gefährt.

»Wie sieht es aus? Wird er durchkommen?« Passfeller gab sich keine Mühe, das Zittern in seiner Stimme zu überspielen. Betroffen starrte er die Ärzte an, die in hektischer Aktivität um die Bahre mit Groschs Körper wuselten.

Ein junger Rettungssanitäter aus dem Wageninnern kam zu ihm nach hinten. »Wir wissen noch nicht genau, wie tief die Kugel eingedrungen ist, aber es sieht wohl nicht schlecht aus. Ihr Kollege hat eine Konstitution wie ein Pferd. Sobald er transportfähig ist, müssen wir ihn aber sofort in die Klinik bringen.«

Passfeller atmete hörbar aus und nickte. Während er versuchte, sich etwas zu beruhigen, erinnerte er sich an den Becher in seiner Hand. Er enthielt süßen, heißen Tee, den er dankbar schlürfte.

Unvermittelt tauchte Leonid Krafft neben ihm auf. Gemeinsam schauten sie zu, wie eine verdeckte Bahre mit den Überresten des Professors aus dem Eingang des Seitenflügels getragen wurde. Es folgte eine weitere Bahre mit dem reglosen Körper Sylvias, die wie Grosch zuvor an Schläuche und weiteres medizinisches Gerät angeschlossen war.

Passfeller sah Krafft von der Seite an und schüttelte mit mattem Lächeln den Kopf. »Wissen Sie«, sagte er, »daß wir eigentlich Sie im Verdacht hatten?«

»*Mich?* Grundgütiger!« Krafft tat entsetzt und nahm einen Schluck aus seinem eigenen Becher. »Das spricht nicht gerade für Ihr kriminalistisches Gespür, wenn ich es mal so ausdrücken darf.« Er lächelte schief.

»Sie müssen zugeben, daß einiges gegen Sie sprach. Was hatten Sie zum Beispiel an den Tatorten verloren?«

»Ich mußte mir doch einen Überblick über die Vorgehensweise des Täters verschaffen«, erklärte Krafft in entschuldigendem Ton. »Mit jedem Opfer, das mithilfe der Gutenbergschen Drucktypen getötet wurde, verfestigte sich mein Verdacht, daß Genschel etwas mit der Sache zu tun haben mußte. In der zugegeben naiven Hoffnung, seine Aktivitäten vorausahnen zu können, nahm ich mir ein Zimmer in einem Hotel in der Innenstadt und patroullierte nachts Orte, die in meinen Augen für die nächste Greueltat in Frage kamen. Aber ich lag jedesmal falsch.«

»Dann waren da Ihre auffallend positiven, fast respektvollen

Äußerungen über die Taten des Schädeltypographen, die Sie auf dem Sondervortrag im Institut vor zwei Tagen geäußert haben sollen. Was hatte es damit auf sich?«

»Mein Gott, Ihnen ist ja nichts verborgen geblieben!« Der Akademiker grinste. »Zu diesem Zeitpunkt hatten sich alle meine Verdachtsmomente auf Genschel fokussiert. Ich wollte prüfen, ob ich richtig lag, und ihn ein bißchen aus der Reserve locken. Ich rechnete damit, daß er den Kontakt zu mir suchen würde, wenn ich mich als verwandter Geist ausgab. Aber ich täuschte mich. Sein Wahnsinn war von eher solitärer Natur.«

»Nicht ganz«, hielt Passfeller entgegen. »Immerhin war Ihr eigener wissenschaftlicher Assistent, Christoph Nettersheim, der Komplize des Professors!«

Krafft hob in einer abwehrenden Geste die Hände. »Davon hatte ich keine Ahnung! Ich sah erst klar, was sein seltsames Verhalten und die kryptischen Kommentare in den vorangegangenen Wochen zu bedeuten hatten, als es bereits zu spät war. Und was das Schlimme an der Sache ist – ich fühle mich in gewisser Hinsicht sogar mitschuldig an seinem Tod!«

»Wieso denn das?«

»Nun, Christoph stellte mir erst vorgestern im Vorfeld der Vortragsveranstaltung noch so seltsame Fragen ... ob es rechtens wäre, sich mit exorbitanten Mitteln für etwas einzusetzen, wovon man in tiefster Seele gar nicht überzeugt sei ... etwas in dieser Richtung.«

»Und was antworteten Sie?«

»Na, was man in solchen Fällen eben so antwortet: Daß man sich nur dann in eine Sache reinhängen sollte, wenn man mit ganzem Herzen dabei ist, bla, bla, der übliche Schmus. Vielleicht gab mein Rat den Ausschlag für ihn, mit Genschel zu brechen. Und einen Tag später war er tot.«

Passfeller schüttelte den Kopf. »Was für eine Alternative hätte er denn gehabt? Dem Verrückten weiter bei seinen Morden zur Hand zu gehen? Hätten Sie ihm das empfehlen wollen, wenn Sie geahnt hätten, worum es tatsächlich ging?«

»Wohl kaum. Natürlich nicht. Sie haben recht.«

Sie schwiegen einen Moment und nippten an ihrem Tee.

»Wieso stahl Genschel ausgerechnet die Originaldrucktypen?« kam es Passfeller in den Sinn. »Er hätte seine Bluttaten doch theoretisch auch mit jedem anderen Typensatz durchführen können, oder nicht?«

Krafft sah ihn ernst an, dann schüttelte er den Kopf. »Ich nehme an, der Diebstahl der unersetzlichen Originallettern sollte die ganze Angelegenheit um ein Vielfaches spektakulärer machen. Und vielleicht ... ach, wer kann schon sagen, was im Hirn eines kranken Menschen vorgeht? Ist das denn jetzt noch von Bedeutung?«

Passfeller schüttelte den Kopf und warf einen kurzen Blick über die Schulter. Doch die Sanitäter waren noch immer mit der medizinischen Erstversorgung beschäftigt, der Körper von Grosch war fast vollständig vor seinen Blicken verborgen. Erleichterung über die durchgestandene Gefahr und Sorge um Grosch wechselten sich in seinem Innern ab.

»Was ist mit Nord?« hob Passfeller müde an. »Dieser seltsame Kerl, der unsere Recherchen in so auffälliger Weise behindert hat? Was hat er mit der Sache zu tun? Machte er gemeinsame Sache mit Genschel? Oder mit Ihnen?« Resignierend trank er seinen Tee aus und warf den Becher von sich.

»Nord? Wer ... ach, Sie meinen den netten, älteren Herrn aus dem Stadtarchiv?« Krafft lachte laut, und sein Lachen hatte etwas Ansteckendes, Befreiendes. »Um Himmels willen, nein! Ich bin diesem Witzbold im Zuge meiner Nachforschungen auch begegnet, und nach mehreren Zusammentreffen mit ihm kam ich zu dem Schluß, daß er zwar ein etwas verschrobener, aber im Grunde völlig ungefährlicher Kauz ist, der lediglich Ambitionen zum Privatdetektiv in sich trägt. Ich glaube, er hätte das Mysterium um die exhumierten Leichen vom Friedhof gerne auf eigene Faust geklärt, um dadurch selbst, zumindest kurzfristig, in die Annalen der Stadt einzugehen. Nein, Nord mag ein unkooperativer Geselle sein, mit dieser Angelegenheit hier ...« er machte eine ausholende Geste, die den gesamten Vorplatz einschloß, »... hat er nicht das Geringste zu tun.«

Plötzlich gewahrte Passfeller, wie Bewegung in die Polizistengruppe vor dem Eingang des Seitenflügels kam. Wie ein Fischschwarm, der einem größeren, räuberischen Wasserbewohner Platz macht, stoben die Beamten wie auf ein geheimes Kommando auseinander. In der von ihnen gebildeten Gasse kam ein rot angelaufenes Gesicht zum Vorschein, das, begleitet von drei hochgewachsenen Männern in dunklen Mänteln, zügig durch die Menschenmenge auf ihn zugeschwommen kam.

Es war Kriminalrat Christian Evers.

»Oho«, vernahm Passfeller Kraffts Stimme neben seinem Ohr. »Wird's jetzt nochmal ernst?«

Passfeller antwortete nichts, sondern zog es vor abzuwarten.

Keine fünf Sekunden später baute sich Evers vor ihm auf. Sein Polohemdkragen ragte schief aus dem Pullunder, und die rote Stahlwolle auf seinem Kopf stand ungeordnet in alle möglichen und unmöglichen Richtungen ab. In Verbindung mit dem verquollenen Bereich unterhalb seiner Augen konnte man daraus Rückschlüsse auf den tiefen, seligen Schlaf ziehen, in dem sich der Kriminalrat noch vor kürzester Zeit befunden haben mußte.

»*Passfeller!*« In dem simplen Wort lag mehr Haß als in einer scharfen Briefbombe. Krafft machte einen unauffälligen Schritt zur Seite, aber Passfeller blieb, wo er war.

Evers trat so dicht an ihn heran, daß Passfeller die in der ersten Nachthälfte aus den Poren gesprossenen, rötlichen Bartstoppeln in seinem Gesicht erkennen konnte. »Passfeller«, wiederholte er leise. »Damit kommen Sie nicht durch!«

Als Passfeller nur fragend die Brauen hob, brachen die Dämme, und eine hektische Wortflut strömte aus Evers' verkniffenem Mund hervor. »Sie sollten mich verständigen! So war es ausgemacht! Keine Extratouren. So war es abgesprochen, verflucht! Sie halten mich auf dem laufenden, so lautete die gottverdammte Abmachung.« Er holte tief Luft und gestikulierte zur Verdeutlichung seiner Entrüstung mit beiden Händen vor Passfellers Gesicht herum. »Wozu habe ich Sie stets über den Kenntnisstand meiner Abteilung informiert, frage ich Sie? Das ist also der Dank dafür! Aber so geht das nicht, das dürfen Sie mir glauben!« Wieder vollführte er ein nervöses Geflatter mit den Händen, und Passfeller konnte nur mühsam den Drang unterdrücken, sie wie lästige Schmeißfliegen beiseite zu schlagen.

»Soll ich Ihnen was sagen, Passfeller? *Das«* – er deutete mit dem Zeigefinger über Passfellers Schulter ins Innere des Rettungswagens – »geschieht Ihrem Kollegen recht! Und Ihnen hätte ich es genauso gegönnt, ich sage es ganz ehrlich! Sie haben gegen sämtliche internen polizeilichen Vorschriften verstoßen, die zur Absicherung von Sondereinsätzen dienen sollen. Sie hätten ums Leben kommen können, niemand hätte gewußt, wo Sie sind und warum, und dieser Irre wäre immer noch auf freiem Fuß! Wie hätten wir ihm dann auf die Spur kommen sollen – netterweise hatten Sie uns die Ergebnisse Ihrer Ermittlungen ja bis zuletzt vorenthalten! Aber damit ist bald Schluß. Ich werde dafür sorgen, daß Sie den Gang der Wahrheitsfindung nicht mehr behindern werden. *Sie* werden die Arbeit der Kollegen in den lokalen Polizeidienststellen nicht mehr ad absurdum führen, He*rr* Passfeller!«

Als Passfeller immer noch nichts erwiderte, straffte sich Evers' Haltung merklich. Er stemmte die Hände in die Hüften, und auf seinem Gesicht erschien ein verächtliches Grinsen. »Ja, da bleibt Ihnen die Spucke weg, was? Auch ich habe ein paar Verbindungen, das kann ich Ihnen verraten! Ich werde dafür sorgen, daß Sie wieder Streife fahren, und Ihr Kollege auch – falls er seinen Leichtsinn überlebt, der Narr!«

Wäre der Kriminalrat nur ein kleines bißchen aufmerksamer gewesen, hätte er vielleicht die minimalen Veränderungen in Passfellers Physiognomie wahrgenommen, die darauf hindeuteten, daß es jetzt unter Umständen geschickter war, nichts mehr zu sagen. Doch Evers war zu beschäftigt, um auf äußere Einflüsse Rücksicht zu nehmen. So blieb ihm unter anderem verborgen, wie sich Passfellers Hände an seinen Seiten kaum merklich zu Fäusten ballten.

Evers holte tief Luft, um mit seiner Tirade fortzufahren, als ihm mit einem Mal zu dämmern schien, daß etwas anders war als zuvor. Verwirrt hielt er den Satz zurück, der ihm bereits auf der Zunge lag. Er hob den Blick, um Passfeller in die Augen zu sehen.

Und erstarrte.

In diesem heiklen Augenblick beugte sich von hinten der junge Sanitäter über Passfellers Schulter und ranzte ihm ins Ohr: »Wir haben die Blutung vorläufig gestoppt und bringen ihn jetzt ins Krankenhaus. Die Vitalfunktionen sind für den Moment stabil. Wollen Sie mitkommen?«

Schlagartig fiel alle Anspannung von Frank Passfeller ab. Er schüttelte benommen den Kopf, seine Mundwinkel zuckten, und er warf Evers einen gelösten, fast heiteren Blick zu. Dann schob er eine Faust wenige Zentimeter vor dessen Gesicht und simulierte mit der anderen dicht daneben eine kurbelnde Bewegung. Langsam und unaufhaltsam richtete sich sein Abschiedsgruß an den Kriminalrat auf.

Es war der Mittelfinger seiner rechten Hand.

»Passfeller! Das … das lasse ich Ihnen nicht durchgehen! Sie … Sie werden … ich werde Sie …«

Er ließ den Oberkommissar mit hochrot verfärbtem Kopf stehen, verabschiedete sich von Krafft, indem er die Hand an eine imaginäre Hutkrempe legte, und sprang in die offenstehende Hecktür des Krankenwagens. Einer der Rettungssanitäter knallte die Klappe hinter ihm zu, und mit Blaulicht setzte sich das Fahrzeug in Bewegung.

Sekunden später war es in der Nacht verschwunden.

Epilog

Tillmann Groschs Körper vibrierte. Langsam öffnete er die Augen und blickte an eine niedrig hängende, weiße Decke, von der Schläuche baumelten. Etwas klebte auf seinem Gesicht. Er nahm einen tiefen Schwall Luft, und etwas herrlich Kühles floß wie frisches, klares Wasser in seine Lungen.

Ein dumpfer, allmählich abnehmender Schmerz pochte in seiner Seite.

Was war geschehen? Hatte sich sein Blinddarm entzündet? Wo war er?

Seine Augen waren verklebt, so daß das Blinzeln schmerzte, aber jemand tupfte sie mit einem feuchten Tuch sauber, das wunderbar nach Zitrone duftete.

Er erkannte Passfeller, der lächelnd neben ihm hockte, aber Grosch bemerkte, daß seine Augen nicht lächelten. Ein weißgekleideter Sanitäter, der wie eine mißglückte Mischung aus Peter Maffay und dem Glöckner von Notre Dame aussah, kauerte hinter ihm und zog eine Spritze mit einer hellblauen Flüssigkeit auf.

Was war bloß los? Wo war er? Was war aus dem Buchmonstrum geworden? Wo war sein Schal? Was ...?

Passfeller, der die Fragen offenbar in seinen Augen lesen konnte, legte ihm behutsam eine Hand auf die Schulter. »Sie wollten dir den Mantel ausziehen«, sagte er leise. »Ich habe gesagt, daß sie sich das abschminken können.«

Grosch hob den Kopf und sah, daß sein Hemd zerschnitten war, so daß sich ihm seine nackte, behaarte Brust entgegenstreckte. Irgendwo weiter unten erkannte er einen blutverschmierten Mullverband und Schläuche, die in seinen Körper führten, was ihn einigermaßen beunruhigte. Auch aus seinem Arm ragten Schläuche, und über seinem Mund klebte eine beschlagene Plastikmaske, deren Geschmack ihn an das Gummimaterial eines Wasserballs erinnerte.

»Die mußt du anbehalten«, erklärte Passfeller. »Du brauchst Sauerstoff. Aber mach dir keine Sorgen, es ist alles in Ordnung. Versuch zu schlafen. Ich bin da.«

»Werde ... werde ich ...« Grosch erschrak vor seiner eigenen Stimme. Sie klang wie die eines Krebspatienten im Endstadium. Seine Kehle war trocken, und er versuchte zu husten. »Werde ich ... abkratzen?« Er schob sich in eine halbwegs aufrechte Position. Schmerzen brüllten auf. »Wo ... ist mein ... Schal?«

Passfeller runzelte die Stirn und drückte Grosch behutsam auf die Liege zurück. Der Sanitäter kam auf den Knien zu ihnen gerobbt und beförderte die blaue Flüssigkeit aus der Spritze in Groschs Vene. »Mieser Bauchschuß, das«, sagte er und lächelte. »Hey, Sie können Ihrem Schutzengel danken, daß keine lebenswichtigen Organe verletzt wurde. Immenser Blutverlust, aber das deichseln wir schon.«

»Ich bin ... immer fürs Deichseln«, brachte Grosch hervor. »Haben Sie ... mein Blut vom Boden gewischt ...? Ich brauche es noch. Aber Sie müssen ... es erst reinigen. Bitte ... kein Schwefelblut ...«

»Wie bitte?« Der Maffay-Glöckner sah Grosch verwirrt an.

Grosch streckte seinen freien Arm aus, griff in die Tasche seines Mantels und ertastete Papier. Als er die Hand wieder hervorzog, umklammerten seine blutverkrusteten Finger einen aufgeweichten, karierten Zettel. Langsam faltete er ihn auseinander und las:

Hallo mein Schatz,

ich hoffe, es geht dir einigermaßen gut im Tod. Ich vermisse dich ohne Ende. Zwei hat in die Küche gekackt. Ich soll dich von ihm grüßen. Tut mir leid, daß ich noch nicht zu dir gekommen bin, wo auch immer du sein magst, aber der Tod muß noch ein bißchen warten.

Ich liebe dich,
U.

Es war der Brief von Ursula Luftschmied an ihren verstorbenen Gatten, den ihr Blutschnabelweber gestohlen hatte. Grosch hatte ihn seit seiner Begegnung mit dem Friedhofswärter mit sich herumgeschleppt.

Der Tod muß noch ein bißchen warten …

»Hey, das wird schon!« Passfeller strich ihm das verklebte Haar aus der Stirn und tupfte sie mit dem kühlen Zitronentuch ab. »Keine Sorge, Tillmann, du stirbst nicht. Das verspreche ich dir. Vielleicht wirst du eine Weile kürzer treten müssen, was das Essen anbelangt, aber sterben wirst du nicht. Das kannst du dir nämlich gar nicht leisten. Ich hab schließlich noch 'ne Revanche im Boccia bei dir gut.«

Grosch schluckte fünfzig Millionen Liter Speichel. »Was ist … mit dem Monstrum … der Blinde … was …?«

»Es ist alles in Ordnung. Ich erklär's dir später. Es ist vorbei!«

»Vorbei?«

Passfeller nickte. »Der Fall ist sozusagen gelöst. Hast du etwas anderes erwartet?«

Auf Groschs Zügen entfaltete sich ein zittriges Lächeln. *Der Fall ist gelöst.* Das war mit Abstand der schönste Satz, den er in den letzten Tagen gehört hatte.

Und der Tod mußte noch ein bißchen warten.

»Wäre … ja noch schöner«, flüsterte er und versuchte, sich umzudrehen. »Wo … bin ich?«

»In einem Krankenwagen. Ruh dich einfach aus, hörst du? Kein Grund mehr, sich Sorgen zu machen.«

»Diese … Entspannungsnummer … nimmt dir keiner ab.«

Passfeller lächelte müde. Man konnte seinem Gesicht die Anspannung der letzen Tage deutlich ansehen.

Grosch atmete tief ein und lauschte dem gleichmäßigen Pochen in seinen Ohren (denn der Tod mußte noch ein bißchen warten). Er hob seine Hand und ergriff die von Passfeller. »Ich muß dir … noch was gestehen.« Er sah seinem Kollegen in die Augen, der sich nach vorne beugte und sein Ohr an seinen Mund schob.

»Was denn, Tillmann?«

Grosch zögerte kurz. »Du hast Gehirn im Haar.«

Passfeller grunzte. »Was man nicht *im* Kopf hat, sollte man zumindest *am* Kopf haben. War es nur das, was du mir sagen wolltest?«

»Nein.« Grosch hustete. »Es geht um … Baldrian.«

Passfeller hob die Brauen. »Deinen Bernhardiner? Der nach England abgehauen ist? Was ist mit ihm?«

»Ich muß dir … was gestehen.«

»Ja?«

»Er ist … gar nicht … weggegangen.«

»Nicht?«

Grosch schüttelte kaum merklich den Kopf. »Nein.« Ein breites Grinsen entfaltete sich unter seinem Bart. »Er hat den Zug genommen … wenn Sie gestatten.«

Passfeller starrte ihn für einen kurzen Augenblick an, dann schüttelte er den Kopf und begann, leise zu lachen. »Wie ich sehe, geht es dir schon wieder viel zu gut. Dann macht es dir ja sicher nicht aus, wenn ich dich morgen nicht im Krankenhaus besuchen komme?«

»Hast du etwas vor?«

Passfeller schmunzelte. »Mal sehen. Ich glaube, ich habe in den letzten Tagen meine innige Verbundenheit zur Buchwissenschaft entdeckt. Es gibt da eine erstaunlich versierte Doktorin …«

Grosch stöhnte. »Kaum ist die eine … nicht mehr im Rennen, muß gleich die nächste dran glauben. Und du meinst … diese Frau Doktor Wie-auch-immer-sie-heißt wird sich von einem Laien wie dir um den Finger wickeln lassen?« Er schnaubte ungläubig, verstummte jedoch augenblicklich wieder, als ein stechender Schmerz durch seine Flanke zuckte.

»Oh, das denke ich schon«, entgegnete Passfeller mit übertriebenem Ernst und hantierte unter der Wolldecke, die um seinen Oberkörper lag. »Weißt du, als ich den Tatort vorhin verließ, überlegte ich so bei mir, eigentlich sollte man doch Vorsorge treffen, daß nie wieder so ein dahergelaufener Irrer mit Gutenbergs Originaldrucktypen die sechs Pforten zur Wiederkunft von Morgáthoan dem Fänger öffnet.«

»Ein weiser Gedanke«, bestätigte Grosch kopfnickend. »Und welche Taten hast du dieser … Überlegung folgen lassen?«

»Na ja … ich bin gewissermaßen ein bißchen zum Sammler geworden«, druckste Passfeller herum. »Und ich habe so eine vage

Ahnung, daß die thematische Ausrichtung meiner neuen Sammlung gerade auf eine Buchwissenschaftlerin einen ganz besonderen Reiz ausüben könnte …«

Er griff unter die Decke und zog etwas aus seiner Hosentasche hervor. Als er Grosch die ausgestreckte Hand hinhielt, kamen zwei einzelne, uralt anmutende Drucktypen zum Vorschein.

Als Grosch genauer hinschaute, erkannte er, daß es sich um die Buchstaben A und O handelte.

Kapitelabfolge

Danksagung

Die Autoren danken Dr. Jürgen Kron für die Geduld und manche erheiternde Anekdote, dem Mainzer Stadtarchiv sowie dem Gutenberg-Museum Mainz für zuvorkommende Behandlung und Auskunft, Timothy McNeal für Unterstützung bei der Recherche und einen gutgemeinten Ratschlag, Verena Hannig für den Bart sowie P.C.S. und den Raben.

Empfohlen seien dem interessierten Leser weiterhin folgende Werke, die die Entstehung dieses Buches in unterschiedlichem Maße beeinflußt haben: Hans Biedermann – *Dämonen, Geister, dunkle Götter*, Stephan Füssel – *Johannes Gutenberg*, Peter Haining – *Witchcraft and Black Magic*, Simon James – *Das Zeitalter der Kelten*, Franz Jänner – *Wenn der Tod nicht das Ende ist*, Brian Lane – *Encyclopaedia of the Occult, Paranormal & Magick Practices.*

Die Deutsche Bibliothek – CIP-Einheitsaufnahme

Lossau, Jens:
Der Schädeltypograph : Gutenberg-Krimi / Lossau/Schumacher. –
Frankfurt am Main : Societäts-Verl., 2002
ISBN 3-7973-0801-9